Janusz A. Zajdel

In Sonnennähe

Janusz A. Zajdel

In Sonnennähe

Phantastische
Erzählungen

Verlag Das Neue Berlin

ISBN 3-360-00188-5

In Sonnennähe

Ich fand Sim im Klub in der Nähe des Kosmòports. Umringt von einer Gruppe Jugendlicher, dozierte er über irgend etwas und nahm ab und zu einen Schluck Orangensaft aus einem hohen Glas. Sim trank niemals Alkohol, nicht einmal Bier.

Er saß mit dem Rücken zum Eingang, aber ich erkannte ihn schon von weitem an seiner tiefen Stimme. Leise blieb ich hinter ihm stehen. Er beendete gerade eine unwahrscheinliche Geschichte, eines von seinen vielen erdachten Histörchen, mit denen er zufällige Zuhörer mit Vorliebe beehrte. Die Jungen staunten ihn an wie ein Heldendenkmal. Sim konnte aber auch erzählen! Nur schade, daß seine Erzählungen, vorsichtig ausgedrückt, etliche Lichtjahre von der Wahrheit entfernt waren.

»... und da, versteht ihr, sah ich ihn auf dem Bildschirm. In meinen Kopfhörern jaulte immer noch seine Stimme, er wiederholte eigensinnig den Notruf: ›Hier Egan vom EBR-drei, nach Havarie im Sektor drei-elf, ich bitte um Hilfe! Hier Egan ...‹ Ich sah ihn also, und mich traf bald der Schlag! Schließlich war ich seinetwegen vom Kurs abgewichen, hatte mich zwei Stunden lang von drei g Überbelastung zusammenpressen lassen, um ihm zu Hilfe zu kommen ...«

Hier machte Sim eine längere Kunstpause, schlürfte langsam das Getränk aus seinem Glas, und als die Neugierde der Zuhörer auf dem Siedepunkt angelangt war, sagte er so ganz nebenbei: »Ich hielt das nicht aus! Mit dem Bugwerfer meiner Rakete verpaßte ich ihm eine volle Ladung!«

Unter den Jugendlichen wurde ein Raunen der Verwunderung und des Entsetzens laut, einer fragte unsicher: »Wieso denn?«

Da erst ließ Sim sich herab und erklärte phlegmatisch: »Denn ... versteht ihr, das war so ein ... Kalkulator, eine Maschine mit eingebauter Selbsterhaltungskopplung. Nach der Havarie der EBR-drei war sie mit ihrem gesamten Versorgungssystem herauskatapultiert worden, wie durch ein Wunder war sie überhaupt nicht beschädigt. Die Besatzung war tot, die Rakete in Sekundenschnelle verglüht, aber dem Egan war nichts passiert, er kreiste in einer stabilen Umlaufbahn und rief um Hilfe!«

»Aber ... warum hast du ihn zerstört?« fragte ein ganz Mitleidiger aus dem Hintergrund.

»Wozu sollte er sich quälen? Ich konnte es doch nicht riskieren und eine Kiste von anderthalb Tonnen an Bord nehmen! Andererseits wollte ich ihn aber auch nicht in einem solchen Zustand lassen. Ihr wißt doch, was passiert, wenn man einen Leiter bis auf wenige Grad Kelvin abkühlt ... Die elektrischen Widerstände nehmen ab, die Stromstärke steigt, der Strom fließt, wie er will ... Die Entropie des gesamten Systems wächst, mit einem Wort: Das Elektronenhirn kriegt 'ne Scheibe, und das ist ihm sicher auch nicht angenehm! Ich habe den Egan aus rein humanitä ... äh, also, das heißt, ihm hat sowieso nicht mehr viel gefehlt, die Thermostate hielten gerade noch so ...«

Die Zuhörer nickten beeindruckt, und Sim beobachtete aus den Augenwinkeln die Wirkung seiner Aufschneiderei.

»Genug jetzt, Sim!« sagte ich und legte ihm die Hand auf die Schulter. Er drehte sich ruckartig um und richtete seinen ganzen zwei Meter langen Körper auf.

»Ach, du bist es!« brummte er irritiert und heftete seine runden Augen auf mich. Sein Blick war so flehend, daß ich es nicht übers Herz brachte, ihm den Spaß zu verderben. Ich stellte also die Authentizität der von ihm erzählten Geschichte nicht in Frage. Sims Reflexe waren hervorragend, er war sofort darüber orientiert, daß ich nicht die Absicht hatte, ihn zu »verpfeifen«, und darum sagte er, um den Effekt bei den Zuhörern noch zu erhöhen: »Ihr könnt diesen Kollegen hier fragen, er war gerade zu der Zeit im Nachbarsektor auf

Patrouille und hat die Signale dieses verrückten Elektronenhirns auch empfangen.«

Seine Unverfrorenheit überstieg alles.

»Schon gut, schon gut«, sagte ich und hakte ihn unter, »komm endlich, der Alte tobt schon, weil ...«

»Ei wei«, murmelte er entsetzt.

Wir verließen den Klub, die anerkennenden und bewundernden Blicke der Jungen begleiteten uns. Die Abzeichen des Kosmozentrums, die wir in unseren Jackenaufschlägen tragen, machen auf Teenager immer großen Eindruck. Nur wenige wissen, daß es zwei Arten von Abzeichen gibt. Sie sind auch fast gleich, der Unterschied besteht nur darin, daß das fliegende Personal gelbe Initialen hat und das Bodenpersonal weiße. Die »Mondmenschen« haben hellgrüne, aber die kriegen wir hier in unserem Kosmozentrum kaum zu sehen.

Auf Sims Abzeichen waren die Initialen weiß. Das heißt allerdings nicht, daß er nie geflogen ist. Natürlich ist er das, ein paar Jahre war er einer der besten Piloten unseres Kosmozentrums. Anfangs flog er mit Greff sehr weit im Sonnensystem herum, über die Venusumlaufbahn hinaus. Etwa zwei Jahre machten sie wagehalsige Flüge in diese gefährlichen Regionen, wo die Gravitation der Sonne, Funkunterbrechungen durch starke Radiation und viele andere bekannte und unbekannte Gefahren an den Piloten sehr hohe Anforderungen stellen, sowohl an seine psychische als auch an seine physische Widerstandsfähigkeit. Sim strotzte vor Gesundheit und Energie. Greff eigentlich auch, obwohl er körperlich etwas schwächer war. Sie stritten sich dauernd, aber im Grunde konnte der eine ohne den anderen nicht auskommen.

Dann geschah der Unfall. Die Umstände waren eigenartig, das ist wahr, aber damals versuchte noch niemand, Sim etwas am Zeug zu flicken. Greff fand den Tod. Der einzige Zeuge dieser Tragödie war Sim. Er stellte die ganze verzwickte Angelegenheit damals recht verworren dar, es gab viele Unklarheiten, aber man deutete das als Folge einer tiefen Depression und psychischen Erschütterung über den Verlust des Freundes. Einige Monate später begann Sim mit Moen zu fliegen. Moen war Pilot einer Transportrakete der Mondroute gewesen und zu uns übergewechselt, er war noch nie im innerorbitalen Raum geflogen. Wie schon gesagt, ist die Navigation dort komplizierter als außerhalb der Erdumlaufbahn, und außerdem konnte Moen natürlich nicht sofort einem solchen Meister wie Sim das Wasser reichen. Nach einem Jahr flogen sie jedoch schon gleichberechtigt und hatten sich sogar gern … Es war schwer, einen solchen alten Lügenbold wie Sim nicht gern zu haben, er hatte immer gute Laune, und seine Witze waren unschlagbar.

Es schien, als würde sich alles zum besten wenden, da passierte der zweite Unfall. Die Umstände waren fast identisch, er ereignete sich sogar in demselben Gebiet. Moen kam um, Sim kehrte zurück. Diesmal gefielen seine Erklärungen den Mitgliedern der Kommission, die die Ursachen des Unfalls untersuchten, nicht besonders. Eigentlich gab es gar nichts zu untersuchen. Sim hatte Moens Leiche, völlig korrekt nach den sanitären Vorschriften, noch im Raumschiff verbrannt. Das Raumschiff war klein und verfügte nicht über einen geeigneten Kühlraum, der Rückflug war viel zu lang, als daß Sim den Transport einer Leiche zur Erde hätte riskieren können. Und das Innere der Rakete? Nichts Besonderes. Keinerlei Spuren, die Sims Aussage hätten bestätigen oder entkräften können.

Im Endeffekt konnte man ihm nichts vorwerfen, kein Paragraph des Kosmischen Kodexes war verletzt worden. Aber die Lizenz nahm man ihm trotzdem weg. Angeblich aus gesundheitlichen Gründen – so wurde das jedenfalls offiziell genannt, aber jeder, der auch nur etwas Einblick in die Sache hatte, wußte es besser. Sim sprach niemals und mit niemandem über diese Angelegenheiten. Er arbeitete in der Sektion für Funkverbindungen und Automatik, und im allgemeinen erfüllte er seine Aufgaben zur Zufriedenheit, langsam schien er auch seinen Humor wiederzufinden. Von Zeit zu Zeit ging er in die Stadt, um sich dort unter den neugierigen jungen Burschen noch einmal als Raumpilot zu fühlen. Er erzählte ihnen, er sei gerade von einer langen Reise zurückgekehrt, haute ihnen die Taschen voll, und sie hörten ihm mit weit aufgerissenen Mündern staunend zu. Hier war Sim in seinem Element.

Wir sahen über diese kleine Schwäche hinweg. Augenscheinlich brauchte er das – er konnte sich nicht daran gewöhnen, ständig nur im Kosmoport zu sitzen, während andere starteten und landeten, sich auf lange Reisen vorbereiteten.

Diesmal war Sim drei Stunden vor dem Start der »Cepheus« verschwunden. Die letzte Kontrolle der Funkgeräte muß vorschriftsmäßig eine Stunde vor dem Start erfolgen. Sim sollte das machen, und darum hatte mir der Alte, das heißt der Chef der technischen Abteilung, befohlen, ihn zu suchen. Er war ungeheuer wütend, denn er hatte gerade von der Havarie einer unserer Raketen erfahren, ich glaube, sie war auf dem Weg zur Venus gewesen. In solchen Fällen wird die Verantwortung in der Regel auf unsere Abteilung abgewälzt; die Wut des Alten war also irgendwo gerechtfertigt und entlud sich, vorläufig in Abwesenheit, über Sim. Sim wußte, daß der Alte so lange verträglich war, solange ihm keine Laus über die Leber lief. Darum rannte er jetzt in halsbrecherischem Tempo zum Kosmodrom; mir fiel es schwer, mit ihm Schritt zu halten.

Als er das Tor passiert hatte, wurde er etwas langsamer, und als ich ihn eingeholt hatte, fragte er: »Was meinst du, wird mich der Alte sehr runterputzen?«

»Ich denke schon«, sagte ich im Brustton der Überzeugung.

Sim schwieg einige Sekunden und fragte mich dann plötzlich: »Sag mir, aber ehrlich, werden sie mir deiner Meinung nach irgendwann meine Pilotenlizenz zurückgeben?«

Die Frage kam so überraschend, daß ich längere Zeit keinen Ton herausbringen konnte. Sim begann nie Gespräche über dieses Thema, und die allgemein unter Sims Kollegen herrschende Meinung darüber war ein offenes Geheimnis:

Sie werden ihm die Pilotenlizenz nicht wiedergeben, weil sie von der Wahrheit seiner Aussagen in *diesen* Fällen nicht überzeugt sind ...

»Was weiß ich ...«, stotterte ich nach einer ganzen Zeit, »kann sein, daß ...«

»Du hast keine Ahnung, was das für mich bedeuten würde: wieder fliegen!« sagte Sim leise. »Glaubst du, es macht mir Spaß, diesen Rotznasen Lügengeschichten zu erzählen? Nun, anfangs ... vielleicht ein bißchen. Aber dann ... Pfui, ich könnte kotzen, wie nach einem Narkotikum ...«

Schweigend gingen wir weiter. Sim riß Blätter von der Hecke, kaute darauf herum und spuckte sie dann über die Schulter aus. »Weißt du, ich konnte ihnen damals nicht ... die Wahrheit sagen ...«

Ich blickte ihn überrascht an.

»Ja! Ich konnte nicht, verstehst du? Eine Expertenkommission ist keine Bande von Dummköpfen wie die im Klub, denen du alles einreden kannst, was du willst. Wenn ich ihnen die Wahrheit gesagt hätte, hätten sie mich schon lange in eine Anstalt für ... psychisch Kranke gesperrt. Was damals auf der ›Koralle‹ und dann, das zweite Mal, auf der ›Sylvia‹ passiert ist ... war viel unwahrscheinlicher als alle meine idiotischen Geschichtchen! Wie konnte ich annehmen, daß die Herren der Kommission daran glauben würden, wenn ich selbst nicht weiß, ob ich das glauben soll. Vielleicht bin ich wirklich verrückt, ein kosmischer Idiot oder etwas Ähnliches ... Die Psychiater hätten schon die entsprechende Bezeichnung für diesen Fall gefunden. Ja, ich gebe dir mein Wort, nach der Geschichte mit Greff habe ich selbst drei Tage lang geglaubt, daß ich eine Meise habe! Ich habe es vorgezogen, ihnen nichts zu sagen, und mir irgendwas ausgedacht ... Sie hätten geglaubt, ich mache mich über sie lustig, und dann – Lizenz ade, für alle Ewigkeit. Das tragikomischste an der ganzen Sache ist, daß es sich wirklich so abgespielt hat; das ist die Wahrheit, verdammt noch mal, das ist die idiotische Wahrheit, die man unmöglich glauben kann!«

Vor Wut riß er eine Handvoll Blätter von einem Strauch, warf sie auf die Allee und trat sie mit dem Fuß in den Staub. In völligem Schweigen gingen wir weiter. Ungefähr hundert Meter vor uns lagen die ersten Gebäude des Kosmozentrums.

»Erzähl mir darüber!« bat ich leise.

»Du wirst sagen, ich sei ein Lügner und ein Idiot ... Allen wirst du es sagen ... Ich ziehe es vor, das für mich zu behalten.«

»Nein, Sim! Ich werde es keinem sagen, selbst wenn ich nicht daran glauben könnte.«

»Na, nehmen wir's an ...« Er überlegte eine Zeitlang. »Also gut, warum überzeuge ich mich nicht endlich davon, daß man das einfach nicht glauben kann ... Ich werde es dir erzählen. Warte nach Dienstschluß auf dem Parkplatz auf mich, wir fahren zu mir. Ich fertige noch die ›Cepheus‹ ab und komme dann. Du hast doch Zeit?«

»Natürlich. Ich werde auf dich warten.«

Sim wohnte in einem dreißigstöckigen Hochhaus in der Innenstadt. Wir fuhren mit dem Mikrobus, der die Mitarbeiter des Kosmozentrums bei Schichtwechsel nach Hause bringt. Es war einige Minuten nach drei, und auf den Straßen herrschte der für diese Tageszeit übliche Verkehr. Als wir aus dem Mikrobus stiegen, ging Sim noch schnell in einen Laden und kaufte etwas zum Abendbrot. Er lebte allein und war, wie man ihn im Zentrum nannte, ein eingefleischter Junggeselle.

Die Wohnung war klein, fast unmöbliert. Dafür lagen aber überall, auf den Regalen, auf dem Tisch, auf dem Fenster, haufenweise Bücher, Mikrofilme und Navigationsatlanten herum. Ich entdeckte darunter einige der neuesten Werke, die gerade erst erschienen waren. Augenscheinlich hatte Sim nicht für einen Augenblick die Hoffnung verloren, daß sein gesamtes Wissen über die Navigation ihm wieder einmal von Nutzen sein würde. Er bildete sich weiter, versuchte, wie ich sah, nicht zurückzubleiben. Erst jetzt wurde mir so richtig

klar, wie sehr ihn seine derzeitige Situation quälen mußte …
Ich selbst war nie weiter als bis zum Mond geflogen, aber ich
weiß aus Berichten passionierter Piloten, daß der Weltraum
mit der Zeit für einen Piloten das wird, was früher das Meer
für den Seefahrer war – er wird zu einem allmächtigen Magneten und gleichzeitig zu einem Teil seines Lebens.

Ich weiß nicht, warum ich das gerade in diesem Moment
empfand, aber plötzlich tat mir Sim schrecklich leid, und ich
beschloß, im Rahmen meiner Möglichkeiten alles zu tun,
um ihm wieder zu seiner ersehnten Lizenz zu verhelfen. Ich
hatte keine Ahnung, was ich da machen sollte, aber der Anblick dieses gutmütigen und gleichzeitig energischen dreißigjährigen Jungen weckte Sympathie und das Bedürfnis,
ihm irgendwie einen Gefallen zu erweisen.

»Setz dich«, sagte er und wies auf einen Sessel; er selbst
ging in die Küche Kaffee kochen.

Nach einigen Minuten kehrte er mit der Kanne und Tassen zurück. Er stellte alles auf den Tisch, machte es sich auf
der Couch bequem und begann: »Du mußt dich auf längeres
Zuhören vorbereiten. Wenn du nicht willst, daß ich bei meinem Bericht etwas vergesse, dann verkneife dir bitte alle Fragen, bis ich fertig bin …«

Er schaute in die Kanne, brummte: »Das dürfte genügen,
jetzt ist er gut!« und füllte die Tassen mit sehr starkem Kaffee. Dann reichte er mir den Zucker und fuhr fort: »Das war
im Jahre dreiundachtzig. Greff und ich flogen gerade wieder
mit der ›Koralle‹ ins Innere des Systems. Das sollte eine Art
Aufklärungsflug sein vor Rambergs Expedition, die dann,
aus mir unbekannten Gründen, doch nicht zustande gekommen ist. Unsere Aufgabe war es, so nah wie möglich zur
Sonne vorzudringen und die Dichte der Masseteilchenstrahlung im Aphelgebiet des Merkur zu messen. Wir hatten eine
Menge automatischer Apparaturen an Bord: Koronographen,
Spektrographen, Ionisationskammern, Photometer – mit
einem Wort: alles, was man zur Erforschung der Sonne benötigt … Wir brauchten uns nicht einmal mit allen Apparaten auszukennen, es genügte, so nah wie möglich an die

Sonne heranzufliegen und die nötigen Daten so genau wie möglich aufzuzeichnen. Die Anlagen arbeiteten automatisch, Greff und ich waren überflüssig, und wir langweilten uns wie zwei Möpse. Aus Langeweile beschlossen wir – du verstehst, wie das ist, wenn die Monotonie dem Menschen zu schaffen macht – wir beschlossen also, unsere Instruktionen zu überschreiten und etwas weiter zu fliegen. Die Temperatur war noch nicht so hoch, daß sie die Rakete hätte gefährden können, uns schien, daß wir so die Informationen über die Sonnenaktivität noch erweitern könnten, und bei der Gelegenheit hätten wir uns auch etwas Abwechslung verschafft ... Nein, nein! Denk nur nicht, daß wir zu nah herangeflogen sind ... Auf der Schutzschicht der Rakete konnte die geehrte Kommission keine Überhitzung feststellen, und überhaupt geschah es, kurz nachdem wir die Orbitalbahn des Merkur überflogen hatten. Aber der Reihe nach ...

Wir hatten also beschlossen, noch näher an die Sonne heranzufliegen. Die ›Koralle‹ kreiste bis dahin außerhalb der Merkurbahn, sie bewegte sich um ihre Längsachse, damit der ganze Panzer gleichmäßig erwärmt wurde. Außerdem ist Ignistat ein hervorragendes Material und hätte noch dreimal höhere Temperaturen vertragen. Bei Greff und mir war es von einer Idee bis zu ihrer Umsetzung in die Tat immer nur ein kleiner Schritt. Wir wichen um einige Tausendstel von unserem Kurs ab, um stufenweise, über eine spiralförmige Bahn, in eine engere, aber mehr abgeflachte Ellipse zu kommen ...«

Sim machte eine kurze Pause, trank seinen Kaffee aus und begann dann, etwas unsicher, wieder zu erzählen: »Wenn ich dir schon alles berichte, dann sollte ich eigentlich auch sagen ... Das ist vielleicht nicht so besonders wichtig, aber ... damals hatten wir beide den Kopf voll davon. Weißt du, wir kannten so ein Mädchen, eine Kommilitonin aus unserer Studienzeit ... Sie hieß Vea und studierte Planetologie. Wir redeten uns beide ein, daß sie uns gar nichts bedeute, aber das war nicht wahr. Wir steckten nur den Kopf in den Sand ... Mir wurde, nachdem ich gründlich darüber nachgedacht hatte, klar, daß es früher oder später zwischen uns deswegen zu einem Konflikt kommen würde. Wenn sie wenigstens einen von uns beiden bevorzugt hätte, der andere wäre schon irgendwie damit fertig geworden. Sie jedoch, wie Frauen das in solchen Situationen eben machen, hatte es mit einer Entscheidung gar nicht eilig. Sie mochte uns beide zu sehr, als daß sie einem von uns weh getan hätte. Sie rechnete damit, daß es irgendwie werden würde, daß wir selbst eine Entscheidung fällen würden. Ich bin überzeugt davon, sie liebte keinen von uns beiden wirklich, aber wir waren zweifelsohne beide in sie verliebt … Es kam jedoch zwischen uns darüber nie zu einer Aussprache, jeder fürchtete, das könnte Einfluß auf unsere Freundschaft haben. Und so blieb es. Der Triumph einer Idee über den gesunden Menschenverstand, denn es war doch von vornherein klar, daß diese Angelegenheit eines Tages zu einer radikalen Lösung führen mußte.

Eines steht fest: Hätte jemand über unsere gemeinsame Liebe zu Vea gewußt, wäre ich verloren gewesen. Das wäre ein ausreichender Beweis gewesen, mich anzuklagen, daß ich Greffs Tod vorsätzlich verursacht habe; man hätte mich ganz einfach des Mordes verdächtigt! Die hohe Kommission gab sich während der ganzen Untersuchungen große Mühe, etwas Derartiges zu finden.«

Sim schwieg, starrte das langsam dunkel werdende Rechteck des Fensters an und atmete schwer. Die letzten Worte hatten ihn ermüdet, er hatte sie sehr schnell herausgesprudelt, als wollte er sie so weit wie möglich von sich weisen.

»Entschuldige«, brummte er dann und setzte mit beherrschter Stimme seine Erzählung fort: »Seit der Sache mit Greff habe ich Vea nicht ein einziges Mal wiedergesehen. Aus dem Brief, in dem sie mir mitteilte, daß sie mit der Expedition Korlows zum Mars fliege, ging klar hervor, was sie über die ganze Sache dachte, obwohl sie das nicht geradeheraus schrieb. Sie vermutete auch, ich hätte Greff getötet, um einen Rivalen loszuwerden! Vielleicht war sie sogar davon überzeugt … Ich wußte, daß die einzige Möglichkeit, sie von dieser Vermutung abzubringen, ein völliger Abbruch meiner Beziehungen zu ihr wäre ... Das habe ich auch getan.

Aber kehren wir zum eigentlichen Thema zurück. Ich habe schon gesagt, daß wir etwas vom Kurs abwichen und begannen, uns der Sonne zu nähern. Wir saßen nebeneinander, Greff links von mir. In Patrouilleraketen mit zwei Mann Besatzung sind zwei Steuerknüppel montiert, obwohl unter normalen Umständen ein Pilot die Rakete steuert. Die Anwesenheit des zweiten erfordern die Vorschriften nur bei bestimmten Manövern. In diesem Fall zogen wir es jedoch vor, uns beide bereit zu halten – unter völlig neuen Bedingungen weiß man ja nie ...

Drei Viertel des rechten Bildschirms nahm die strahlende Sonne ein. In der Mitte der Sonnenscheibe entdeckte ich plötzlich ein dunkles Gebiet – einen Sonnenfleck, ganz normale Sache. Ich schenkte ihm auch nur deshalb Beachtung, weil dieser Fleck außergewöhnlich groß und deutlich sichtbar war. Zuerst dachte ich sogar, daß die Bildröhre in der Mitte des Schirms mehr abgenutzt sei als auf der übrigen Fläche. Aber es war tatsächlich ein Sonnenfleck. Wir hatten bis dahin schon so viele davon gesehen, daß wir nicht einmal mehr Lust hatten, sie zu beobachten. Das einzige, das zu beobachten niemals langweilig wird, sind die Protuberanzen. Das ist wie ein Spiel mit dem Kaleidoskop: Es ist ungewiß, wie die bunten Glasscherben sich im nächsten Moment anordnen werden ... Wir hatten die verschiedensten Protuberanzen beobachtet, eine jede hatte ihre eigene Entstehungsgeschichte, ihren Verlauf und löste sich anders auf. Die Feuerzungen der Sonnenkorona fügten sich zu seltsamen Formen, zu ganzen Szenen und Landschaften zusammen. Greff, dessen Hobby neosurrealistische Malerei war, saß manchmal stundenlang am Koronographen und, so sagte er selbst, akkumulierte Stimmungen für große Kunstwerke, die in dem dreimonatigen Urlaub nach seiner Rückkehr von dieser Expedition entstehen sollten.

Der Fleck auf dem Bildschirm wuchs; vielleicht schien es mir auch nur so, denn ich starrte ihn lange an, in Ermangelung einer besseren Beschäftigung. Der Autopilot wurde mit dem programmierten Kurs sehr gut allein fertig.

Plötzlich begann ich mich eigenartig zu fühlen. Das Bild vor meinen Augen verschwamm, als würde es von einem zweiten überlagert. Einen Moment lang hatte ich das Gefühl, als blickte ich gleichzeitig in zwei verschiedene Richtungen. In meinem Kopf tauchten mir völlig fremde Gedanken auf, und ich hörte ein sich steigerndes Dröhnen, wie es ein anlaufender Turbinenmotor verursacht. Dieses Geräusch drang jedoch nicht von außen auf mich ein, sondern entstand in meinem Kopf. Das Bild vor meinen Augen verdoppelte sich immer deutlicher. Völlig gegen meinen Willen wandte ich meinen Blick nach rechts, obwohl ich gleichzeitig den Eindruck hatte, immer noch geradeaus zu schauen ... so, als hätte ich zwei Köpfe. Ich sah also nach rechts, und mein Herz blieb fast stehen. Dort, wo eine kahle Wand hätte sein müssen, erblickte ich ... mich selbst! Ja, mich, ich saß am Steuerpult. Gleichzeitig wandte sich mein ›zweiter Kopf‹ nach links, und da sah ich Greff, der mich mit eigenartigem, abwesendem Blick anstarrte.

Stell dir eine solche Situation vor! Rechts bin ich, aber auch wieder nicht ich, denn mein wahres Ich sitzt hier, in mir. Links Greff und in der Mitte etwas, das gleichzeitig Sim und Greff ist ... Das ist schon schwer zu beschreiben, wie erst zu begreifen ... Und all das wurde von einem schrecklichen, sich steigernden Getöse im Kopf begleitet ... In der Mitte eine Mutation aus mir und Greff, ein Augenpaar nach links auf Greff gerichtet, das andere auf mich nach rechts ...

Ich fühlte, daß ich gleich die Besinnung verlieren würde. Ich wußte schon nicht mehr, welche meiner ›Hälften‹ das empfand. Zwei Herzen schlugen in meiner Brust, ungleichmäßig, immer schneller, immer stärker. Dann fühlte ich einen stechenden Schmerz unter dem linken Schulterblatt, die Luft wurde mir knapp, und ich sank in einen tiefen Abgrund ... Gleichzeitig saß ich jedoch in meinem Sessel und umklammerte mit beiden Händen automatisch den Geschwindigkeitshebel. Das Bild an meiner rechten Seite verblaßte und verschwand … Nur das zweite Bild war noch da: Greff, gekrümmt in seinem Sessel, nach vorn gebeugt, bewegungslos. Eine fremde Stimme, die nicht mir gehörte, rief in meinem Kopf: ›Vea, wo bist du?‹ Und dann hatte ich wieder nur noch einen Kopf, war wieder ich selbst, ohne jeden Zweifel, ich war Simon Fulmer, saß im Pilotensessel, fühlte, wie der Schmerz in meinen Schläfen nachließ, auch mein Herzschlag wurde langsam normal.

Neben mir, auf dem anderen Sessel, den Kopf zwischen den Knien, lag Greffs bewegungsloser Körper.

Als ich seinen Kopf hob, blickte ich in ein blauverfärbtes Gesicht mit weit aufgerissenen, leblosen Augen. Er war tot. Der Diagnoseautomat stellte Herzinfarkt auf Grund übergroßer emotionaler Erregung fest; nur weil ich diese Notiz im Automaten nicht gelöscht habe, hat man mich nicht wegen Mordes angeklagt … Aber die Frage, welcher Art diese Emotion gewesen war, blieb sowohl für mich als auch für die Kommission ungeklärt …

Nach all dem, das ist doch klar, lenkte ich die ›Koralle‹ sofort mit voller Kraft zur Erde zurück. Greffs Körper mußte ich natürlich verbrennen, denn die Temperatur in der Kabine betrug die ganze Zeit um dreihundert Grad Kelvin, und bis zur nächsten bewohnten Kosmosstation hatte ich noch einen beträchtlichen Weg zurückzulegen …

Der arme Greff, wenn ihm jemand zu Lebzeiten gesagt hätte, daß er an Herzversagen sterben würde, hätte er ihm ins Gesicht gelacht. Sein Herz war stark wie ein Kompressor! Ich erinnere mich, daß er beim Training zehnfache Überbelastung aushalten konnte, und bei vier g pfiff er verschiedene Melodien, ohne auch nur einmal den richtigen Ton zu verfehlen …

Ich sagte der Kommission, daß uns ein großer Bolid begegnet sei, daß wir um Haaresbreite einer Katastrophe entronnen wären und so weiter … Natürlich glaubten sie mir nicht, denn in diesem Gebiet sind Meteoriden eine Seltenheit. Die Aufzeichnungen über die Manöver des Autopiloten hatte ich vorsichtshalber ›verloren‹ … Gezwungenermaßen mußten sie meine Version akzeptieren. Alles wäre in Ordnung gewesen, wenn nicht der zweite Unfall passiert wäre. Es hat mich schon immer in Sonnennähe gezogen, und nach Greffs Tod war ich der einzige Spezialist für diese Gebiete. Moen wurde mir zugeteilt, zuerst zum Praktikum und dann als Kopilot. Er war in Ordnung, vielleicht etwas zu unbeherrscht, aber als Kopilot hervorragend. Für mich war er – versteht sich – nicht so wie Greff ... Aber das kam sicher nur daher, daß Greff und ich daran gewöhnt waren, uns ohne viele Worte zu verständigen ... Wir beide waren ein ideales Gespann, zwischen uns herrschte unbedingtes Vertrauen, und das gibt Selbstsicherheit, die in schwierigen Situationen unerläßlich ist.

Also, wie ich schon sagte, mit Moen flog es sich recht gut, aber manchmal schien mir, als säße in ihm ein getarnter Schizophrener, bei dem jeden Moment die ›zweite Persönlichkeit‹ durchbrechen konnte, die dann meinen Vorstellungen über ihn nicht mehr entsprechen würde. Das waren jedoch nur ganz private Vermutungen, denen ich auch nicht besonders viel Wert beimaß. Moens Ergebnisse in psychologischen Tests waren immer hervorragend, und bald tat ich meinen Verdacht als Hirngespinst ohne jede Grundlage ab.

Unsere Expedition – Moens letzter Flug ... und meiner, wie es aussieht, auch – sollte den Merkur für karthographische Zwecke von allen Seiten fotografieren, und das aus möglichst geringer Entfernung. Außerdem hatten die verschiedensten wissenschaftlichen Institute uns kleinere Aufgaben gestellt, die wir ›bei dieser Gelegenheit‹, ›in einem Abwasch‹, ›wenn es geht‹ erledigen sollten, wie das gewöhnlich in solchen Fällen ist. Professor Pollinger – du weißt schon, das ist der mit seiner Psychologie der Angst – hatte uns zum Beispiel gebeten, unsere Empfindungen in Gefahrensituationen zu notieren. Moen und ich hatten beschlossen, uns eine so unwahrscheinliche Geschichte auszudenken, daß der Alte das ganze nächste Jahr damit beschäftigt sein würde zu ergründen, in welche psychophysische Theorie er das einordnen solle.

Die Tragödie ereignete sich dann fast genau auf der anderen Seite der Sonne als das vergangene Mal (wenn man die Merkurumlaufbahn als Bezugssystem nimmt). Ich flog die ›Sylvia‹, auf dem linken Pilotensitz war Moen eingenickt. Plötzlich fühlte ich, daß *das* auf mich zukam ... Das gleiche fürchterliche Sausen im Kopf, Druck auf den Schläfen ... Sofort schaute ich nach rechts und erwartete, wie beim vergangenen Mal mich selbst dort zu erblicken ... Aber auf der rechten Seite war nichts weiter als die mit Schaumgummi ausgeschlagene Wand. Das Bild auf dem Monitor verdoppelte sich auch nicht, ich sah nur das, was wirklich vorhanden war. Und dennoch, ich fühlte, daß etwas nicht in Ordnung war! Das Tosen in meinem Kopf war gleichbleibend, es verstärkte sich nicht mehr. Und plötzlich ... deutlich empfand ich dasselbe wie damals, irgendwelche fremden Gedanken drangen in mein Bewußtsein ein, und ich wußte nicht, wie. Ja! Es war genau dasselbe ... Wieder hatte ich das Empfinden, zwei Menschen seien in mir, obwohl ich nur mit einem Augenpaar den im Sessel schlafenden Moen betrachtete. Er bewegte sich plötzlich und stöhnte – ich hatte das Gefühl, als hätte ich mich bewegt und gestöhnt ... Ich schloß die Augen, und da ... fühlte ich deutlich, daß ich träumte. Ich öffnete schnell die Augen, aber das Gefühl zu träumen, das ich beim Anblick des schlafenden Moen hatte, verschwand nicht. Da bemerkte ich, daß ich meinen Kopf nicht mehr bewegen konnte, ich hatte das Gefühl, mein Hals sei völlig steif. Von diesem Moment an überschlugen sich die Ereignisse: Meine Hände ergriffen den über drei Kilo schweren Notstarthebel. Von einem Impuls getrieben, der außerhalb meines eigenen Willens lag, sprang ich auf Moen zu und schlug ihm diese Eisenstange über den Schädel! Gleichzeitig spürte ich selbst diesen Schlag aber auch ... Und sofort wurde ich wieder ich selbst, nur ich selbst, entsetzt darüber, was meine Hände soeben getan hatten, aber doch wieder im Vollbesitz meiner eigenen Sinne. Vor mir im Sessel lag Moen mit zerschmettertem Schädel. Er war tot.

Nun war ich vollends davon überzeugt, wahnsinnig zu sein. Entsetzt programmierte ich die kürzeste Trajektorie in

Richtung Erde und machte mir selbst ein Enzephalogramm. Alle Werte entsprachen der Norm – keinerlei Überreaktionen, die Rhythmen waren im Gleichgewicht, abgesehen natürlich von geringen Abweichungen, die in dieser Situation, in der ich war, verständlich sind …

Ich verbrannte Moens Leiche. Im Rapport für die Kommission legte ich dar, daß er bei einem Bremsvorgang mit dem Kopf auf die Kante des Steuerpultes gefallen sei … Die Schnalle seines Haltegurtes sei nicht richtig eingehakt gewesen … Dabei hatte ich ihn erschlagen! Verstehst du? Ich! Ich wollte es nicht tun, konnte es aber auch nicht verhindern, nur … wie sollte ich das der Kommission plausibel machen, die alles schwarz auf weiß haben muß, alles den entsprechenden Paragraphen zugeordnet?

Du hast einen Mörder vor dir oder eher einen Totschläger … Ich weiß es nicht … Aber glaub mir bitte, ich wollte es wirklich nicht tun!«

»Sim, beruhige dich!« Ich bemühte mich um einen gelassenen Ton; aber von seiner Erzählung zutiefst erschüttert, konnte ich mein Gleichgewicht nicht wiederfinden. »Bin ich der erste, dem du das erzählst?«

»Ja, ich habe bisher niemandem davon erzählt … Aber übertreibe nicht und nimm das nicht als Beweis absoluten Vertrauens! Mir scheint, selbst wenn du die Absicht hättest, das jemandem zu wiederholen, würde er dir das doch nicht abkaufen, und ich werde es nicht bestätigen. Ich wußte gleich, daß es so sein würde!«

»Warte, Sim! Ich habe mir darüber, was ich eben von dir gehört habe, noch keine Meinung gebildet. Erlaube mir, einige Fragen an dich zu richten. In deinem Bericht sind mir gewisse Fakten aufgefallen, die ich etwas näher kennenlernen möchte. Mir ist da so eine Idee gekommen, während du das alles erzählt hast …«

»Ich denke schon seit dem ersten Unfall darüber nach und kann mir das alles nicht erklären, ich glaube deshalb kaum, daß …«

»Warte! Vielleicht betrachtest du das Ganze zu einseitig,

du hast dir unbewußt einen Standpunkt suggeriert. Du hältst die Wirkung für die Ursache und umgekehrt … ein neuer Blickwinkel auf diese Angelegenheit kann sehr viel klären! Sag mir vor allem, was hältst du von dieser deiner Verdoppelung, und das gleich zweimal unter so ähnlichen Umständen? Was war das deiner Meinung nach?«

»Nun, ich glaube … irgendwie … eine Bewußtseinsspaltung …«

»Also hältst du dich für schizophren?«

»Nein! Etwas Ähnliches ist mir weder vorher noch nachher jemals passiert.«

»Also?«

»Vielleicht Telepathie? Was weiß ich …«

»Na bitte! Diese Hypothese ist schon besser! Alles doppelt sehen, das Gefühl, zwei Köpfe zu haben, die in verschiedene Richtungen schauen …«

»Ja, ich habe auch schon daran gedacht. Du willst sagen, daß ich gleichzeitig mit Greffs Augen und mit meinen eigenen sah. Einverstanden, aber im zweiten Fall? – Da habe ich doch nur das gesehen, was wirklich vorhanden war …«

»Ja, aber Moen hat doch auch geschlafen! Seine Augen waren geschlossen! Du hast nur das empfunden, was er in diesem Moment geträumt hat.«

»Aber … warum habe ich ihn … erschlagen? Ich hatte doch nicht den geringsten Grund dazu und auch gar nicht die Absicht! Warum also?«

»Warte! Bleiben wir erst einmal beim ersten Fall. Wenn ich dich richtig verstanden habe, waren deine Empfindungen da viel stärker und anstrengender. Das Tosen in deinem Kopf war unerträglicher, du warst erregter, hattest deine Gedanken nicht mehr unter Kontrolle?«

»Ja, zweifellos, aber ich nehme an, das war deshalb so, weil es mir da zum erstenmal passierte … Beim zweitenmal war ich in gewisser Weise schon darauf vorbereitet …«

»So etwas kann man nicht voraussetzen! Und was meinst du zu der starken emotionellen Erregung, die Greff erlitten hat? Gibt dir das nicht zu denken?«

»Was denn zum Beispiel?«

»Nun, daß er zum Beispiel ähnliche Empfindungen hatte wie du!«

»Weißt du, auch daran habe ich gedacht, aber ... aber warum bin dann nicht ich, sondern er ...«

»Das kann reiner Zufall gewesen sein. Er war vielleicht nicht so widerstandsfähig wie du ... Warte mal, ich hab's! Wirklich, jetzt hab' ich's! Hast du die letzte Nummer der ›Kybernetischen Nachrichten‹ gelesen?«

»Nein, aber ich verstehe nicht ...«

»Du wirst gleich verstehen! Da war eine theoretische Arbeit von Toerek über die Existenzmöglichkeit eines gekoppelten Bewußtseins. Wenn dieser Artikel mir nicht zufällig in die Hände gefallen wäre, wäre ich nie daraufgekommen! Jetzt ist alles für mich sehr einfach! Eine herrliche Bestätigung einer Theorie, die eigentlich für Elektronenhirne aufgestellt worden ist! Die Kopplung eines Bewußtseins mit einem zweiten! Paß auf: Du siehst, was Greff sieht, und er sieht, was du siehst ... Außerdem sieht jeder von euch aber noch das, was er unter normalen Umständen sehen würde. Ihr bildet ein symmetrisch gekoppeltes System, das außerdem noch Resonanz hat! Eure Gehirne, an eine Zusammenarbeit unter identischen Bedingungen gewöhnt, bilden ideale Resonanzfelder ... Es genügt ein entsprechend starkes Feld zur Übermittlung der Informationen, und die Kopplung erfolgt ... Wie wenn der Lautsprecher zu nah am Mikrofon steht! Was passiert dann? Es entsteht ein Pfeifton. Ein betäubendes, unerträgliches Pfeifen! Um es zu unterbrechen, muß man ein Element dieser Verbindung abschalten. Vollkommen! Er mußte sterben, Sim! Er oder du! Ihr wart zu gut aufeinander abgestimmt ... ,Unter normalen Umständen bemerkt man diese Kopplung gar nicht, man nennt das Gedankenlesen, sich ohne Worte verständigen. Aber es genügt, entsprechende Bedingungen für die Informationsübertragung zu schaffen, um zwei Systeme in eine so starke Resonanz zueinander zu bringen, bis eines von beiden dadurch zerstört wird!«

»Aber ... was waren das für Bedingungen, woher kam plötzlich dieses Übertragungsfeld?«

»Das ist im Moment gar nicht so wichtig, ich bin überzeugt davon, daß sich die Ursachen dafür finden lassen werden ... Aber der zweite Fall? Die Kopplung war schwächer – das ist ganz klar, ihr wart nicht so gut aufeinander eingespielt ... das heißt, der Willen des mit dir Gekoppelten hatte Besitz von dir ergriffen, also ... Moens Willen?«

»Glaubst du nicht, daß er mich dann gegen mich selbst gehetzt hätte?«

»Moment, Moment! Das muß ja nicht so einfach sein! Hör zu! Was hat Moen gesehen? Wenn wir voraussetzen, daß ihr gekoppelt wart, so muß er das gesehen haben, was du gesehen hast! Er hat das ganz deutlich im Traum gesehen. Und du ... du hast ihn angesehen! Also hat Moen sich mit deinen Augen schlafend gesehen. Du hast doch sicher bemerkt, daß bei einer solchen Kopplung die Impulse, die von einem Gehirn ausgesandt werden, auf den Körper des anderen Partners wirken! Moen hatte also, als er sich oder, wie er meinte, seinen Doppelgänger schlafend sah, das Bedürfnis, ihm etwas Schweres über den Schädel zu hauen. Ein solcher Gedanke konnte im Kopf eines zivilisierten Menschen nur unter dem Einfluß unkontrollierter Hirnrindenprozesse aufkommen, im Unterbewußtsein, im Schlaf. Wenn man das aber voraussetzt, dann muß man daraus folgern, daß in Moens Unterbewußtsein Haß gegen sich selbst vorhanden war ...«

»War er ein Psychopath? Ein Neurastheniker?«

»Ich glaube nicht. Schließlich hat er doch alle psychologischen Tests durchlaufen.«

»Was war es dann?«

»Erinnerst du dich nicht, ob er dir vielleicht irgendwann etwas über seine Kindheitserlebnisse erzählt hat? Irgendwelche Erinnerungen? Vielleicht sollte man die Ursachen hier suchen? Vielleicht eine psychische Abneigung?«

»Moment mal!« Sim schlug sich mit der Hand gegen die Stirn. »Natürlich! Er hat mir mal erzählt, daß er einen Bruder hat – einen Zwillingsbruder! Er hat sogar behauptet, daß dieser Bruder immer mehr Glück im Leben gehabt habe als er selbst, obwohl sie einander zum Verwechseln ähnlich sahen. Seit Jahren haben sie sich nicht mehr gesehen, ich glaube, sie hatten irgendwelche Auseinandersetzungen ...«

»Na bitte! So etwas hat uns gefehlt! Augenscheinlich war der Konflikt zwischen ihnen viel tiefgründiger, als Moen dir erzählt hat. Der aus verständlichen Gründen von Moen unterdrückte Haß gegen seinen Bruder hat sich in den Tiefen seines Unterbewußtseins festgesetzt ... Im Normalfall, offen, hätte er mit Sicherheit nicht die Hand gegen seinen Bruder erhoben. Als er ihn jedoch im Traum so deutlich vor sich sah, ließ er seiner unterbewußten Rachelust freien Lauf. Wollte er sich seines Bruders entledigen? Das werden wir nie genau erfahren ...«

»Also hat Moen unbeabsichtigt mit meinen Händen Selbstmord verübt?« fragte Sim, und seine Stimme klang erleichtert, als wäre ihm ein Zentnergewicht von der Brust gefallen.

»Es sieht so aus ... Nur, wie sollen wir das der verehrten Expertenkommission klarmachen? Man müßte ihnen Toereks Artikel zu lesen geben ...«

»Wenn du glaubst, das würde mir helfen, meine Lizenz wiederzubekommen, dann irrst du dich ... Diese Herren haben sich ihre Meinung schon gebildet und ändern nicht gern einmal gefaßte Beschlüsse.« Sim lachte sarkastisch. »Und ganz besonders hassen sie es, wenn man sie eines Besseren belehren will ...«

»Weißt du, was ich glaube, Sim? Das Informationsübertragungsfeld kann bei der Überlagerung eines Kernenergiefeldes durch ein starkes Gravitationsfeld entstehen ... Erinnerst du dich, was du über den Fleck in der Sonnenmitte gesagt hast? Ein solcher Fleck emittiert eine viel höhere Strahlung als der Rest der Sonnenoberfläche. Das erinnert mich an eine alte soziologisch-astrophysikalische Hypothese ... Sie brachte die Anzahl der Sonnenflecke mit gewissen Erscheinungen im gesellschaftlichen Leben in Zusammenhang –

Unruhe, Nervosität, sogar Epidemien und Krankheiten wurden der erhöhten Sonnenaktivität zugeschrieben. Die Sonnenaktivität kann einen nicht von der Hand zu weisenden Einfluß auf die Menschen haben ... Und es kann auch zu Spannungen kommen; natürlich sind sie hier nie so stark wie in deinem Fall, denn die Sonneneinstrahlung ist auf der Erde viel schwächer.«

»Du bist also der Meinung, daß ich nicht verrückt bin? Das ist für mich das wichtigste.«

»Warte geduldig ab, Sim, bald wirst du dich zu allem bekennen können. Ich glaube, daß die Entdeckung der Informationsübertragungsfelder in Sonnennähe nur eine Frage der Zeit ist ...«

»Und dann ... dann werde ich wieder zur Sonne fliegen. Vielleicht hast du Lust mitzukommen?« Sim sah mich mit einem kaum merkbaren Lächeln an.

»Hmm ... naa ... ich glaube ...«, sagte ich unentschlossen und griff instinktiv nach meinem Kopf.

Der Schacht

Die kahlen Bäume streckten im Park ihre Äste in den Himmel. Auf dem Boden bildeten die abgefallenen Blätter einen weichen Teppich. Sie raschelten nicht mehr, sie waren feucht vom Morgentau. Es war bewölkt. Die paar hundert Meter zwischen dem Studentenwohnheim und dem Institut legte Jan von Zweifeln und Neugierde geplagt zurück. Was würde man ihm vorschlagen?

Vor der Tür des Arbeitszimmers von Professor Maer holte er tief Luft, räusperte sich und ging hinein. Er versuchte, eine möglichst kluge Miene aufzusetzen.

»Guten Tag«, sagte er.

»Seien Sie gegrüßt! Bitte, worum geht es?« Maer lächelte, aber Jan wußte, daß das gar nichts zu bedeuten hatte.

Der Professor war klein und glatzköpfig, aber für seine siebzig Jahre sehr beweglich. Er hatte die Angewohnheit, bei seinen Gesprächen mit Studenten in kleinen Schritten durchs Zimmer zu laufen. Aus seinem Gesichtsausdruck konnte man niemals auf seine Laune schließen, aber aus der Geschwindigkeit seines Spazierganges durchs Zimmer zweifelsfrei. Je schneller er lief, desto besser. Wenn der Professor sein Tempo verlangsamte, wurde der Student unruhig. Wenn er stehenblieb, war es schon ganz schlecht, setzte er sich jedoch an seinen Schreibtisch, dann konnte man jeder positiven Erledigung seines Anliegens ade sagen. Während der Prüfungen bei »Opa« Maer fragten die Wartenden die bereits Geprüften: »Welche Geschwindigkeit?« Lautete die Antwort: »Er rennt!«, dann konnte man beruhigt in die Prüfung gehen.

Als Jan eintrat, saß der Professor an seinem Schreibtisch.

Übel, dachte Jan.

»Ich komme wegen der Diplomarbeit«, sagte er.

»Aha!« Der Professor lächelte weiter. »Jetzt erst. Na, wollen mal sehen, was noch übrig ist ...«

Er nahm seine Mappe und zog ein beschriebenes Blatt hervor.

Jetzt müßte er eigentlich aufstehen, dachte Jan.

»Viel ist nicht mehr da. Fast alle Themen sind schon vergeben.« Maer fuhr mit dem Bleistift die Aufstellung entlang.

»Da wäre noch das ... das ... und das.«

Er hakte drei Positionen an und stand langsam auf, die Liste behielt er in der Hand.

»Das ... wird dich wohl nicht interessieren ...«, brummelte er vor sich hin, »das auch nicht. Oh! Ich würde dieses Thema vorschlagen. Ein sehr interessantes Problem!«

Das ist das Ende! dachte Jan. Der Opa halst mir jetzt das allerschlimmste Thema auf, eins, das niemand wollte ... und dann wird er mir noch einreden, das sei ein sehr interessantes Problem!

»Die Wirksamkeit des Gammaspiegels als biologischer Schutz«, las der Professor vor. »Mit etwas gutem Willen kann man daraus eine wunderschöne, originelle wissenschaftliche Arbeit machen! Was meinst du?«

»Nun ... ich glaube ...«

»Also abgemacht. Jan Link ...«, er setzte den Namen auf seine Liste. »Ich wünsche viel Erfolg. Melde dich bei Doktor Traut.«

Reingefallen! dachte Jan. Ich werde massenweise Meerschweinchen mit Hilfe von Gammastrahlen morden. Ich habe gleich geahnt, daß das so ausgeht. Der Alte ist sauer, daß ich mich bei der Verteilung der Themen verspätet habe. Er hat sich nicht einmal von der Stelle gerührt, so böse ist er!

In diesem Moment setzte sich Maer mit seinen schnellsten Schrittchen in Bewegung, aber einen Meter vor dem Schreibtisch hielt er plötzlich inne, stöhnte und griff sich ans Knie. Das rechte Bein nachziehend, kehrte er zu seinem Sessel zurück.

»Das ist mir völlig entfallen ... den ganzen Tag war

ich vorsichtig, und nun ... Siehst du, ich habe mir heute früh das Bein verstaucht ...«, sagte er verlegen. Mit der Linken massierte er sein Knie, die Rechte streckte er Jan entgegen.

»Viel Erfolg! Ach so, ich habe wohl vergessen, dir zu sagen, daß du die Untersuchungen auf dem Phobos durchführen wirst. In einer Woche fliegt Traut los, also beeile dich. Morgen wirst du Traut in der Beschleunigerstation antreffen ...«

Jan verbeugte sich schnell und lief aus dem Zimmer. Erst auf dem Flur verlor er die Beherrschung und lachte herzhaft.

»Das ist ein Ding!« prustete er belustigt. »Das ist der beste Witz des Monats ... Was sage ich, der Witz des Jahres! – Der Opa sitzt, dann steht er auf der Stelle, ohne sich zu rühren ... Und ich dachte, er sei wer weiß wie böse, dabei hat der Ärmste sich nur das Bein verstaucht ...«

Mit Mühe verbiß er sich das Lachen, und mit Luftsprüngen lief er aus dem Gebäude. Erst draußen kam er etwas zu sich und überlegte, daß es eigentlich gemein sei, so über das verstauchte Bein des alten Professors zu lachen. Er wurde ernst und dachte, daß er, gerade er, zum Satelliten des Mars fliegen sollte. Es fiel ihm schwer, sich an diesen Gedanken zu gewöhnen. Er konnte es nicht glauben ... Ein besseres Thema für die Diplomarbeit hätte er sich gar nicht erträumen können!

Dann dachte er an Liss, und sein Gesicht wurde lang. Ach, irgendwie würde es schon gehen, es waren ja nur ein paar Monate. Aber sagen mußte er es ihr.

Er ging in Richtung Stadt, nach Hause zu gehen, hatte er jetzt keine Lust. Er wollte Bekannte treffen, sich mit ihnen unterhalten und wie unbeabsichtigt seine erfreuliche Neuigkeit ins Gespräch einflechten: »Weißt du, ich bin sehr beschäftigt, übermorgen habe ich Prüfung, und in einer Woche muß ich mal schnell zum Phobos rüberfliegen ...«

Über Traut wußte Jan sehr wenig, nur so viel wie alle anderen Studenten auch. Wenn irgendwo sein Name fiel, dann wurde gefragt: »Ist das der von Albach?«, denn jeder aus dem

Grundkurs für Atomphysik kannte das »Albach-Traut-Gesetz«.

Ja, das war *der* Traut, ein ganz hervorragender Wissenschaftler, aber ein schlechter Pädagoge und ein wenig sympathischer Mensch. Ein Jahr hatte er am Institut Vorlesungen gehalten und sich während der Prüfungen bei den Studenten als mürrischer und ständig unzufriedener Einzelgänger einen Namen gemacht. Später vernachlässigte er seine pädagogische Arbeit, flog oft im All umher, führte irgendwelche Untersuchungen durch, die so spezifisch waren, daß sehr wenige etwas über seine Forschungsergebnisse wußten.

Aber warum auf dem Phobos? dachte Jan. Was macht er dort? Was ist das, ein Gammaspiegel? Moment mal ...

Es fiel ihm schwer, das Wissen über die Strahlenphysik aus seinem Gedächtnis hervorzukramen. Erst nach langem Überlegen fiel ihm ein, daß er folgende Notiz in einer wissenschaftlichen Zeitschrift gelesen hatte: »... ein Spiegel, der die Gammastrahlen restlos reflektiert, wäre eine fast ideale Lösung des Problems des Photonenantriebs, wobei die Annihilation als Energiequelle genutzt werden könnte ...«

Ob es sich darum handelte? Wenn ja, dann wäre es wirklich ein mitreißendes Thema ... Daraus würde jedoch resultieren, daß es Traut gelungen war, einen solchen idealen Spiegel zu bauen. Vielleicht vorerst ein kleines Modell, etwas wie »eine Versuchsanordnung mit Nulleistung«, um die Wirkung der Annihilation im Dauerversuch zu testen.

Auf jeden Fall muß ich, bevor ich mich bei Traut melde, etwas zu diesem Thema lesen, um nicht als völliger Trottel dazustehen. Das liegt zwar nicht auf dem Gebiet meiner Spezialisierung, aber es ist immer besser, sich den Mentor für die Diplomarbeit zum Freund zu machen, beschloß Jan.

Er kam gerade an einer öffentlichen Videokabine vorbei, ging hinein und rief Liss an. Sie war zu Hause und freute sich sehr. »Bist du gestern zurückgekommen?«

»Nein, heute früh. Stell dir vor, gestern wurden an unserer Fakultät die Themen für die Diplomarbeiten verteilt!«

»O je!« sagte Liss mitfühlend. »Und was machst du nun?«

»Nichts, schon erledigt«, antwortete er und lächelte verlegen. »Ich habe eine wenig angenehme Überraschung für dich.«

»Was ist denn passiert?« Sie wurde ernst und war etwas erschrocken.

»Ich fahre weg.«

»Was? Und dein Diplom?«

»Das ist es eben ... ich habe ein Thema bekommen ... rate mal, wo?«

»Woher soll ich das wissen?« Sie überlegte einen Moment und blickte prüfend in sein Gesicht. »Auf dem Mond! Stimmt's?«

»Fast. Nun brauchst du nur noch zu sagen: Auf welchem Mond?«

»Was? Nicht auf unserem? Sag doch endlich, wo, und spann mich nicht auf die Folter!«

»Auf dem Phobos«, sagte Jan und bemühte sich, das so gleichgültig wie irgend möglich zu tun.

»Ach!« sagte sie. »Das gefällt mir aber gar nicht! Dann verschwindest du wieder für mehrere Monate.«

»Ich hatte keine andere Wahl ...«

»Ist schon gut, ich weiß ja, daß du dich freust.«

»Also, wo wollen wir uns treffen?«

»Wie immer. In einer Viertelstunde bin ich da.«

Als sie aus dem Café kamen, begann es zu regnen.

»Soll ich also auf dich warten?« fragte Liss und blickte Jan von der Seite an.

»Wenn du willst«, sagte er schrecklich ernst, und beide begannen zu lachen. Sie liefen durch die nassen Straßen, durch den Nieselregen und den Nebel. Vor ihrem Haus angekommen, sagte Liss: »Dann werde ich wohl warten.«

»Wohl?«

»Nun, das heißt, ich werde warten ...« Sie sah ihm in die Augen. Er küßte sie sanft. Liss legte ihren Finger auf seine Nase und sagte: »Du Kosmonaut, du!«, dann lief sie schnell ins Haus. –

30

»Also dich hat man mir zugeteilt ...« Traut blickte ihn gleichgültig an, und Jan dachte sofort, daß dieser Traut wirklich nicht gerade einer der Höflichsten sei.

»Gut. Warte einen Moment.«

Er war groß, dürr wie eine Bohnenstange und mochte so um die Fünfzig sein, aber genausogut hätte man ihn auch zehn Jahre jünger oder älter schätzen können. Sein längliches Gesicht war immer verzogen, und das gab ihm einen ständig unzufriedenen Ausdruck. Seine tiefliegenden Augen waren lebhaft, aber sehr ernst. So sah ihn Jan zum erstenmal, und er mußte zugeben, daß die Perspektive, mit diesem Menschen eine mehrmonatige Reise zu machen, ihn nicht gerade zu Begeisterungsstürmen hinriß ...

Traut zog einen großen Zettel hervor und gab ihn Jan. »Hier ist eine Aufstellung, was du mitnehmen und was du noch erledigen mußt. Und das ist dein Arbeitsplan. Bereite deine Materialien vor, deine Notizen, damit du nichts Unnützes mitschleppst, denn die Rakete wird sowieso schon überladen sein. Morgen meldest du dich zur Untersuchung im Kosmed, wir starten am 18. 12. um 12 Uhr 42. Zwölf Stunden vor dem Start mußt du im Kosmozentrum sein, natürlich mit vollem Gepäck. Ach so, noch die ganzen Formalitäten, du weißt schon ... Außerdem steht ja hier alles genau drauf. Fliegst du selbst auch?«

»Nur atmosphärische Flugkörper.«

Traut verzog das Gesicht, so als denke er: Das ist sehr schlecht, schwieg aber. Erst nach einer Weile sagte er, ohne Jan anzusehen: »Das wäre im Moment alles. Ich bin jetzt beschäftigt!« Er wandte sich sofort einem Stoß technischer Zeichnungen und Anleitungen zu, die auf dem Schreibtisch und den anderen Tischen lagen.

Jan stand noch eine ganze Zeit da, bevor er merkte, daß die Audienz beendet war. Traut hatte so schnell gesprochen, daß Jan schon in der Mitte seiner Tirade völlig den Überblick verloren hatte. Mit dem Blatt in der Hand, das er von Traut bekommen hatte, verließ er das Zimmer.

Zum Glück stand wirklich alles ausführlich darauf, Punkt

für Punkt, was zu erledigen war, was er mitnehmen mußte und wo und wann er sich zu melden hatte.

Ein eigenartiger Mensch! dachte er. Das alles ausführlich aufzuschreiben, hat er Zeit, aber sich normal unterhalten, das kann er nicht!

Jan schüttelte den Kopf und verließ das Beschleunigergebäude; er war gespannt, wie sich die Zusammenarbeit mit diesem Sonderling auf dem Phobos entwickeln würde.

»Sie haben mich gesucht, Herr Doktor?«

»Ach, du bist es, Link. Gut, daß du kommst, setz dich!«

Doktor Kyoki war Japaner, er hatte einen großen runden Kopf, der auf einem viel zu kleinen Körper saß. Seine winzigen schwarzen Augen blickten immer freundlich und nachsichtig. Wegen seines »väterlichen Blicks« erfreute sich der pädagogische Direktor der Fakultät allgemeiner Sympathie unter den Studenten.

»Ich habe dir einiges zu sagen, Link«, fuhr Kyoki fort, »denn dir ist die Arbeit bei Traut zugefallen. Ich bin der Ansicht, daß ich dich warnen sollte. Das ist eine sehr delikate Angelegenheit. Siehst du, wie soll ich sagen ... wir wollen ... das heißt, ich, der Professor und die anderen Kollegen möchten, daß du dich gewissermaßen um Traut kümmerst. Er ist ein wirklich begabter und geschätzter Wissenschaftler, nur leider ist er schrecklich unvorsichtig, ich würde sogar sagen: starrsinnig ... Ja, das ist wohl am besten ausgedrückt ... Er hat sich in den Kopf gesetzt, daß er keine Hilfe braucht, daß er das Experiment auf dem Phobos allein durchführt, ohne Hilfe. Er hat völlig recht, eine Person reicht wirklich zur Bedienung der ganzen Apparatur während des Experiments aus. Ich befürchte jedoch, daß Traut, wenn er allein ist, sich nicht sehr genau an die Sicherheitsvorschriften halten wird. Wenn es nur um sein eigenes Leben und seine eigene Gesundheit geht, dann läßt er alle Sicherheitsvorschriften, die er für unnötig hält, außer acht. Natürlich gibt es Vorschriften und Verbote, die übertrieben erscheinen, aber sie sind nun einmal notwendig. Traut liebt das Risiko, da kann man nichts machen. Wenn aber eine zweite Person im Spiel ist, dann ist er pedantisch vorsichtig. Wenn wir einen seiner Wissenschaftlerkollegen mitschicken würden, wäre Traut beleidigt. Er könnte denken, wir trauen seinen Fähigkeiten nicht, das ist aber nicht so. Ein selbständig arbeitender Wissenschaftler hat jedoch die Pflicht, einen vom Institut bestimmten Diplomanden zu betreuen, das nutzen wir aus und schicken dich mit ... Auf diese Art wollen wir ihn davor bewahren, Untersuchungen »um jeden Preis« zu machen. Dieser Mann ist der Wissenschaft völlig ergeben, mit Leib und Seele, und er ist auch ein anständiger und wertvoller Mensch ...«

Kyoki schwieg, und Jan fühlte sich leicht unwohl. – Wenn dieser Traut tatsächlich so verrückt ist, dann ... Er wollte lieber nicht weiter darüber nachdenken.

»Ich habe das alles über ihn nicht grundlos gesagt. Ich weiß nicht, ob dir bekannt ist, daß Traut schon eine beträchtliche Strahlenschädigung auf seinem Konto hat. Vor einigen Jahren, während der ersten Versuche mit der kontrollierten Annihilation, brannte er so auf seine Untersuchungen, daß er sich unvorsichtig über die Schutzwand beugte und einige hundert Röntgen abbekam. Er war lange krank, aber auch nach seiner Genesung ist er nicht vorsichtiger geworden. Das Experiment auf dem Phobos ist nicht gefährlich, wenn die elementarsten Vorsichtsmaßnahmen eingehalten werden.«

»Ist gut«, sagte Jan resigniert. »Ich werde mich bemühen, daß alles gut geht.«

Es imponierte ihm natürlich auch ein bißchen, daß er eine solche »Mission« zu erfüllen hatte.

Was Traut zusammenfassend als »Formalitäten« bezeichnet hatte, beschäftigte Jan zwei volle Tage, vom Einholen der Erlaubnis zur Ausfuhr der Versuchstiere angefangen bis zu den ärztlichen Untersuchungen. Bei diesen Untersuchungen erfuhr er, daß er unter einer »aminalen Disphasion von null-Komma-null-drei Grad« leide. Er machte sich jedoch nicht besonders viel daraus, einfach deshalb, weil er keine

Ahnung hatte, ob das viel oder wenig war und was das überhaupt bedeutete. Schließlich erhielt er die Erlaubnis zum Flug ins Marsgebiet, und das war für ihn das wichtigste.

Einen Tag vor dem Start gab Jan sein Gepäck auf, und zur festgesetzten Zeit durchschritt er zum erstenmal das Tor des Kosmozentrums. Im dritten Pavillon befand sich bereits die gesamte Ladung, auch Traut war dort.

»Da bist du ja!« sagte er und begann ungeniert Jans Gepäck zu kontrollieren. Er sah die Pakete durch, nur die Käfige mit den Mäusen und den Meerschweinchen betrachtete er von weitem, so als würde er sich ekeln.

»Paß auf dieses Viehzeug auf«, sagte er drohend, »damit es mir nicht in der Rakete herumspaziert!«

Zum Schluß machte er sich über Jans persönliche Sachen her. Er nahm den elektrischen Rasierapparat heraus, wog ihn in der Hand und brummte: »Was ist das denn? Unnötiger Ballast, wir werden Bärte tragen!«

Dann sagte er bestimmt und viel zu laut: »Ich habe dir doch gesagt, daß wir schon überladen sind!«

Traut wühlte weiter, bis er auf den Metallrahmen mit Liss' Bild stieß. Jan bekam rote Ohren, als Traut, der seinen Blick zwischen dem Bild und ihm hin und her wandern ließ, ironisch lächelte und Anstalten machte, das Bild zur Seite zu legen, so wie zuvor den Rasierapparat. Dann legte er das Bild aber doch in den Koffer zurück und klappte ärgerlich den Deckel zu. Im Koffer sah es aus wie Kraut und Rüben.

Neben seinen weiteren »Vorzügen« ist er auch noch boshaft! dachte Jan bei sich und war sehr unzufrieden.

»In Ordnung, einladen!« brummte Traut.

Die Transportbänder setzten sich in Bewegung, und Traut trat ans Hallenfenster. Jan stellte sich hinter ihn und blickte in dieselbe Richtung. Niedrig am Horizont stand der Mars, er glühte wie eine brennende Zigarette im Dunkeln. Traut schwieg lange, plötzlich streckte er die Hand aus, wies mit dem Finger auf den Planeten und sagte scharf: »Dort!«

Dann drehte er sich langsam um und ging hinaus. –

»Ich weiß, daß Kyoki seine Finger da drin hatte«, sagte Traut, als sie auf dem Mars landeten. »Ich weiß, warum sie mir einen Diplomanden aufgehalst haben. Sie haben Angst um mich!«

Er blickte auf den Kontrollbildschirm und bediente mit sicheren Bewegungen den Steuerhebel; es war, als führe er Selbstgespräche. »Wen geht das denn etwas an? Ich bin für mich selbst verantwortlich!« sagte er verärgert und warf Jan einen bösen Blick zu, als würde er sich in fremde Angelegenheiten mischen.

Jan kroch auf seinem Kopilotensitz in sich zusammen und fühlte, daß er diesen Menschen nicht ertragen konnte. Während des ganzen Fluges zum Mars hatte Traut, wenn er nicht gerade arbeitete oder schlief, nur genörgelt: über die Zustände im Institut, über die Vorgesetzten, die ihn mit einer Ladung Geräte für die Marsbasen belastet hatten, über die Ingenieure, die seine Forschungsgeräte nicht termingemäß fertiggestellt hatten.

Er sprach ganz monoton, manchmal eine halbe Stunde ohne Pause, nur von Zeit zu Zeit sagte er ein einzelnes Wort etwas lauter.

Aus den vielen, für ihn unverständlichen physikalischen Ausdrücken, die Traut so daherredete, versuchte Jan sich ein allgemeines Bild über das durchzuführende Experiment zu machen. Wenn er richtig verstanden hatte, war es Sinn des Experiments, eine ununterbrochene, kontrollierte Annihilationsreaktion zu erreichen: Ein Elektronenstrahl und ein Positronenstrahl treffen im Brennpunkt eines Konkavspiegels zusammen; die Teilchen und die Antiteilchen verschwinden, und von dem Punkt aus, an dem sie aufeinandergeprallt sind, strahlen zwei Gammaphotonen nach beiden Richtungen ab. Die Photonen treffen auf die Spiegeloberfläche, und wenn diese vollständig reflektiert, dann wird der Impuls der Photonen auf den Spiegel übertragen.

Der Photonenantrieb, theoretisch schon seit langem bekannt, würde bei Anwendung der Annihilation die Probleme beim Bau eines Motors für interplanetare Raketen lösen. Die

Konstruktion eines Spiegels mit so phantastischen Eigenschaften schien bisher jedoch ein unlösbares Problem; wenn man nämlich die gewaltige Strahlungsintensität in Betracht zieht, die der Spiegel aufnehmen müßte, dann würde ein Bruchteil dieser Energie genügen, ihn in Sekundenschnelle zusammenzuschmelzen!

Der Spiegel, der nach Trauts Plänen auf dem Phobos aufgebaut worden war, sollte die Lösung dieses lang erträumten Ideals sein ... Jan hatte jedoch keine Ahnung von der Größe des Spiegels, von der Strahlungsintensität, die Traut erreichen wollte. Er fragte Traut auch nicht nach Einzelheiten, denn er wollte sich nicht durch eine dumme Frage in seinen Augen zum Trottel machen. Er würde an Ort und Stelle alles selbst sehen und sich mit eigenen Augen überzeugen können.

Eines stand fest: Traut glaubte an den Erfolg seines Experiments. Mehr noch, er war sich seiner sicher, er ließ den Gedanken, daß etwas schiefgehen könnte, gar nicht an sich heran.

Jans Aufgabe bestand darin, die Bedingungen auf der Rückseite des Spiegels zu untersuchen. Obwohl man von der perfekten Reflexion der Spiegeloberfläche überzeugt war, ließ sich schwer voraussehen, ob durch den Spiegel, durch mikroskopisch kleine Risse oder Schäden, nicht doch für lebende Organismen schädigende Strahlen dringen würden. Die Meerschweinchen, die Jan mitführte, sollten als Versuchsobjekte dienen, bevor der erste Mensch hinter dem Steuer einer Photonenrakete Platz nahm.

Auf der zweiten Marsbasis wurden sie sehr freundlich empfangen. Das war natürlich nicht ganz selbstlos, denn schließlich brachten sie Lebensmittelvorräte und Geräte mit. Aber hier war wohl jeder Besucher gern gesehen. Die drei Besatzungsmitglieder, die diese Basis bedienten, hatten wenig Abwechslung. Die können nicht einmal Bridge spielen, dachte Jan. Die Basis kam ihm irgendwie »gewöhnlich« vor. Gar nicht wie auf dem Mars, dachte er, obwohl er zum erstenmal hier war. Sie hatten wenig Zeit, und Jan konnte sich kaum in der Basis umsehen. Von Traut angetrieben, aß er Abendbrot, es war hervorragend, aber eben nichts »Ungewöhnliches«. Später wurden sie dann ins Gästezimmer geführt; sie wollten etwas schlafen, denn der Start zum Phobos sollte erst nachts stattfinden.

Traut setzte die Rakete ziemlich sicher auf, obwohl der Landeplatz von oben nicht gerade einladend ausgesehen hatte: ein kleines Plateau, umgeben von scharfen Felsblökken. Jan verließ als erster die Rakete. Unter den Füßen fühlte er einen harten, glatten Untergrund. Seine Magnetschuhe fanden darauf sofort Halt, und ihm wurde bewußt, daß das eine richtige Landebahn war, eine Stahlplatte, die es erlaubte, sich normal auf diesem Marsmond fortzubewegen. Die Schwerkraft war hier so gering, daß jeder Schritt ohne Hilfe des Magnetfeldes einen unfreiwilligen Flug hätte bewirken können. Elektromagnetische Landeleinen brachten die Rakete in Startposition. Traut stieg auch aus und führte Jan einen Weg entlang, der sich zwischen spitzen Felsblökken schlängelte, es war ein schmaler Stahlpfad. Jan bewegte sich unsicher vorwärts, er hatte das Gefühl, eine weiche Asphaltstraße unter seinen Füßen zu haben, an der die Schuhe festklebten. Er mußte sich völlig darauf konzentrieren, das Gleichgewicht zu halten, und blieb dadurch etwas zurück. Nach einer Weile drehte Traut sich um und sah Jans Anstrengungen, den linken Fuß vom Boden loszubekommen. Er blieb stehen und wartete. Als Jan herangekommen war, bückte er sich und hantierte an Jans Schuhen herum.

»Grünschnäbel!« brummte er vor sich hin, so als habe er vergessen, daß er im Helm des Raumanzuges ein Mikrofon hatte und Jan alles in seinen Kopfhörern hören konnte. »Alle sind so furchtbar schlau, aber die Magneten richtig einstellen, das können sie nicht. Fertig!«

Er richtete sich auf, ging wortlos weiter und blickte auch nicht mehr zurück. Jan merkte, daß er jetzt viel bequemer laufen konnte, die Magneten wirkten gleichmäßig, in Einklang mit dem Rhythmus seiner Schritte. Er konnte Traut mühelos folgen. Jan sah sich um, die spitzen Kuppen der Felsen warfen lange Schatten; wenn er aus einem dieser Schatten heraustrat, hatte er den Eindruck, eine bis dahin erloschene Sonne leuchtete plötzlich auf, so scharf waren die Lichtkontraste. Die Sonne war schon halb hinter dem nahen Horizont verschwunden, sie sah vor dem Hintergrund des schwarzen Himmels aus wie eine blendendweiße Leuchtstofflampe. Auf der rechten Seite befand sich eine glatte Stahlplatte, dort standen zwei große Transportraketen.

Als sie den Landeplatz hinter sich gelassen hatten, war die Sonne schon völlig hinter den Felsen verschwunden. Die Dunkelheit brach übergangslos herein. Hinter einer Biegung tauchten die Umrisse einer eigenartigen Konstruktion auf, sie wurde von starken Scheinwerfern beleuchtet.

Im hellen Licht bewegten sich mehrere Gestalten in Raumanzügen.

»Warte hier!« sagte Traut und ging auf die Männer zu. Wenig später hörte Jan Trauts scharfe, erregte Stimme in seinen Kopfhörern. Traut brüllte die dort arbeitenden Techniker an. Jan verstand nur, daß sie, wenn sie ihre Arbeit getan hätten, sofort ihre Raketen besteigen und vom Phobos verschwinden sollten, denn er, Traut, habe keine Zeit und würde morgen mit den Versuchen beginnen, ohne Rücksicht auf die gegebenen Umstände.

Wie können sie über längere Zeit einen solchen Vorgesetzten ertragen? dachte Jan bei sich, aber dann fiel ihm ein, daß ja auch er ihn ertrug, weil er mußte.

»Sie kriechen herum wie Schnecken«, sagte Traut bei seiner Rückkehr erregt, »sie haben noch nicht einmal ihre Klamotten zusammengepackt, obwohl sie schon seit einigen Stunden auf dem Rückflug zur Erde sein müßten!«

»Wer ist das denn?« fragte Jan.

»Die technische Equipe. Sie haben das Annihilatron für unsere Versuche vorbereitet.«

Ein Glück, dachte Jan, daß er wenigstens nicht eingebildet ist, er hat gesagt »für unsere Versuche«. Das bedeutet, daß er seine Versuche mit mir teilen will, daß er mich als Mitarbeiter betrachtet ...

Sie gingen noch einige Minuten weiter. Der stählerne Bürgersteig endete genau vor dem Eingang zur Station. Durch die Vakuumschleuse gelangten sie ins Innere.

»Du kannst den Raumanzug ablegen«, sagte Traut.

Jan atmete erleichtert die reine Luft ein.

»Das ist die Steuerzentrale des Annihilatrons, und hier wohnen wir.«

Traut führte Jan in einen nicht besonders großen Raum. Darin standen einige ausziehbare Sessel zum Schlafen, Tische und Wandschränke. Alle Gegenstände waren an der Wand oder auf dem Fußboden befestigt, so wie in der Rakete. Jan fühlte sich unbeholfen. Ohne seine Magnetschuhe der Schwerelosigkeit ausgesetzt, stieß er, obwohl er sich große Mühe gab, vorsichtig aufzutreten, bei jedem Schritt mit dem Kopf an die Decke; sie war jedoch zum Glück sehr weich gepolstert.

»Setz dich und schnall dich an«, sagte Traut und wies auf einen Sessel.

Er setzte sich auch und drückte auf einen an der Sessellehne angebrachten Hebel. Die ganze Kabine begann zu vibrieren. Jan fühlte, wie die Schwerkraft wuchs, und begriff, daß die Kabine zu rotieren begonnen hatte.

»Jetzt können wir uns ganz normal bewegen«, sagte Traut, »das ist sehr bequem, du wirst es noch schätzenlernen, denn die Schwerelosigkeit ist sehr ermüdend. Wir werden jetzt essen und dann schlafen, bis die Techniker verschwunden sind. Ich hoffe, sie haben uns noch etwas übriggelassen. Später müssen wir dann die Rakete entladen und alles hierhertransportieren.«

»Herr Doktor ...«, begann Jan.

»Die Titel kannst du dir schenken«, unterbrach ihn Traut, »wir haben hier keine Zeit für unnützes Geschwätz, sage du zu mir oder irgendwie, Hauptsache kurz. Auf der Erde kannst du mich sogar mit Exzellenz betiteln, aber hier ist nicht der Ort dafür.«

39

»Ist gut«, sagte Jan und versuchte, sich seine Verwirrung nicht anmerken zu lassen. Warum muß er immer und über alles meckern? Wenn er will, daß ich ihn anders nenne, dann kann er das doch ganz einfach sagen, und fertig. Warum gleich so viele Worte und in diesem Ton? Es scheint, als wolle er sofort einen guten Eindruck, den man von ihm hat, verwischen …

Was Jan zu sehen bekam, übertraf seine Vorstellungen bei weitem. Sie standen vor einer Vertiefung, die aussah wie eine riesige Schüssel von einem Dutzend Meter Durchmesser. Im ersten Moment hatte man den Eindruck, an einem See zu stehen, auf dessen Oberfläche sich die Sterne spiegelten. Erst nach genauerem Hinsehen bemerkte Jan, daß die Sternbilder verzerrt waren und kleiner als am wirklichen Himmel über ihm.

Es war der Spiegel. Jan war sich nicht darüber klar, ob Traut ihn absichtlich oder zufällig nachts hierhergeführt hatte, nicht einmal der Mars schien, und Traut hatte ihn, ohne ihn vorher darauf vorzubereiten, an den Rand der paraboloiden Mulde geführt. Nun stand Traut neben ihm und blickte Jan wie zufällig gerade in dem Moment an, als sein Scheinwerfer ihn anleuchtete.

»Überwältigend!« sagte Jan und war wirklich von dieser eigenartigen schwarzen Tiefe, aus der ihn die Sterne anstrahlten, begeistert. »Wie ein ruhiger See …«

Traut schwieg. Jan drehte sich um, und der Schein der Lampe an seinem Helm fiel einen Moment auf das Gesicht des Wissenschaftlers. In diesem kurzen Augenblick sah Jan etwas Ungewöhnliches: Traut lächelte. Es dauerte nur den Bruchteil einer Sekunde, der Lichtstrahl fegte dieses geheimnisvolle, melancholische Lächeln weg und verwandelte es in eine undefinierbare Grimasse. Traut bewegte sich unruhig, so als wäre er bei etwas Beschämendem ertappt worden.

»Komm!« sagte er grob. »Genug der Romantik. See oder nicht See, das ist nur ein Gammaspiegel. Die vorgesehene Strahlungsaufnahme liegt bei drei Zehnmillionstel. Selbst bei voller Kraft des Annihilatrons übersteigt die Temperatur nicht fünfhundert Grad Kelvin. Unter der reflektierenden Oberfläche befindet sich eine strahlenschluckende Schicht, die mit flüssigem Helium gekühlt wird.«

Sie gingen um den Spiegel herum. Traut ließ von Zeit zu Zeit einige zusammenfassende Bemerkungen oder Erklärungen fallen.

»Das sind die Läufe der Elektronen- und der Positronenkanone«, sagte er und wies auf zwei in geringem Abstand voneinander angebrachte Rohre, deren Läufe nach unten gerichtet waren, genau auf den Brennpunkt des Spiegels. »Die beiden Strahlen treffen genau im Zentrum des Spiegels aufeinander, und dort erfolgt die Annihilation. Da hier ein Vakuum herrscht, werden die Strahlen nicht zerstreut. Die durch die Annihilation entstehenden Gammaphotonen werden durch den Spiegel zu einem stark konzentrierten, gleichmäßigen Strahl gebündelt, der senkrecht nach oben verläuft, so wie bei einem normalen Lichtreflektor ...«

Sie gingen weiter. Traut blieb vor einem kreisförmigen Schachtausgang stehen, der senkrecht in einen Felsen hineinführte.

»Der Schacht führt in die Versuchskammer«, sagte Traut. »Steig hinunter!«

Über in die Mauer eingelassene Sprossen gelangten sie auf den Grund des Schachtes. Er war etwa vierzig Meter tief. Unten erweiterte er sich zu einem halbrunden Raum, von hier aus verlief ein waagerechter, enger Gang. Traut betrat diesen Gang. Jan schaltete seinen Reflektor aus und blickte nach oben. Der Schacht, durch den sie nach unten gelangt waren, war dunkel, durch die Ausgangsöffnung sah man einen runden Ausschnitt des Sternenhimmels ...

Schnell folgte Jan Traut, in dem niedrigen Gang konnte er sich nur gebückt vorwärts bewegen. Traut schaltete das Dekkenlicht an. Sie befanden sich in einer großen Kammer, sie sah aus wie ein senkrechter Zylinder und hatte Betonwände. Das Gewölbe hatte die Form einer Kugelkappe, in seiner Mitte ragten zwei Metallsäulen, deren Seiten aneinanderstie-

41

ßen wie die Läufe einer Doppelflinte. Sie endeten ungefähr
einen Meter über dem Boden, über einem einfachen Labor-
tisch. Auf dem Tisch und ringsherum auf Hockern und auf
dem Fußboden war die Apparatur montiert, hauptsächlich
Strahlungsmeßgeräte. Die Kabel und Leitungen liefen in
einem großen Knäuel zusammen und verschwanden in einer
runden Öffnung in einer der Wände.

Traut machte sich an den Tischbeinen zu schaffen und
montierte die Halterungen ab. Dann schob er leicht und
ohne Kraftaufwand den Tisch zur Seite; dieses schwere und
massive Möbelstück wog hier fast nichts. Als hätte er Jans
Anwesenheit völlig vergessen, legte sich Traut auf den Fußboden und schaute lange Zeit in die beiden Säulen, die direkt über seinem Gesicht hingen.

»Lösch das Licht«, sagte er dann zu Jan. »So ist es gut.
Leg dich hier an meinen Platz.«

Er stand auf, klopfte seinen Raumanzug ab und trat zur
Seite. Jan nahm seinen Platz ein und blickte nach oben. Er
bemerkte jetzt erst, daß durch den Mittelpunkt einer jeden
Säule ein schmaler Kanal nach oben verlief.

»Leg dich so hin, daß deine Augen genau der Öffnung gegenüber sind«, sagte Traut.

Jan sah in der Tiefe des Kanals einen blinkenden Funken.
Ein Stern, dachte er, also führt der Kanal an die Oberfläche ...

»Wir befinden uns genau unter dem Mittelpunkt des Spiegels. Der Kanal, durch den du schaust, verläuft von seiner
Oberfläche durch die reflektierende Schicht und die Schutzschicht. Er ist genau in den Brennpunkt des Spiegels gelegt,
also in den Punkt, wo die Annihilation stattfinden wird.
Durch diesen Kanal wird ein dünner Gammastrahl hier unten eindringen. Der Kanal in der zweiten Säule ist viel enger,
er hat den Durchmesser eines Millimeters. Unter der Öffnung eines dieser Kanäle werden wir ein Meßgerät anbrin-
gen, das die Intensität der Strahlen mißt, die auf den Gammaspiegel fallen. Ein zweites, identisches Meßgerät registriert die Stärke der Strahlung, die durch den Spiegel und

die Schutzschicht dringt. Dann dividieren wir die eine Größe durch die andere und erhalten dadurch die Wirksamkeit der Schutzschicht. Einfach, nicht wahr? Damit wirst du dich beschäftigen, denn das ist das Thema deiner Diplomarbeit. Und natürlich auch mit deinen Tierchen ... Du sperrst sie hier in diese Kammer, und wenn sie nach den Versuchen nicht krepieren, dann ist alles in Ordnung ...«

In Gedanken mußte Jan lächeln. Typisch Physiker! Er glaubt, daß die Versuche mit lebenden Organismen nur darin bestehen, ob sie krepieren oder nicht ... Er sagte das jedoch nicht laut.

Trotz allem hatte er das Gefühl, daß sein Arbeitsprogramm recht mies aussah im Verhältnis zu dieser hervorragenden Apparatur.

Er blickte noch einmal in den Kanal, und beim bloßen Gedanken, daß gerade hier in Kürze ein unsichtbares Strahlenbündel scharf wie ein Spitzeisen in das Innere der Kammer dringen und alles Leben vernichten würde, fühlte er sich unwohl. Ihm war, als würde sich dieser Strahl geradewegs in sein Auge bohren ... Ein kalter Schauer lief ihm über den Rücken, und er versetzte sich in die Lage eines Versuchstieres. Plötzlich hatte er eine Idee.

»Du hast gesagt, daß der zweite Kanal einen Strahl von einem Millimeter Durchmesser durchläßt«, sagte er und stand auf. »Könnten wir das Versuchsprogramm nicht etwas erweitern? Du hast sicher schon davon gehört, daß Ratten die verblüffende Eigenart haben, Strahlung zu spüren. Wenn man sich ihnen mit einem strahlenintensiven Präparat nähert, reagieren sie sehr unruhig und versuchen zu entfliehen. Bisher ist ungeklärt, in welchem Teil des Körpers der Ratte sich dieser ungewöhnliche Strahlensinn befindet. Wenn uns ein so dünner Gammastrahl zur Verfügung steht, könnten wir die verschiedensten Körperteile der Ratten bestrahlen, anpieken sozusagen, und dabei ihr Verhalten beobachten. Auf diese Weise könnte das Zentrum dieser Reaktion lokalisiert werden ...«

»Kein schlechter Gedanke!« stimmte Traut zu. »Aber ihn

43

in die Tat umzusetzen wird gar nicht so einfach sein. Du müßtest die Ratte betäuben, sie genau unter den Kanalausgang legen und dann nach jedem Versuch ihre Stellung ändern. Aber wenn die ersten Versuche ergeben, daß die Schutzschicht ausreichend ist, dann kann man auch, während das Annihilatron eingeschaltet ist, hierbleiben und sich selbst davon überzeugen, wie sich deine Ratte verhält. Das wäre sogar ein sehr interessantes Experiment. Ja, das ginge!«

Traut überlegte einen Moment. Jan betrachtete währenddessen die Apparatur, er wollte versuchen, sich wenigstens etwas in diesem Wirrwarr durchzufinden.

»Das Annihilatron wird ferngesteuert?« fragte er Traut.

»Ja. Die Steuerung und die Kontrollkabine befinden sich in der Basis, also ungefähr einen Kilometer von hier. Nun, du hast ja wohl alles gesehen. Das Kraftwerk, den Spiegel ... die Strahlenwerfer ... die Versuchskammer«, zählte er halblaut auf. »Das reicht für dich zur Orientierung, wie diese Anlage funktioniert. Ach so, ich weiß nicht, ob ich dir schon gesagt habe, daß wir über dem gesamten Spiegel ein Kraftfeld errichtet haben, damit keine Staubteilchen oder Meteoriten auf die reflektierende Oberfläche fallen können. Für die Gammastrahlen ist dieses Kraftfeld natürlich kein Hindernis. Komm, wir gehen jetzt schlafen. In zehn Stunden führen wir die erste Funktionsprobe durch ...«

Jan wälzte sich in seinem Bett und konnte nicht einschlafen. In Gedanken verarbeitete er noch einmal seine Idee. Er sah schon seinen Namen auf einem wissenschaftlichen Bulletin des Instituts: »Die Lokalisierung der strahlenempfindlichen Körperteile im Organismus der weißen Ratte (rattus albus)«. Ein hervorragender Titel ... Ob dabei etwas herauskommen würde?

Dieser Traut — er wird ein ganz anderer Mensch, wenn er über seine wissenschaftlichen Untersuchungen spricht. Er lamentiert nicht, beklagt sich nicht, ist sachlich, engagiert. Und sein melancholisches Lächeln dort am Ufer des Spiegels ...

Wie ist er eigentlich wirklich? —

Traut, über das halbrunde Schaltpult gebeugt, hatte seine Finger um das Variometerrad gekrampft und beobachtete gleichzeitig die Meßgeräte.

»Noch ein bißchen«, murmelte er vor sich hin, »ja ... da sind die Elektronen ... wir schalten ab ...«

Er betätigte einen der Schalter, und einige Lampen auf der Schalttafel erloschen.

»Wir fangen an«, sagte Traut, »beobachte die Strahlungsmeßgeräte.«

Jan fühlte, daß seine Hände von einem leichten Zittern befallen wurden. Es war also soweit ... gleich ... Die dicken Wände des Bunkers und die Felsschicht sicherten einen hervorragenden Schutz, aber ... Es war schließlich das erste Experiment dieser Art! Traut betätigte einen Schalter. Die Lämpchen auf der Schalttafel leuchteten auf.

Einen Kilometer entfernt schoß aus dem Strahlenwerfer am Ufer des Spiegels ein konzentrierter Elektronenstrahl. Der in seiner Bahn installierte Zähler registrierte und übermittelte sofort das Anwachsen der Strahlung. Gleich würde der Positronenwerfer eingeschaltet werden. Auf den lückenlosen, dichten Elektronenstrahl würde eine Portion Antiteilchen treffen.

»Paß auf!« schrie Traut mit heiserer Stimme. »Achte auf den Seismographen!«

»Jetzt!«

In diesem Moment überlief die bis dahin ruhigen Meßgeräte und Selbstschreiber ein leichter Schauer, die Rechner begannen zu rattern, und der Boden unter ihren Füßen vibrierte leicht, aber spürbar.

Der Schreiber des Seismographen, der bis dahin völlig gleichmäßig über das Papier geglitten war, sprang für den Bruchteil einer Sekunde hoch und hinterließ auf dem Band eine dünne Zacke.

Der Ausdruck höchster Spannung blieb noch einen Moment auf Trauts Gesicht. Er starrte der Reihe nach verschiedene Punkte des Schaltpultes an. Schnell glitt sein Blick über die Aufzeichnungen der verschiedenen Kontrollgeräte, und plötzlich fiel er schwer in seinen Sessel. Er wischte sich mit den Händen den Schweiß vom Gesicht.

»Es hat geklappt!« sagte er. »Es war genau so, wie es sein sollte. Verstehst du, was das heißt?«

Jan verstand. Die Annihilation war genau wie vorgesehen verlaufen: Von dem Punkt, wo der Positronenschuß den Elektronenstrahl getroffen hatte, war eine gewisse Anzahl Teilchen verschwunden, statt dessen war nach allen Seiten eine kurze, nur den Bruchteil einer Sekunde dauernde Flut von Gammastrahlen erfolgt.

Die seismische Erschütterung – das war der Aufprall der Photonen auf die Oberfläche des Spiegels gewesen. Reflektiert verliefen sie senkrecht nach oben, ein stark konzentrierter Strahl entschwand in der Tiefe des Kosmos.

Ja, Jan verstand. Das war der Sieg. Er stand einen Moment bewegungslos, bevor ihm das Wichtigste wieder einfiel. Er blickte schnell auf das Meßgerät, das die Funktion des Gammaspiegels anzeigte, und las die aufgezeichneten Daten laut vor.

Traut hatte bereits darauf gewartet.

»Na … ich dachte schon, du hättest vor Aufregung vergessen, wozu du hier bist …«, sagte er mit seiner gewohnten mürrischen Stimme. »Das bewegt sich innerhalb meiner Vorausberechnungen. Aber das war noch nicht alles. Weiter!«

Er beugte sich über das Schaltpult, und einen Moment später erfolgte eine zweite, stärkere Erschütterung. Die Meßgeräte erzitterten. Dann wieder eine Serie von Erschütterungen, die in eine fast ununterbrochene Vibration des Bodens übergingen. Traut hatte sich über das Pult gebeugt und bewegte sich hin und her. Es schien, als sei die obere Hälfte seines Körpers mit der unteren durch ein Kugelgelenk verbunden, so unwahrscheinlich beugte er sich nach allen Seiten, um die verschiedenen Meßgeräte zu kontrollieren.

»Volle Kraft!« wies er sich selbst laut an. »Hervorragend! Die Temperatur … schau einer an, wie großartig sie sich in der Norm hält! Wir haben den Gammaspiegel! Einen *idealen* Spiegel! Genug! Stopp!«

Er betätigte den Ausschalthebel, richtete sich auf und blieb einen Augenblick so stehen, lang wie eine Säule, sein Kopf stieß fast an die Decke des Bunkers. Über sein Gesicht huschte das gleiche leichte Lächeln, das Jan schon einmal, damals am Spiegel, aufgefallen war.

»Alles in Ordnung!« Trauts Stimme hatte wieder ihren alten, trockenen, farblosen Klang angenommen. »Du wirst während der Versuche in der Versuchskammer unter dem Spiegel bleiben können … Schau dir jetzt deine Tierchen an. Ich bin überzeugt, daß es den Ratten ganz ausgezeichnet geht!«

Jan kehrte mit seiner ganzen Menagerie zur Basis zurück. Die Meerschweinchen und die Ratten trug er in geschlossenen Spezialbehältern. Die weißen Mäuse hatte er in den Innentaschen seines Raumanzuges untergebracht. Traut war weder im Bunker noch in der Wohnkabine. Als Jan das Magazin betrat, sah er Traut über den Tisch gebeugt, auf dem die Käfige mit den übrigen Tieren standen. Jan wunderte sich darüber, denn Traut hielt sich sonst fern von diesen »ekelhaften Geschöpfen«, wie er sie angewidert bezeichnete. Jans Verwunderung wuchs jedoch ins unermeßliche, als er näher kam und sah, daß Traut eine kleine weiße Maus in der Hand hielt. Das Tier hatte das Schnäuzchen erhoben und sah mit seinen kleinen roten Augen dem Gelehrten ins Gesicht. Traut streichelte der Maus mit dem Zeigefinger der anderen Hand vorsichtig über den Rücken. Es war unfaßbar: Traut lächelte!

Jan räusperte sich, und erst jetzt bemerkte ihn Traut. Fast panikartig und fürchterlichen Ekel mimend, warf er das Mäuschen in den Käfig zurück.

»Ich habe dir doch gesagt, daß du auf dieses widerliche Viehzeug aufpassen sollst!« schrie Traut wütend. »Das kriecht in der ganzen Basis herum!«

»Ich habe alle Käfige geschlossen«, erklärte Jan ruhig.

»Anscheinend doch nicht alle«, knurrte Traut, aber es klang unsicher und auch leiser. Steif und aufgeblasen ging er davon und sah Jan nicht an.

Langsam beginne ich zu verstehen! dachte Jan, er tut nur so! Eigenartig, sehr eigenartig ...

Er brachte seine Tiere in den Käfigen unter und ging in die Wohnkabine. Traut lag auf der Couch und starrte zur Decke.

»Versuchen wir es mit der Ratte?« fragte Jan vorsichtig.

»Wir versuchen es!« brummte Traut. »Vielleicht morgen ... Nein, heute, wir werden es heute versuchen. Ich möchte endlich Ruhe vor diesem Viehzeug haben. Erledige deine Aufgabe hier, pack deine Viecher ein, und ab mit dir!«

»Ich kann doch nicht fliegen!« sagte Jan beleidigt. »Ich werde also bis zum Schluß mit dir hierbleiben müssen.«

»Schade! Richtig, ich habe vergessen, daß du mein Schutzengel bist«, sagte Traut bissig und drehte sich zur Wand. »Aber ganz egal, wir werden die Ratten heute umbringen, später werde ich für diesen Quatsch keine Zeit mehr haben!«

»Die Inbetriebnahme des Annihilatrons steht heute nicht mehr im Plan«, bemerkte Jan mit gleichgültiger Stimme.

»Zum Teufel mit dem Plan! Wenn es nicht im Plan steht, dann wird es eben aufgenommen. In einer Stunde fangen wir an. Bereite alles vor, was du brauchst, und weck mich dann. In einer Stunde, hast du verstanden?«

»Ja, gut.«

Was hat den denn nun schon wieder gebissen? überlegte Jan auf dem Weg ins Magazin. Warum diese plötzliche Änderung der Versuchsanordnung? Bestimmt eine Laune von ihm.

Er nahm eine stattliche weiße Ratte aus dem Käfig und setzte sie in den Behälter. Dann packte er einige notwendige Apparaturen ein und brachte sie zur Ausgangsschleuse. Er setzte sich an den Tisch und notierte einen Ablaufplan für seinen Versuch: Zu Anfang geben wir der Ratte einen dünnen Strahl aufs Haupthirn ... Wenn das ohne Ergebnis bleibt, tasten wir der Reihe nach das gesamte Nervensystem ab ...

Eine Stunde später weckte er Traut. Nach dem Schläfchen

hatte Traut seine Selbstbeherrschung wiedergewonnen, schnell bereitete er alles vor und ging mit Jan zur Ausgangsschleuse. Als er seinen Raumanzug anlegte, fragte Jan erstaunt: »Du kommst mit? Und wer wird die Apparate einschalten?«

»Ein Zeitrelais. Ich komme mit, sonst steckst du noch deine Nase 'rein, wo sie nicht hingehört, und ich habe dann den Ärger ...«

»Wie du willst. Wieviel Zeit haben wir?«

»Genügend. Zwanzig Minuten. In zwölf Minuten sind wir in der Versuchskammer, und du legst die Ratte unter den Schußkanal. Der erste Schuß erfolgt automatisch. Dann, wenn wir überhaupt etwas Interessantes beobachten können, werde ich hierher zurückkehren und die Annihilation alle zehn Minuten einschalten, das ist besser so, da muß ich wenigstens nicht andauernd hin und her rennen.«

»Gibt es keine Telefonverbindung zwischen dem Steuerpult und der Druckkammer?«

»Nein. Das war unnötig. Ich sollte ja *allein* hier arbeiten.«

»Und über Funk?«

»Das geht nicht, die Stahlplatten in den Wänden machen das unmöglich. Wozu brauchst du eine Verbindung? Ich sagte doch schon, daß ich dir alle zehn Minuten einen langen Positronenschuß geben werde, sagen wir zehn Sekunden, so lange werden intensive Gammastrahlen aus dem Kanal kommen. Das reicht, um die Reaktion der Ratte zu beobachten. Dann änderst du ihre Lage unter dem Kanal, trittst hinter die Schutzwand, und von vorn ... Klar?«

»Ich denke schon.«

»Also, gehen wir!«

Sie traten in die Dunkelheit hinaus. Niedrig hinter den gezackten Hügeln hing die große Scheibe des Mars und warf Schatten auf die matte Oberfläche des Gehsteiges. Der schwarze Himmel wölbte sich beunruhigend tief über ihren Köpfen, so als würde er gleich weich herabsinken und sie wie eine schwarze, samtene Plane unter sich ersticken. Jan suchte mit den Augen die Erde, konnte sie aber nicht in sei-

49

nem Blickfeld entdecken. Er dachte daran, daß ihn noch mehrere Monate von seinem heimatlichen Planeten trennten, und fühlte zum erstenmal, daß ihm die irdischen Berge und der Erdenhimmel fehlten, richtige Luft und normale Schwerkraft ... Er dachte auch daran, daß Liss bestimmt zum Wintersport gefahren war, wie immer während der Semesterferien, und daß er den Winter hier auf diesem öden Steinhaufen von einem Dutzend Kilometer Durchmesser vertrödelte ...

Vor der hellen Scheibe des Mars begannen sich die scharfen Konturen des Kraftwerkes abzuzeichnen, eine Minute später standen die beiden vor dem Schacht. Traut ließ Jan vorgehen. Er schaute auf die Uhr und sagte: »Schneller, beeil dich, noch fünf Minuten!«

Sie stiegen in den Schacht hinab. Jan schaltete die Taschenlampe ein und betrat den Gang, der zur Versuchskammer führte.

Trauts schriller Schrei ließ ihn erstarren.

»Bleib stehen! Warte im Gang!«

»Was ist passiert?«

Jan drehte sich um, ließ seine Sachen fallen und lief zum Schachteingang zurück. Dort stand Traut und starrte wie hypnotisiert, mit weit nach hinten gelehntem Kopf, zum Schachtausgang hinauf.

»Was ist passiert?«

»Mach das Licht aus!« Einen solchen Ton hatte Jan bei Traut noch nie gehört. Es klang weder Wut darin noch Schärfe, dennoch zwang die Stimme zum Schweigen und zum Gehorchen.

»Mach aus und geh in den Gang!« wiederholte Traut, ohne die Augen vom Schachtausgang abzuwenden.

Jan ließ seinen Blick in dieselbe Richtung wandern. Am oberen Schachtausgang war wie gewöhnlich ein kreisrunder Ausschnitt des Sternenhimmels zu sehen.

»Ich habe gesagt: Verschwinde hier!« Jan erhielt einen kräftigen Stoß und stolperte auf den Eingang zu. Als er sein Gleichgewicht wiedergefunden hätte und zur Schachtöffnung blickte, sah er nur noch Schuhe. Mit unwahrscheinlicher Schnelligkeit kletterte Traut den Schacht hoch.

»Wo gehst du hin?« schrie Jan voller Angst. »In vier Minuten wird das Annihilatron eingeschaltet! Dann darfst du nicht dort draußen sein!«

»Bleib, wo du bist!« schrie Traut zurück, daß Jans Kopfhörer surrten.

Jan stand einige Sekunden unentschlossen da und blickte nach oben. Der Himmel hatte den Schachtausgang wieder ausgefüllt – Traut war an der Oberfläche verschwunden.

Was will er tun? überlegte Jan. Die Reaktion anhalten? Aber wie? Er schafft es doch nicht mehr bis zum Schaltraum … Vielleicht ist hier oben irgendwo ein Katastrophenschalter? Nein, Quatsch, wenn es einen gäbe, dann doch wohl eher hier unten …

Noch drei Minuten … zwei … Das ruhige Bild des Sternenhimmels schwebte unverändert über Jans Kopf. Gleich mußte Traut es verdecken, wenn er es noch schaffen wollte, denn wenn nicht … Jan wußte, daß die ungebündelte Strahlung in der Umgebung des Spiegels genügte, um …

Noch eine Minute …

»Ein Verrückter … ein Verrückter … sie hatten recht …«, murmelte Jan vor sich hin, ohne daß es ihm bewußt wurde.

»Traut, was machst du dort?« schrie er ins Mikrofon, aber gleich kam ihm zum Bewußtsein, daß er sich in einem Raum vierzig Meter unter der Oberfläche des Planeten befand … die schwachen Wellen seines Senders gelangten nicht bis nach oben zu Traut.

Zwanzig Sekunden. Noch immer nichts. Jan riß seinen Blick vom Schacht los. Langsam und unentschlossen ging er einige Schritte in den Gang hinein. Er blickte auf die Uhr. Drei … zwei … eins …

Die erwartete Erschütterung erfolgte nicht. In höchster Erregung wartete Jan noch einige Sekunden und atmete dann erleichtert auf.

Er hat abgeschaltet! Die Reaktion ist nicht erfolgt! dachte er. Aber warum mußte er eigentlich abschalten?

»Bist du da?« Das war Trauts Stimme, er war also zurück.

»Was war los?«

»Nichts. Wir fliegen zurück.«

»Wohin?«

»Zum Mars. Schnell!«

»Was war los? Warum?«

»Wir fliegen zurück, habe ich gesagt. Das ist ein Befehl! Sofort zurück zur Basis, nimm deine Tiere und die Meßergebnisse. Ich warte in der Rakete auf dich, Start in einer halben Stunde!«

Der Ton, in dem Traut das gesagt hatte, machte deutlich, daß jede weitere Diskussion ihn nur noch mehr aufbringen würde.

Der Teufel hat also meine Versuche geholt! Wenn ich wenigstens wüßte, warum, dachte Jan wütend, als er seine Sachen zusammenpackte.

»Hör zu ...«, begann Traut unsicher und krampfte die Hände um den Steuerknüppel. Er blickte starr auf den Hauptschirm.

Erst jetzt, im hellen Licht der Kabine, bemerkte Jan, wie fürchterlich blaß Traut war.

»Bist du krank?« fragte er.

»Unwichtig. Hör zu! Denke nicht, daß ich ... daß ich ... verzeih, daß es so gekommen ist, es ist allein meine Schuld ...«

Jan sah ihn in grenzenlosem Erstaunen an: dieser Ton, die Entschuldigung ...

»Du hast deine Arbeit nicht beendet. Ich habe meine kaum begonnen. Wir mußten unterbrechen.«

»Warum hast du abgeschaltet?«

Trauts Hände am Steuerknüppel zitterten merklich. Jan sah, daß er seine ganze Willenskraft anspannte, um dieses Zittern unter Kontrolle zu bekommen. Er antwortete nicht. Mit dem Handrücken wischte er sich dauernd über die Stirn. Starr blickte er vor sich hin.

»Mach dir keine Sorgen, aus den Versuchen, die wir

durchgeführt haben, läßt sich für dich eine prima Diplomarbeit zusammenstellen. Es reicht aus, wir werden das Thema etwas ändern, und alles wird gut ...«

»Bist du krank? Was ist mit dir passiert?«

»Du wirst die organischen Veränderungen bei deinen Ratten untersuchen, und dann hast du umfangreiches Material für die Analyse ...«

Er brach ab. Sie schwiegen eine Weile. Jan, weil er seine Fragen nicht noch einmal wiederholen wollte; Traut, als versuche er angestrengt, sich etwas Wichtiges ins Gedächtnis zurückzurufen.

»Du erinnerst dich vielleicht ... Nein, du erinnerst dich bestimmt nicht, du bist doch sicherlich erst dreiundzwanzig, vierundzwanzig. Damals warst du höchstens zwei Jahre alt. Da war ein furchtbarer Unfall. Eine Interkontinentalrakete ... mit Hunderten von Passagieren an Bord stürzte aus einem Kilometer Höhe gleich nach ihrem Start in Sydney ab. Alle kamen um. Es war die Schuld eines einzigen Menschen ... eines Unvorsichtigen ... Ich weiß nicht, vielleicht ist ihm das nur einmal in seinem Leben passiert, aber gerade an diesem Tag ... Ein Mensch, den man vor ein Schaltpult gesetzt hatte, vor eine große Anzahl von Hebeln. Ein Mensch, der nicht einmal selbst etwas berechnen mußte. Maschinen taten das für ihn. Aber nicht sie haben einen Fehler begangen ... Er hat auf einen falschen Knopf gedrückt und Hunderte von Menschen in den Tod geschickt. Das war ein ganz einfacher Irrtum, ein geradezu idiotischer Irrtum ... Wenn es sich um einen kleinen Fehler gehandelt hätte, hätten die Automaten sofort alles blockiert ... aber keinem der Konstrukteure wäre in den Sinn gekommen, daß jemand einen solchen Fehler machen könnte ...«

Traut schwieg, irgendwie erschöpft, er schloß die Augen. Dann sagte er hastig: »An Bord waren meine Frau und mein dreijähriger Sohn. Kurz vorher hatte ich mich auf dem Flughafen von ihnen verabschiedet. Ich war noch dort und habe alles gesehen. Es war Nacht ... die Explosion erfolgte, als die Maschine den Boden berührte ... Als ich die Ursache erfuhr,

53

wollte ich diesen Menschen umbringen. Ich habe ihn gehaßt, wie ich nie zuvor einen Menschen gehaßt hatte. Ich hätte ihn auch bestimmt umgebracht, wenn er es nicht selbst getan hätte … Damals habe ich gedacht, daß ich ein Dummkopf gewesen bin. Sein Selbstmord hatte für mich nicht die geringste Bedeutung … Und dann … Ich konnte niemandem mehr trauen. Ich habe zu mir selbst gesagt: Man darf sich nicht irren! Niemand darf das. Wenn es um das Leben anderer Menschen geht, darf einem kein Fehler unterlaufen! Nein, nicht deshalb, weil ich die Menschen so sehr liebe. Ich wollte ja kalt sein, gleichgültig … Ich habe ganz einfach beschlossen, daß ich mich nicht irren dürfe, in gar keinem Fall … Es sei denn, ich brächte damit nur mich selbst in Gefahr …

Ich wollte die Menschen hassen … Aber es ist nichts daraus geworden. Ich kann es nicht. Das ist wohl gegen die menschliche Natur. Ich wollte unmenschlich sein in meiner kalten Konsequenz … Ich habe mir eingeredet, daß die Menschen mich nichts angehen, ich habe nur für die Wissenschaft gelebt, für diese große Wissenschaft …«

Er schwieg wieder, und Jan schaute mit weit aufgerissenen Augen in sein unheimlich blasses Gesicht.

»Warum sagst du das? Sprich, sag doch endlich, worum es geht? Warum hast du das Annihilatron ausgeschaltet, warum fliegen wir zurück?«

»Ich mußte … der Deimos stand im Zenit …«

Jan verstand nichts. »Was ist denn dabei? Was hat denn der Deimos damit zu tun?«

»Dort ist eine Forschungsstation … mit Besatzung … Dort sind Menschen! Zehntausend Kilometer vom Phobos entfernt, auf dem anderen Satelliten des Mars. Der Deimos stand im Zenit … Wenn die Reaktion erfolgt wäre, wäre der gesamte Photonenstrahl in Richtung Deimos verlaufen! Diese Forschungsstation hat keine Schutzschicht, die ihr das Überleben bei einer solchen Lawine von Gammastrahlen garantiert hätte. Sie hätten dort oben … jeder … tausend Röntgen abgekriegt, wenn nicht noch mehr …«

»Aber wie bist du daraufgekommen, so im letzten Augenblick?«

»Der Schacht ...«, flüsterte Traut, seine Lippen wurden kreidebleich, und große Schweißperlen standen auf seiner Stirn. »Als ich nach oben sah, zum Himmel, funkelte in der Mitte der Schachtöffnung ein Stern ... Es war kein Stern. Es war der Deimos. Genau über uns ... Das war mein Fehler ... Der Versuchsplan war mit den Astronomen abgestimmt. Ich habe nicht daran gedacht, daß es zu so einer Konstellation kommen könnte. Ich habe die Versuchsanordnung verändert ...«

»Du bist also rausgeklettert, um abzuschalten, aber wie? Wie hast du das gemacht?«

Traut schwieg eine ganze Weile, dann brachte er mühsam heraus: »Bis zur Basis war es zu weit. Ich mußte den Werfer irgendwie unwirksam machen ...«

Jan verstand: Es genügte, den Lauf der Positronenkanone mit irgend etwas zu stopfen, den Strahl zu zerstreuen. Aber ...

»Traut!« schrie er, ein schrecklicher Gedanke war ihm gekommen. »Dort war doch nichts ... Traut! Was hast du getan?«

Traut schwieg. Mit einer schnellen Bewegung griff Jan nach dem glänzenden Nickelkästchen, das hinter dem Gürtel seines Raumanzuges steckte.

»Nein, nein!« schrie Traut heftig und preßte Jans Handgelenk. »Unnötig ... ich will es gar nicht wissen ... ich ... ich weiß es eigentlich schon ...«

Langsam wandte er sein Gesicht ab, und Jan ließ das Strahlendosimeter los, das an einem glänzenden Kettchen wie eine alte, unmoderne Uhr hin und her pendelte.

»Warum hast du das nicht gleich gesagt? Du mußt sofort Medikamente bekommen ...«

»Nicht nötig«, sagte Traut sanft, »solche Mittel gibt es nicht ... Das waren viel zuviel Röntgen ...«

Jan sah ihn verblüfft an. Dieser Mensch, der sein ganzes Leben lang nur heimlich gelächelt hatte, und das auch nur bei seinen großartigen Versuchen, konnte nun, da er von seinem Tod sprach, so einfach und ehrlich lächeln.

»Warum hast du das getan, Traut?«

»Dort waren Menschen ... Sie hätten tausend oder noch mehr Röntgen abgekriegt ... Es war *mein* Fehler, verstehst du, meiner; nicht ihrer, nicht deiner, sondern meiner ...«

»Ging es nicht irgendwie anders?«

»Du weißt doch selbst, daß es nicht ging ... Der Strahl mußte zerstreut werden. Entweder der eine oder der andere ... Der Elektronenstrahl war lang, der Positronenstrahl nur zehn Sekunden ... von zwei Übeln ...« Er lächelte blaß und senkte den Kopf.

»Warum fliegen wir denn zum Mars? Du kannst doch kaum noch sitzen!«

»Du kannst nicht fliegen ... Ich wollte nicht, daß du Schwierigkeiten mit mir hast ...«

»Wie meinst du das?«

»Bevor sie eine Rakete von der Erde hätten schicken können, wären im günstigsten Fall eineinhalb Monate vergangen ... Auf dem Mars befindet sich zur Zeit keine Rakete, die in der Lage gewesen wäre, auf dem Phobos zu landen. Unsere Rakete war die einzige ... Du hättest bis zum Schluß mit mir zusammenbleiben müssen. Und dann allein ... Ich wollte nicht, daß du das miterlebst. Du bist noch jung, wozu ... Ich habe es gesehen ... Ich habe gesehen, wie Riss nach zweitausend Röntgen starb ... Es war schrecklich. Ich habe es nie vergessen, mein ganzes Leben lang nicht.«

Er sah auf die Bildschirme und sagte, bemüht, seine Stimme warm und normal klingen zu lassen: »Sieh nur, wir haben es geschafft! In einer Minute landen wir auf dem Mars.«

Dann fügte er hinzu: »Sage nichts ... ich werde ihnen das, was sie wissen müssen, selbst sagen ...«

Große Schweißtropfen rannen über sein unrasiertes Gesicht. An den Steuerknüppel geklammert, die Augen starr auf die Bildschirme gerichtet, setzte er zur Landung an.

»Ist er gestorben?« fragte Liss und starrte aus dem Fenster; die alten Kastanien bekamen gerade ihre ersten grünen Blätter.

»Ja. Am vierten Tag, trotz aller nur möglichen Therapien. Er war fast bis zum Schluß bei vollem Bewußtsein. Aber er wollte nicht, daß ich ihn so sehe. Nur am ersten Tag ... Er fragte mich, wer in der Station auf dem Deimos gewesen sei. Er wollte sicherlich wissen, für wen er stirbt.«

»Und du? Hast du in Erfahrung gebracht, wer dort oben war?«

»Ja, aber ich habe ihm nicht die Wahrheit gesagt.«

»Warum nicht?«

»Siehst du, dort war zu dieser Zeit gerade niemand! Ein Zufall – wenige Tage vorher wurde die gesamte Besatzung aus irgendwelchen Gründen abgezogen.«

»Er ist also völlig sinnlos gestorben?«

»Nein! So kann man das nicht sagen! Es ist für uns unwichtig, ob jemand dort oben war oder nicht. Wichtig ist nur das, was Traut gedacht hat, als er mit seinem Körper den Positronenwerfer verdeckte. Aber für ihn wäre es sicherlich viel schwerer gewesen, wenn er die Wahrheit erfahren hätte. Weißt du, was er zu mir gesagt hat, noch dort oben in der Rakete, vor der Landung? Er sagte: ›Das war gar nicht so schwer, Link. Ich brauchte mir nur bewußtzumachen, daß ich trotz allem ein Mensch bin und nicht nur eine Maschine zur Erforschung der Welt.‹«

Unbewußt umklammerte Liss Jans Hand, als habe sie Angst, er könne gleich fortgehen.

»Und du willst ... Wirst du nun, nach alldem, weiter auf Satelliten arbeiten?«

»Das werde ich!« antwortete Jan. Schnell, bestimmt und über die Frage erstaunt.

Roboter Nr. 3

Beim Ordnen von Akten im Kosmopolarchiv stieß ich auf eine alte, abgenutzte Mappe, die mit vielen Protokollen und Fotografien gefüllt war. Vielleicht hätte ich ihr gar keine Bedeutung geschenkt, wenn ich nicht zufällig hineingeschaut und das Wort GRAVAX gelesen hätte ...

Das erinnerte mich an irgend etwas ... Ich wußte jedoch nicht, womit ich dieses Wort in Zusammenhang bringen sollte; erst als ich einige Seiten überflogen hatte, fiel mir ein, daß ich dieses Wort einmal in einer Vorlesung des alten Barel gehört hatte. Barel hatte seinerzeit Geschichte der Technik bei uns gelesen. Mein Studium am Kosmischen Institut lag jedoch schon so lange zurück, daß ich vergessen hatte, was GRAVAX gewesen war.

Ich begann zu lesen. Das ist nun einmal mein Tick: Wenn ich alte Papiere sichte, Kartotheken oder Archive aufräume, dann finde ich früher oder später etwas, das mich so fasziniert, daß ich stundenlang zwischen den umhergeworfenen Papieren sitze und alles von A bis Z lese.

So war es auch in diesem Fall. Alle übrigen Papiere warf ich kunterbunt in die Schränke zurück und setzte mich mit einem Stoß Akten auf den Knien in einen Sessel.

Im Morgengrauen wühlte ich immer noch in den vergilbten Papieren. Aber die Mühe hatte sich gelohnt. In der Mappe aus dem Jahr 1993 mit dem Aktenzeichen GL 35/33 fand ich Materialien über einen der schwierigsten Kriminalfälle, die Ende des 20. Jahrhunderts vorgekommen waren!

Heute, im Jahr 2105, erscheint dieses Rätsel der Technik lächerlich und naiv. Damals jedoch, als die interplanetaren Flüge erst in der Entwicklung waren, als man noch nicht in der Lage war, Photonenraumschiffe zu bauen, und die Physiker an das Karsensche Gesetz noch nicht einmal im Traum denken konnten, war GRAVAX die größte Errungenschaft der Raumfahrttechnik. In der Aktenmappe fand ich auch Hinweise auf weitere Materialien in der Filmothek und im Bandspeicher.

Am anderen Tag suchte ich, von meiner Neugierde getrieben, alle Bänder und Filme heraus. Einige von ihnen waren schon recht mitgenommen, aber es gelang mir, den Verlauf der Ereignisse zu rekonstruieren. Ich besorgte auch die alten Jahrgänge der Tagespresse und der Wochenschau. Dieses ganze umfangreiche Material setzte ich zu einer Geschichte zusammen, die ich hier erzählen möchte.

Der lange und gewissenhaft vorbereitete Flug zum Uranus rief nicht nur in der wissenschaftlichen Welt großes Interesse hervor. Die Presse und das Fernsehen widmeten dieser Sache viele Spalten und viel Zeit, um dem breiten Publikum alle an der Expedition Beteiligten vorzustellen.

Es waren drei Kosmonauten: der Kybernetiker Vano, der Planetologe Mitin und der Kommandant des Schiffes, der Kosmonavigator Gris. Außerdem war noch GRAVAX an Bord ...

Hier nun benötigt der Leser einige Erläuterungen. GRAVAX – ein Gravitationsautomat zur Kontrolle und Steuerung – war ein Maschinensystem, das die Expedition vor unvorhergesehenen Zwischenfällen während des Fluges schützen sollte.

Ingenieur Seye, der Erfinder und Konstrukteur dieser Maschine, versicherte, selbst wenn die Kosmonauten den ganzen Weg über schliefen, würde GRAVAX sie sicher ans Ziel bringen. Aber es ging ja nicht nur darum. Der Flug der »Vega« (so hieß das Raumschiff) war die erste Expedition, die in so weit entfernte Gebiete führen sollte. Unterwegs konnte es zu den verschiedensten Zwischenfällen kommen, die unmöglich vorauszusehen waren. Die Mitglieder der Expedition mußten sich selbstverständlich nicht mit der Steuerung des Raumschiffes abgeben. Ihre Aufgabe war es, GRA-

VAX stündlich zu »melden«, daß alles in Ordnung sei und der Flug fortgesetzt werden könne.

Das sollte ungefähr so aussehen:

Fünf Minuten vor Ablauf einer jeden Stunde erinnerte GRAVAX die Besatzung durch ein lautes akustisches Signal daran, daß sie ihm die Erlaubnis zur Fortsetzung des Fluges zu erteilen hatte. Wenn im Raumschiff alles normal verlief, dann drückte der diensthabende Kosmonaut die entsprechende Taste in der Navigationskabine, und GRAVAX lenkte das Raumschiff, dem Flugprogramm entsprechend, eine weitere Stunde.

Blieb jedoch eine Reaktion der Besatzung aus, brachte sich GRAVAX noch einmal mit einem starken Alarmsignal in Erinnerung. Fünf Minuten nach Ablauf der vollen Stunde begann er dann selbständig mit dem Wendemanöver und setzte zum Rückflug an.

Wenn also zum Beispiel alle Besatzungsmitglieder der »Vega« durch Einfluß unvorhersehbarer Faktoren das Bewußtsein verlören, bestünde keine Gefahr, daß sie in diesem Zustand weiterflögen.

GRAVAX' Funktionstüchtigkeit stützte sich auf die neueste Methode der Gravitationsfeldanalyse (eine Entwicklung des Lehrstuhls für Kosmonavigation, dessen Chef Dr.-Ing. Seye war). Einfacher ausgedrückt, GRAVAX las an den Gravitationswerten seine Position zu allen anderen Sternen des Sonnensystems ab. Auf dieser Grundlage konnte er das Raumschiff auf der günstigsten Bahn halten und die Arbeit der Antriebsmotoren und der Steuerung überwachen.

Im Falle einer ausbleibenden Reaktion der Mannschaft oder einer Havarie des Schiffes hatte GRAVAX sämtliche Sicherheitsmaßnahmen einzuleiten und das Raumschiff nach Möglichkeit in den Erdbereich zurückzulenken. Ingenieur Seye verbürgte sich sogar dafür, daß GRAVAX in der Lage wäre, die »Vega« selbständig auf eine stabile Erdumlaufbahn zurückzubringen. Die Sicherheitskommission für kosmische Flüge zog jedoch eine solche Notwendigkeit gar nicht in Betracht, um die Sicherheit der transkontinentalen

60

Passagierraketen und der Flüge Venus–Erde–Mars nicht zu gefährden.

Ingenieur Seye versicherte auch immer wieder, daß sein GRAVAX völlig risikolos arbeiten würde.

Ein paar Worte noch zur Ausrüstung der »Vega«.

Das Raumschiff hatte in seinem Laderaum Vorräte synthetischer Lebensmittel für den Hin- und Rückflug und für einen viermonatigen Aufenthalt im Gebiet des Uranus. Zur Unterstützung der Besatzung bei den durchzuführenden Untersuchungen waren zwei Forschungsraketen, zehn automatische Sonden und ungefähr eintausend Roboter BAK (Beweglicher Automat Kelbruns, Modell IV, konstruiert 1987, verbessert 1990 durch Miden) an Bord. Wir kennen diese hervorragenden Automaten sehr gut. In vielfach überarbeiteter und miniaturisierter Form sind sie bis heute unter der Bezeichnung BAK-411 erhalten geblieben. Damals jedoch hatten sie die Größe eines erwachsenen Mannes, ein hervorragendes ferromagnetisches Gedächtnis, konnten komplizierte technische Arbeiten durchführen; ihre Fähigkeit, logisch zu analysieren, war jedoch sehr begrenzt.

Ihr größter Nachteil war die fehlende innere Selbstkontrolle. Die Kybernetiker sagen: Sie hatten keine »eingebaute Ethik«. Dieser Nachteil lag in technischen Schwierigkeiten und zu hohen Kosten begründet. Über die BAKs wachte ein Elektronengehirn; es war auf einem Wagen montiert, der sich bei Arbeiten im Gelände mit den BAKs zusammen fortbewegte. Dieses »Gehirn«, das Sammelgewissen der Automatengruppe, kontrollierte mit Hilfe von Reflexionsimpulsen ihre Logik und ihr »ordentliches Verhalten«. Es schloß aus, daß die BAKs einem Menschen Schaden zufügten.

Ihre Befehle erhielten die BAKs ausschließlich über Funksignale.

Darüber hinaus besaß jeder BAK aber eine »Persönlichkeit«, eine laufende Nummer, die gleichzeitig das Rufsignal eines jeden Automaten war.

Alle BAKs – mit Ausnahme von vier Exemplaren – waren in demontiertem Zustand in den Laderäumen des Raum-

61

schiffes untergebracht. Das war aus Platzmangel so, die vier reichten für den Bedarf der Mannschaft während des Fluges aus. Alle anderen sollten an Ort und Stelle von ihren vier Brüdern montiert werden.

Das ist wohl schon alles, was wir für das Verständnis der Ereignisse im Juni 1993 wissen müssen.

Trotz aller Beteuerungen vor dem Flug kehrte die »Vega« nach sechzehn Tagen um. Genau um null Uhr fünf beobachteten die Wissenschaftler durch das größte Radioteleskop, das sich im Kopernikuskrater auf dem Mond befand, daß das Schiff zum Wendemanöver ansetzte. Eine Stunde vorher hatte die »Vega« aufgehört, auf Funksignale zu reagieren.

Das war ein Schlag ... Der ganze Stab mit Ingenieur Seye an der Spitze erwartete die Rückkehr der mißglückten Expedition.

Dozent Jores, ein Kybernetiker, einer der Kandidaten für diese Expedition (Vano hatte ihn ausgestochen), machte aus seiner Befriedigung kein Hehl.

Vor dem Start hatte man ihn sagen hören, er hätte eigentlich fliegen müssen und würde vielleicht auch noch fliegen.

Die Boshaften meinten, daß Ingenieur Seye dennoch einen Erfolg erzielt hätte: Sein GRAVAX flog das Schiff zurück, ohne sich beirren zu lassen. Hier muß noch hinzugefügt werden, daß gewisse Kreise Seyes Erfindung kritisch gegenüberstanden; Seye war wegen seiner Selbstsicherheit und Überheblichkeit unter den Wissenschaftlern nicht besonders beliebt.

Nach weiteren zwei Wochen fing das Rettungsraumschiff »Prometheus« die »Vega« ab, lotste sie in eine Erdumlaufbahn und dann ins Kosmodrom »Sahara I«. Dort warteten schon viele Journalisten und der gesamte wissenschaftliche Stab der Expedition.

Das berichtet ein Reporter der »Europäischen Nachrichten« über die Rückkehr der »Vega«:

Schon der erste Blick auf die »Vega« machte klar, warum sie nicht auf die Funksignale geantwortet hatte. Von der großen Richtantenne war nur noch die Halterung übrig. Der Rest, also der ganze Reflektor, war spurlos verschwunden.

Die Hauptausstiegsschleuse wurde geöffnet, und alle erstarrten. Aus dem Rumpf des Schiffes fiel mit Getöse eine chaotisch pulsierende Masse verbogenen Metalls, die man nur mit Mühe als Überreste der zerstörten Automaten BAK-IV identifizieren konnte.

Es dauerte ziemlich lange, bis man sich den Weg ins Innere des Schiffes gebahnt hatte. Mehr oder weniger zerstörte Automaten verstopften den zentralen Gang, die Magazine und die Steuerzentrale ... Zermalmt und schrecklich entstellt, lag Vanos Leiche unter einem großen Metallhaufen.

In der letzten Wohnkabine im Heck fand man die beiden anderen Besatzungsmitglieder, sie hatten sich dort verbarrikadiert. Mit zitternden Knien traten sie auf die Landebahn hinaus.

(Europäische Nachrichten, Nr. 189/1993)

Die Untersuchung führte Kommissar Wike. Hier ein Auszug aus dem Vernehmungsprotokoll.

Wike: Können Sie mir den Verlauf der Ereignisse so genau wie möglich beschreiben?

Gris: Natürlich. Wo soll ich beginnen?

Wike: Von dem Moment, als Sie den Kontakt zur Erde verloren.

Gris: Ja, ich erinnere mich. Das war um zweiundzwanzig Uhr fünfundfünfzig, ich hatte gerade Dienst am GRAVAX. Ich gab den Befehl zum Weiterfliegen, und in diesem Moment spürten wir einen Aufprall. Etwas hatte das Schiff erschüttert. Das brachte uns auf die Beine. Mitin kontrollierte sofort die Druckmesser. Wenn das ein Meteor gewesen war, so konnte er die Schutzschicht beschädigt haben. Sie verstehen, was das heißt. GRAVAX wich Meteoren zwar aus, aber mit ihm konnte ja etwas nicht in Ordnung sein. Es war jedoch alles in Ordnung. Erst später, als Mitin wie üblich Kon-

63

takt zur Erde aufnehmen wollte, bemerkte er, daß das Funk-
gerät schwieg.

Der Ersatzempfänger funktionierte auch nicht, und wir kamen zu der Ansicht, daß irgend etwas die Richtantenne beschädigt haben mußte.

Ohne weiter zu überlegen, gab ich einem BAK über Funk
den Befehl, draußen zu kontrollieren, was los sei. Er kehrte
bald zurück und meldete, daß die Antenne abgerissen worden sei. Die Montage einer neuen Antenne machte den Ein-
satz einer größeren Anzahl von Automaten erforderlich. Ich
gab also den vier Robotern, die wir hatten, den Befehl, aus
den Einzelteilen im Laderaum acht weitere nach ihrem eigenen Muster zusammenzusetzen und sich dann an die Arbeit
zu machen. Ihr Arbeitsprogramm sollten sie den von ihnen
montierten Automaten übermitteln …

Inspektor Merlock: Verzeihung, wissen Sie noch, was Sie
genau zu den Automaten gesagt haben?

Gris: Ich erinnere mich. Ich habe gesagt: »BAK Nummer
eins, zwei, drei, vier! Jeder von euch baut zwei Automaten
nach eigenem Vorbild zusammen. Dann macht euch an die
Arbeit und montiert eine Antenne AR-72 laut Instruktion
03/771. Übermittelt euer eigenes Programm den von euch
gefertigten Automaten.«

Merlock: Noch eine Frage. Wurden schon früher einmal
Automaten von Automaten desselben Typs montiert?

Gris: Nein; soviel ich weiß, war das noch nie notwendig.
Die Roboter BAK-IV werden nach einer technischen Anlei-
tung von hochspezialisierten automatischen Anlagen produ-
ziert. Der fertige Roboter wird durch Betätigung eines He-
bels in Bewegung gesetzt, der sich an seiner Hauptplatte befindet. Wir hatten jedoch keine Maschinen zur Produktion
der Roboter zur Verfügung.

Ein BAK kann aber nach einer Instruktion und auch nach
einem Modell Maschinen zusammenbauen, die sogar noch
komplizierter sind als er selbst. Das war ja auch so geplant …
Die BAKs sollten durch ihre Gefährten auf dem Uranus
montiert werden …

Merlock: Danke sehr.

Wike: Jetzt ist doch alles klar, Kollege Merlock! Herr Gris hat den Befehl in falscher Form erteilt. Jeder BAK, Nummer eins bis vier, übermittelte nach der Montage zweier weiterer BAKs sein gesamtes Programm weiter, das heißt, nicht nur den Befehl zur Montage der Außenantenne, sondern auch die Anweisung, zwei weitere BAKs nach eigenem Muster zu bauen. Jeder BAK montierte also weitere zwei und so weiter. Die Anzahl der zusammengesetzten Automaten nahm lawinenartig zu.

Gris: Ja, aber das wissen wir schon seit zwei Wochen. Hören Sie mich bitte weiter an, Kommissar.

Als ich den Automaten diesen Befehl erteilt hatte, ging Mitin hinaus, um, wie er sagte, nachzuschauen, wie die Arbeit vorankam. Außerdem war sein Dienst gerade beendet. Er ging den Korridor in Richtung Heck entlang (die Steuerkabine befand sich im vorderen Teil des Raumschiffes), kurz darauf erschien Vano. Er hatte schon alles von Mitin erfahren, den er auf dem Korridor vor dem Eingang ins Magazin getroffen hatte, in dem die Roboter arbeiteten. Vano war gerade aufgestanden, um seinen Dienst in der Steuerzentrale anzutreten. Ich sagte ihm, ich würde mich nun schlafen legen und er solle sofort mit der Erde Kontakt aufnehmen, sobald die Antenne repariert sei.

Ich ging zum Heck. Im Korridor begegnete ich drei BAKs, die sich, mit Werkzeugen beladen, in Richtung Ausstiegsschleuse im vorderen Teil des Schiffes bewegten. Als ich an der Tür des Magazins vorbeikam, hörte ich die charakteristischen Geräusche, die arbeitende Automaten verursachen. Kurz darauf war ich schon in der Kabine. Dort sah ich auf die Uhr, es war dreiundzwanzig Uhr zwanzig, ich erinnere mich genau. Mitin schlief auf der Couch mit einem Buch auf der Nase. Er hat einen sehr festen Schlaf. Ich nahm das Buch und stellte es ins Regal, dann legte ich mich ebenfalls hin.

Ein immer lauter werdender höllischer Lärm weckte mich. Es hörte sich an, als schöbe jemand einen Berg Altmetall vor sich her. Im ersten Moment konnte ich mir nicht vorstellen, was das sein konnte. Erst nach einigen Sekunden kam mir zum Bewußtsein, daß dieser Lärm vom Korridor hereindrang. Ich öffnete die Tür und zog mich instinktiv sofort wieder zurück.

Mir bot sich ein unglaubliches Bild: eine Riesenanzahl Roboter bewegte sich, einander schubsend und tretend, zur Ausstiegsschleuse hin. Die Schleuse war geschlossen. Immer neue BAKs kamen aus dem Magazin und strebten eigensinnig dem Ausgang zu. Da begriff ich und konnte ein lautes Lachen nicht unterdrücken. Mitin erwachte jetzt erst und starrte mit abwesendem, verschlafenem Blick in den Korridor, in seinen Augen begann sich grenzenloses Entsetzen zu spiegeln. Ich lachte, denn mir kam es sehr komisch vor, daß ein so einfacher Befehl ein solches Durcheinander unter den Robotern auslösen konnte. Dann zog ich den Sender aus meiner Tasche und rief: »Alle Roboter stopp!« Zu meinem Entsetzen blieb die Wirkung aus ... Ich wiederholte den Befehl, wieder keine Reaktion. Es wurden immer mehr Roboter. Sie füllten den vorderen Teil des Korridors schon völlig aus, den Teil, in dem sich die Tür zur Steuerzentrale befand. Diese Tür ist schalldicht, denn in der Steuerzentrale befinden sich die Sendegeräte, und Lärm erschwert den Empfang. Vano hatte bis jetzt noch nichts gemerkt. Nun mußte jedoch der ständig anwachsende Radau auch bis zu ihm vorgedrungen sein, denn die Tür öffnete sich plötzlich ...

Und da geschah das Unglück. Die Roboter drangen in die Steuerzentrale ein und überrannten den armen Vano.

Ich begriff, daß meine Funkbefehle völlig nutzlos waren. Die Roboter nahmen keine Weisungen von außen an. Wäre es anders gewesen, dann hätte das kontrollierende Elektronengehirn eine solche Situation, die ja schließlich unsere Sicherheit gefährdete, nicht zugelassen.

Uns blieb nichts anderes übrig, als uns in der Kabine einzuschließen und abzuwarten, was daraus werden würde. In die Steuerzentrale zu gelangen – daran war nicht zu denken,

daran, die Roboter aufzuhalten, auch nicht. Wir verbarrika-
dierten uns also in der Kabine. Es war dreiundzwanzig Uhr
fünfzig. Fünf Minuten später ertönte GRAVAX' Signal.
Nach weiteren zehn Minuten fühlten wir eine Veränderung
in der Beschleunigung, die »Vega« bremste. Also funktionierte GRAVAX fehlerfrei. Ein Glück, daß er unter einem
dicken Panzer verborgen war und die Roboter ihn nicht de-
moliert hatten. Wenn wir also noch leben und wieder hier
auf der guten alten Erde sind, so verdanken wir das einzig
und allein Ingenieur Seye!

Merlock: Wer war für die Vorbereitung der Roboter verantwortlich?

Gris: Dozent Jores ist Chef der kybernetischen Abteilung.
An Bord befaßte sich Vano mit diesen Dingen.

Wike: Ich danke Ihnen vorläufig. Sie können gehen.

Die Aussagen Mitins, des zweiten Kosmonauten, deckten
sich völlig mit dem, was Gris gesagt hatte. Er bestätigte, daß
er, aus der Steuerzentrale kommend, Vano auf dem Gang getroffen habe. Mit ihm hatte er ein paar Worte gewechselt und
war dann ins Magazin gegangen, hatte es aber gleich wieder
verlassen, da die Roboter ordentlich arbeiteten. Dann hatte
er sich in der Kabine hingelegt und war mit einem Buch in
der Hand eingeschlafen.

Und hier nun Ausschnitte einer Bandaufnahme über Beratungen der Untersuchungskommission:

»Die Sache ist doch klar, Inspektor«, sagte Wike zu Merlock, »Jores hat die BAKs vor dem Start nicht genau überprüft. Sie hatten eine Störung im Befehlsempfangssystem.
Dann hat Gris diesen Unglücksbefehl erteilt. Er war ja so in-
struiert worden ... leider hat er befohlen, das Programm den
montierten Robotern weiterzugeben. Daher rührt das ganze
Unglück.

Der Fehler im Empfangssystem bewirkte, daß weder Gris'
Befehle noch die Impulse des zentralen Koordinators bei
den Robotern ankamen. Sie hatten nur den ersten Befehl im
Gedächtnis – das Raumschiff zu verlassen und die Antenne

zu reparieren. Unkritisch setzten sie alles daran, diesen Befehl auszuführen. Das Ergebnis war tragisch.«

»Wer hat die Instruktionen, wie mit den Robotern BAK-IV im Raumschiff umzugehen ist, entwickelt?« fragte Merlock.

»Ich glaube, Seye, in seiner Funktion als verantwortlicher Konstruktions-Ingenieur des Schiffes. Jetzt sammelt er Lorbeeren, und er hat sie auch verdient; wenn GRAVAX nicht gewesen wäre ... Ich erachte diesen Fall für abgeschlossen. Es ist schwer, hier jemandem die Schuld zu geben. Das alles war eine tragische Häufung von Zufällen. Dieser Meteor, der die Antenne abgerissen hat ...«

»Ein Meteor, sagen Sie? Ich habe mir die Überreste der Antenne angesehen, und ich werde sie mir noch einmal ansehen, aber mit einer etwas anderen Methode.« Merlocks Stimme klang ganz ruhig.

»Was wollen Sie damit sagen?«

»Vorläufig noch nichts. Ich schlage vor, Seye zu vernehmen.«

»Aber Kollege Merlock, das ist doch überflüssig. Außerdem ist er in Australien, auf einem wissenschaftlichen Kongreß.«

»Schicken Sie ihm sofort eine Vorladung, Kommissar. Ich brauche ihn dringend. Jores möchte ich auch noch einmal verhören.«

»Wozu?« Wike wurde ungeduldig. »Ich wollte diesen Fall eigentlich abschließen. Wozu sollen wir noch wissenschaftliche Größen mit hineinziehen? Für mich gibt es an diesem Fall nichts, was die Polizei interessieren könnte ...«

»Laden Sie die beiden trotzdem vor. Außerdem bestellen Sie auch alle Zeugen und alle Experten. Morgen um sechzehn Uhr sollen sie hier bei Ihnen sein, ich werde auch kommen. Mir scheint, ich habe etwas Wichtiges gefunden, ich muß es nur noch einmal überprüfen. Haben wir hier irgendwo einen guten Indikator für Kernstrahlung? Im Laboratorium? Ich nehme ihn für eine Stunde mit. Vorläufig auf Wiedersehen!«

Eine im Arbeitszimmer von Kommissar Wike versteckte Filmkamera registrierte auf mehreren hundert Metern Film genau den Verlauf der Konfrontation aller mit dem Fall »Vega« in Verbindung stehenden Personen:

Im Arbeitszimmer hatte man Stühle aufgestellt. Ein uniformierter Polizist wies den Ankömmlingen ihre Plätze an. Genau um sechzehn Uhr nahmen Wike und Merlock am Schreibtisch Platz. Außer ihnen waren anwesend: Gris, Mitin, Jores, Seye und einige Experten, die das Fiasko der »Vega« untersucht hatten. Merlock wandte sich mit geheimnisvoller Miene an Wike: »Herr Kommissar, ich habe mir erlaubt, noch einen Zeugen mitzubringen, den ich im Beisein der hier anwesenden Personen verhören möchte. Sergeant, bitte führen Sie den Zeugen herein.«

Der Sergeant öffnete die Tür und rief zur allgemeinen Verwunderung: »BAK-drei, hereinkommen!«

Der Roboter trat ein und blieb unsicher in der Mitte des Zimmers stehen. Hinter ihm schoben sich noch drei weitere Automaten, versehen mit den Nummern 5, 6 und 8, herein.

»Dieser Roboter ist einer der vier, die die Tragödie verursacht haben. Sehen wir ihn vorläufig als Hauptangeklagten an. Diese drei sind Duplikate der anderen, die nicht mehr aufgefunden werden konnten. Aller Wahrscheinlichkeit nach sind sie vom Rumpf der ›Vega‹ gerissen worden, als die Rakete zu bremsen begann. Ihre magnetischen Saugnäpfe waren nicht auf eine so hohe Belastung berechnet. Nach Gris' Aussage sind mindestens drei Automaten nach draußen gelangt. Dann wurde der Schleusenmechanismus durch den großen Ansturm der anderen Roboter beschädigt, und das hat bewirkt, daß die anderen nicht mehr hinaus konnten. Außerdem hätte die Schleuse ja sowieso nicht mehr als zwanzig Roboter auf einmal durchgelassen. Aber zurück zur Sache. Diese Einheit« – er wies auf den Roboter – »wurde im Innern der Rakete gefunden. Das ist der erste Punkt der Anklage. Warum hat er den Befehl nicht befolgt?

Dieser Roboter war *abgeschaltet.* Bei ihm und bei allen anderen habe ich festgestellt, daß ihre Antennen nicht an das Befehlsempfangssystem angeschlossen waren. Das erklärt, warum sie auf die Befehle nicht reagierten. Es genügte, daß die ersten vier Roboter diesen Fehler hatten, denn somit ›erbten‹ ihn alle folgenden. Schließlich wurden sie ja genau nach eigenem Muster gebaut!

Aber die Roboter *empfingen* einen Befehl und führten ihn aus, vielleicht etwas zu eifrig, aber sie taten es. Daher also meine Schlußfolgerung, daß die Antennen erst *nach* Entgegennahme dieses Befehls bei den vier Robotern ausgeschaltet worden sind. Der unmittelbare Verursacher dessen, was dann passierte, konnte also niemand von außerhalb sein. Auch ein Versehen ist hier ausgeschlossen. Hätten die Roboter normal funktioniert, so hätte schon Gris' erster Befehl sie alle zum Stillstand gebracht. Welches Besatzungsmitglied des Raumschiffes hat also die Antennen *nach* Empfang des Befehls, aber *vor* Montagebeginn der weiteren acht Roboter abgeschaltet?«

»Das konnte doch nur Vano sein oder ... Mitin«, sagte Gris unsicher, und Mitin sprang von seinem Stuhl hoch. »Was denn? Bist du wahnsinnig? Weshalb sollte ich das tun?«

Seye und Jores blickten einander zweifelnd an, Merlock fuhr ungerührt fort: »Theoretisch hätten Mitin und Vano das tun können, aber sie hatten keinen Grund ... Gris ist aus dem Kreis der Verdächtigen auszuschließen, da er die ganze Zeit in der Steuerzentrale war. Vano traf Mitin vor dem Magazin, ging jedoch nicht hinein. Nur Mitin war im Magazin, aber er hat es auch nicht getan. Es gäbe natürlich eine Möglichkeit: Er hatte die Lust am Weiterflug verloren und wollte die Expedition dadurch zur Rückkehr zwingen. Aber die Art und Weise war sehr riskant. Außerdem *weiß* ich, daß er es nicht war.«

»Wer war es dann?« fragte Seye ungeduldig. »Sie haben ja nun schon alle ausgeschlossen.«

»O nein, einer ist noch übrig, der hier!« Merlock wies auf den Roboter. »Er hat es getan. Er handelte auf Befehl eines

Mannes, dem daran lag, daß die Expedition umkehrt. Achtung! BAK Nummer drei, fertige drei Automaten nach deinem Muster!«

Auf diesen Befehl lief der Roboter vor den Augen der verdutzten Zuschauer zu den drei übrigen Robotern und führte an jedem die gleiche Manipulation aus: Er riß die Leitungen heraus, die die Antenne mit dem Eingangskreis verbanden, dann machte er das auch mit seiner Antenne, drehte den Ausschalthebel an seiner Hauptplatte und erstarrte.

»Das ist unmöglich!« Seye war völlig verblüfft, und Jores Augen waren vor Staunen kreisrund geworden.

»Das ist sehr gut möglich. Der Automat hatte folgende Instruktion erhalten: ›Auf den Befehl, Automaten nach eigenem Vorbild herzustellen, sind folgende Tätigkeiten auszuführen: Die Antennenleitungen der übrigen drei Automaten sind abzuschalten. Dann ist die eigene Antennenleitung zu unterbrechen und der eigene Hauptschalter abzuschalten.‹

Wer diesen Befehl erteilt hat, kann uns der Automat leider nicht sagen. Nicht deshalb, weil er ein schwaches Gedächtnis hat, die Ferritelemente speichern die Informationen sogar bei Abschaltung der Eingangskreise, sondern weil ein Automat Menschen nicht unterscheiden kann. Er braucht sie ja auch nicht unterscheiden zu können. Unser genialer Wissenschaftler«, Merlock machte eine Handbewegung zu Seye herüber, »hat das ganz genau gewußt.«

Der Ingenieur sprang nervös von seinem Stuhl auf und stieß vor Aufregung stotternd hervor: »Was sind das für Andeutungen? Was erlauben Sie sich? Wessen verdächtigen Sie mich?«

»Immer mit der Ruhe, mein Herr«, erwiderte Merlock, »Erregung verschlimmert Ihre Situation nur noch. Bitte, regen Sie sich nicht auf. Gleich werde ich Ihnen Beweise für meine ... Andeutungen liefern.«

Seye sank kraftlos auf seinen Sessel zurück und heftete den Blick auf die Wand über Merlocks Kopf.

Der Inspektor begann im Ton eines Dozenten: »Wie

Ihnen sicherlich bekannt ist, gibt es kein Verbrechen ohne Motiv, vorausgesetzt natürlich, man schließt die Taten Wahnsinniger aus.

Unter diesem Gesichtspunkt habe ich meine Nachforschungen geführt. Ich habe mich für die Erfindung des Ingenieurs Seye interessiert und mit seinen engsten Mitarbeitern gesprochen. Dabei habe ich einige Einzelheiten erfahren, die den anderen entgangen sind und die zusammengefaßt ein ganz anderes Licht auf diesen Fall werfen.

Soweit mir bekannt ist, hat Ingenieur Seye als Konstrukteur der ›Vega‹ am Tag vor dem Abflug noch eine Kontrolle der Apparaturen durchgeführt. Das sollte die letzte Durchsicht vor dem Start sein.

Und am Tag vorher hatte sich bei Seye einer seiner Assistenten gemeldet, ein Spezialist für theoretische Physik. Er legte dem Ingenieur eine Berechnung vor, aus der hervorging, daß die mathematischen Gleichungen zur Funktionsberechnung des GRAVAX auf sehr schwachen Füßen standen. Der junge Physiker hatte festgestellt, daß die Grundgleichung nur eine Annäherung an eine ganze Reihe komplizierter Funktionen darstellt. Dieser Annäherungswert reicht bei einer nicht allzu großen Entfernung von der Sonne aus, aber nicht mehr an der Peripherie des Sonnensystems. Ingenieur Seye, bekannt für seine Überheblichkeit, lachte den Assistenten einfach aus und speiste ihn irgendwie ab. Der Assistent rechnete jedoch alles erneut durch, und das bestärkte ihn noch in seiner Überzeugung.

Ich glaube, daß Ingenieur Seye sich ganz genau über die Konsequenzen dieser Entdeckung im klaren war: GRAVAX konnte in verhältnismäßig geringer Entfernung von der Sonne makellos arbeiten, aber in weiter entfernten Gebieten des Sonnensystems konnte er versagen.«

Merlock unterbrach seine Ausführungen.

Seye saß bewegungslos da, und die übrigen sahen bald den Inspektor, dann wieder ihn an.

»Die ganze Nacht arbeitete Seye an einem Plan, der sein Prestige als Wissenschaftler und Erfinder retten sollte. Am nächsten Morgen begab er sich mit einem kleinen Päckchen zum Kosmodrom. Er verstaute das Päckchen in einem Hohlraum außen am Haltearm der Antenne. Dann warf er einen Blick ins Magazin und unterhielt sich einen Moment mit dem Roboter Nummer drei. Später verlief alles planmäßig. Was in dem Paket war, ist wohl nicht schwer zu erraten.«

»Sie haben keine Beweise«, donnerte Seye, »wie können Sie es wagen, so etwas zu behaupten!«

»Einen Moment! Zwei Dinge haben Sie verraten, Herr Ingenieur. Sie haben einen schweren Fehler gemacht, denn Sie waren der Meinung, daß unter Tausenden von Robotern niemand den einen herausfinden würde, in dessen Gehirn Ihr Befehl gespeichert ist. Die Roboter sollten im Raumschiff alles durcheinanderbringen, das hätte so oder so zur Umkehr des Schiffes geführt. Und eben darum ging es Ihnen ja. Wenn Sie vor dem Start zugegeben hätten, daß Ihr GRAVAX in Uranusnähe versagen könnte, hätte Ihr Ruhm sehr darunter gelitten. Das wollten Sie nicht riskieren. Es mußte etwas geschehen, das die Expedition aufhielt, und zwar ohne GRAVAX' Verschulden und derart, daß Ihnen auch keine schlechte Vorbereitung der ›Vega‹ vorgeworfen werden konnte.

Um jedoch die Besatzung dazu zu zwingen, eine große Anzahl von Robotern zu benutzen, mußten Sie einen wichtigen Teil des Schiffes beschädigen. Die Antenne eignete sich ideal für Ihre Zwecke. Der Haupthaltearm war innen hohl, und darin konnte man sehr leicht eine Zeitzünderbombe verstecken, außerdem ließ sich die zerstörte Antenne leicht durch Meteoritenschlag erklären.

Sie werden sagen, das sind Vermutungen, die jeder Grundlage entbehren«, fuhr Merlock nach einer kurzen Pause fort, »aber es gibt auch Beweise. Ich habe sie gestern entdeckt. Erstens, ich habe den Roboter Nummer drei dort gefunden, wo ich ihn vermutet hatte, also im Magazin. Er war für den Bau der weiteren nicht benutzt worden. Warum? Das werde ich gleich erklären, er wurde abgeschaltet …«

»Herr Merlock«, unterbrach ihn Seye, »hören Sie auf, dieses Märchen auf meine Kosten weiterzuspinnen. Es reicht. Nehmen wir an, alles sei so geplant gewesen, wie Sie es hier suggerieren, aber woher sollte ich wissen, daß Gris zu den Robotern sagen würde: ›Das eigene Programm an die montierten Roboter weitergeben.‹ Wenn er zum Beispiel gesagt hätte: ›Das Programm zur Antennenmontage weitergeben‹ oder etwas in der Art, dann wäre diese Lawine bereits in der zweiten Robotergeneration zum Stehen gekommen.«

»Sie wissen genausogut wie ich, daß das nicht passiert wäre«, erwiderte Merlock. »Ich wollte das sowieso noch sagen, aber Sie haben mich unterbrochen. Die BAKs sollten nach den von Ihnen bestätigten Instruktionen den Befehl erhalten: *Automaten nach ihrem eigenen Muster zu bauen.* Selbst wenn man kein weiteres Wort hinzugefügt hätte, hätten sich die Roboter so lange vermehrt, wie noch Material im Magazin vorhanden war. Denn schließlich heißt ›nach eigenem Muster bauen‹ für einen Roboter nichts weiter, als sich selbst haargenau zu kopieren, alles zu übermitteln, was er selbst enthält, also auch das eigene Programm in das Gedächtnis des neu entstandenen Roboters zu programmieren. Gerade deshalb sollte der Roboter Nummer drei sich nach seiner Sabotagetat ja abschalten. Wenn er zwei weitere Automaten zusammengesetzt und ihnen das, was er in seinem Gedächtnis gespeichert hatte, übermittelt hätte, also auch Ihren Befehl, dann hätten diese Roboter das auch wieder weitergegeben, und dadurch hätte ein Viertel aller Roboter im Gedächtnis Ihren Befehl gespeichert. Somit wäre die Wahrscheinlichkeit, daß diese Information zufällig in den Gedächtnisspeichern der Roboter gefunden wird, um ein vielfaches gestiegen, und das wäre für Sie sehr unangenehm gewesen. Hören Sie auf, die Sache zu bestreiten, Herr Ingenieur. Da ist noch etwas ...«

Er unterbrach seine Ausführungen. Seye faßte mit der Hand in seine Tasche und versuchte, sich mit einer schnellen Bewegung etwas in den Mund zu stecken. In diesem Moment ergriff BAK Nummer drei blitzschnell die Hände des

Ingenieurs und hielt sie in Mundhöhe fest. Aus Seyes rechter Hand fiel eine kleine gläserne Ampulle.

»Sie werden mir verzeihen, Herr Ingenieur, daß ich die von Ihnen erfundene Methode gegen Sie verwandt habe«, sagte Merlock mit boshaftem Lächeln. »Der Roboter hat von mir den Befehl erhalten: ›Wenn die Person, die auf dem zweiten Stuhl in der ersten Reihe sitzt, die Hand zum Mund erhebt, dann sind ihr die Hände festzuhalten.‹

Ich habe vermutet, daß Sie zusammenbrechen, und eine andere Methode des Selbstmordes als Zyankali bleibt Ihnen in diesem geschlossenen Raum ja nicht. Sie haben sicherlich gar nicht bemerkt, daß ich den Roboter wieder angeschaltet habe. Er hat seine Aufgabe hervorragend erfüllt, jetzt und auch das vorige Mal. Er wundert sich über gar nichts und macht sich auch keine Gedanken über den Sinn der erhaltenen Befehle ...«

Damit endet die Filmaufnahme. Hier enden auch die Akten von Kosmopol.

Die »Europäischen Nachrichten« haben ein Interview mit Inspektor Merlock gedruckt. Hier sein Wortlaut:

Wir fanden den seit der Affäre »Vega« bekannten Inspektor Merlock in seinem Büro.

Frage: Würden Sie unseren Lesern bitte erklären, wie die Untersuchungen in der Anfangsphase, als Sie noch nicht über Beweismaterial verfügten, verlaufen sind?

Antwort: Mein Verdacht wurde in dem Moment geboren, als ich die »Vega« nach ihrer Rückführung zur Erde sah. Mich befremdete das Aussehen der zerstörten Richtungsantenne. Ich habe schon viele Raumschiffe gesehen, die durch Meteore beschädigt worden waren, durch Zusammenstöße oder so. Aber in diesem Fall sah das Raumschiff nicht so aus, wie man es hätte erwarten können.

Frage: Also schon damals vermuteten Sie Sabotage?

Antwort: O nein, das habe ich nicht gesagt. Aber ich habe den Rumpf der »Vega« gründlich untersucht. Ich vermutete,

75

daß ich dort Anzeichen für eine Kernexplosion finden würde. Als ich die Umgebung der Antenne mit einem starken Indikator auf Alphastrahlen abtastete, fand ich zwar keine Spuren spaltbaren Materials, aber ich fand Spuren von Permit, einem künstlichen Element. Woher stammten diese künstlichen Isotope im Stahlrumpf der Rakete? Ich konnte es mir lange nicht erklären. Schließlich gelang es mir festzustellen, daß Permit entsteht, wenn man Setyl, ein anderes künstliches Element, mit Alphastrahlen großer Intensität beschießt. Setyl ist in großer Menge in hitzebeständigem Stahl enthalten. Also mußten schnelle Alphateilchen auf das Setyl eingewirkt haben! Woher waren sie gekommen? Wieder suchte ich die Antwort lange in der Kernreaktionstabelle und stellte fest, daß das einzige Element, das so schnelle Alphastrahlen abgibt, Erbium ist – ein sehr schnell zerfallendes Element. Nun wurde alles klar ... Jemand hatte Erbium als »Antrieb« für eine Atomuhr benutzt. Der Verbrecher hatte also eine chemische Bombe mit einem Zeitzünder verwendet, der durch den Zerfall des Elements Erbium ausgelöst wurde.

Frage: Wie sind Sie daraufgekommen, daß der Roboter Nummer drei Seyes Plan ausgeführt hat?

Antwort: Es war doch ausgeschlossen, daß ein Mitglied der Besatzung zum Nachteil des Raumschiffes gehandelt haben konnte. Das mußte ein Roboter getan haben. Ich wußte, daß das nur einer der ersten vier gewesen sein konnte. Ich fand den Roboter Nummer drei und wertete seinen Gedächtnisspeicher aus; da wurde mir alles klar. Dann genügte eine genaue Inszenierung der Konfrontation. Ich mußte auf solche Kleinigkeiten wie genaues Zitieren von Seyes Worten bei der Befehlsübermittlung an den Roboter achten. Der Täter glaubte sich demaskiert und brach psychisch zusammen – das war der beste Beweis seiner Schuld ...

Der Autor des Interviews bringt im Schlußwort seine Furcht vor einer Weiterentwicklung der Automatik zum Ausdruck, besonders wenn dadurch solche Dinge möglich werden. Heute wissen wir, daß diese Befürchtungen unbegründet waren. Es ist bisher noch nie vorgekommen, daß ein Roboter aus eigenem Antrieb etwas gegen seine »kybernetische Ethik« getan hätte. Roboter sind in der Regel gutmütige und treue Seelen, aber Menschen gibt es ... ach, schade um jedes Wort ...

Prognosie

Ich war etwas zu früh gekommen, die Uhr an der Haltestelle zeigte einige Minuten nach halb drei. Die Hitze war unerträglich. Ich ging an einem Terrassencafé vorbei, es war sehr voll, aber ein älterer Herr verließ gerade seinen Tisch. In der Hoffnung, hier etwas Kaltes zu trinken zu bekommen, ging ich hinein.

Ich saß genau an der niedrigen Balustrade und wartete auf die Kellnerin. Sie war schon vor längerer Zeit im Café verschwunden und bis jetzt nicht wieder aufgetaucht. Ich beobachtete den Verkehr auf dieser engen, wie immer mit Autos vollgestopften Straße. Heute bewegten sie sich so langsam vorwärts, als wären auch sie von der Hitze erschöpft. Die Fußgänger hatten ihre Anzüge aufgeknöpft, sie waren erhitzt, und es hatte den Anschein, als würde sich ihnen die heiße Luft wie ein dicker Brei entgegenstemmen. An solchen Tagen hat man das Gefühl, die Zeit vergehe langsamer als sonst. Die Gedanken bewegen sich träge, vermeiden geflissentlich alle schwierigen, schwerwiegenden Probleme und kreisen um den Meeresstrand oder auch nur um das städtische Schwimmbad …

»Darf ich an Ihrem Tisch Platz nehmen?«

Ich hob den Kopf. Ein Mann in einem bunten Hemd stand vor mir, er war verschwitzt, wie alle heute, und machte einen müden Eindruck.

»Bitte sehr«, sagte ich, »ich erwarte niemanden, der Platz ist frei.«

Er setzte sich. Jung war er nicht mehr, sein Haar war schon grau. Die Stirn war von tiefen waagerechten Falten durchzogen und das faltige Gesicht mit kleinen, glitzernden Schweißtröpfchen übersät. Er verriet einen Menschen, der kein leichtes Leben hinter sich hat.

So schätzte ich ihn wenigstens ein. Ich lese gern in menschlichen Gesichtern und konfrontiere dann meine Beobachtungen mit der Realität. Er mußte bemerkt haben, daß ich ihn lange betrachtet habe, denn er wurde unruhig, hob den Blick und fragte: »Verzeihen Sie, sind ... sind wir uns vielleicht schon einmal begegnet?«

»Ich glaube nicht ...« Ich überlegte und sah ihn noch einmal aufmerksam an. »Und Sie? Erinnern Sie sich vielleicht an mich?«

Er lächelte schwach und öffnete die Lippen, als wolle er etwas sagen, dann schüttelte er jedoch nur den Kopf und wandte sich zur Straße ab. Ich dachte, daß man bei einer solchen Hitze nicht einmal Lust hat, sich zu unterhalten, und blickte mich noch einmal suchend nach der Kellnerin um. »Die Bedienung klappt hier nicht besonders, seit zehn Minuten halte ich nun schon nach der Kellnerin Ausschau«, sagte ich halb zu mir selbst.

»Bemühen Sie sich nicht«, sagte mein Nachbar, »die Kellnerin wird erst in weiteren zehn Minuten kommen.« Er sagte es, ohne den Blick von der Straße zu wenden. »Bier ist sowieso nicht da und Mineralwasser auch nicht.«

»Wie ich sehe, kennen Sie sich hier sehr gut aus«, sagte ich lachend. »Sie kommen wohl oft hierher?«

Zu meinem Erstaunen schaute er mich traurig an und sagte: »Ich weiß es nicht ...«

»Was heißt das, Sie wissen es nicht? Wissen Sie es wirklich nicht oder ...«

»Ich weiß es nicht ... Ich weiß es ganz einfach nicht. Ich erinnere mich nicht.«

Ich zuckte die Schultern und nahm seine Antwort als einen weiteren Beweis für seine Unlust an einer Unterhaltung.

Mechanisch griff ich nach meiner Aktenmappe und blätterte in meinem Manuskript. Der Text, den ich schon so viele Male durchgelesen hatte, erschien mir jetzt idiotisch, hochtrabend und unverständlich. Wenn ich noch eine Seite lese, werde ich davon überzeugt sein, daß es nichts taugt, dachte ich, diese Hitze macht pessimistisch. Ich klappte die Aktenmappe wieder zu. Was soll's, jetzt kann ich doch nichts mehr daran ändern, in einer Viertelstunde werde ich das Manuskript in der Redaktion abgeben und dann die Meinung der Gutachter abwarten müssen ...

»Sie wünschen?« Endlich war die Kellnerin da. Schläfrig wedelte sie Aschereste vom Tisch und wartete mit gelangweilter Miene auf unsere Bestellung.

»Ein Bier bitte«, sagte ich.

»Bier ist alle!« knurrte sie gereizt.

»Sodawasser?«

»Ist auch aus.«

Also wußte mein Nachbar über das Angebot an kalten Getränken in diesem Café doch sehr gut Bescheid.

»Haben Sie überhaupt etwas zu trinken? Was Kaltes, versteht sich ...«, fragte ich resigniert.

»Saft. Eine Spezialität des Hauses. Möchten Sie? Der andere Herr auch?«

Wir wollten beide.

Die Kellnerin verschwand, und mein Nachbar verzog angewidert das Gesicht.

»Ich werde ein ekelhaftes, lauwarmes Gesöff bekommen ...«, brummte er.

»Nach Ihren richtigen Voraussagen eben wird das wohl auch diesmal zutreffen«, sagte ich lächelnd zu ihm.

»Ich sage nichts voraus, ich weiß es!« erwiderte er.

»Wie denn das? Sind Sie vielleicht Hellseher?« fragte ich scherzhaft.

»In der Nomenklatur der Parapsychologie wird es wohl so genannt«, sagte er langsam. »Ich würde es in meinem Fall jedoch anders ausdrücken ... Ich kann nur Dinge voraussehen, die unmittelbar mich selbst betreffen. Fakten, an denen ich unmittelbar selbst beteiligt bin, oder solche Ereignisse, von denen ich etwas erfahren werde. Nein, ich habe mich falsch ausgedrückt. Ich sehe es nicht voraus, ich weiß es ... So wie Sie wissen, was mit Ihnen, sagen wir mal, vor einer Stunde, vor einem Jahr und so weiter geschehen ist ...«

80

»Wollen Sie damit sagen, daß Sie sich an Ihre Zukunft erinnern?« fragte ich.

»Sicher, wenn man das so absurd ausdrücken kann, dann erinnere ich mich an meine Zukunft. Ich weiß, was erst geschehen wird. Ich würde das als Prognosie bezeichnen ... ja, das klingt sehr gut ...«

»Hervorragend! Das ist eine glänzende Idee, ein großartiger Witz. Daß Sie bei dieser Hitze Ihren Humor noch nicht verloren haben ...«

Der Unbekannte wurde irgendwie traurig und sah mich unter halbgeschlossenen Augenlidern an.

»Ich wäre sehr glücklich, wenn das nur ein Witz wäre«, sagte er leise. »Leider ist es aber die Wahrheit, Herr Kowalski!«

»Waas? Sie kennen meinen Namen? Ich erinnere mich nicht, mich Ihnen vorgestellt zu haben ...«

»Selbst wenn Sie sich vorgestellt hätten, könnte ich mich an Ihren Namen nicht mehr erinnern! Außer bei meinen Prognosen leide ich an absoluter Amnesie. Verstehen Sie? Das ist doch gerade mein Unglück: Ich erinnere mich nicht an einen einzigen Augenblick meiner Vergangenheit, kenne aber dafür meine gesamte Zukunft!«

Ich konnte kein Wort herausbringen. Benommen schaute ich diesen Mann an und wußte immer noch nicht, ob er nur scherzte oder es ernst meinte ...

»Aber ... das ist doch völlig unmöglich! Und woher wissen Sie in diesem Fall, wie ich heiße?«

»Ich werde es in der Zukunft erfahren, und daher erinnere ich mich.«

»Sie wollen also tatsächlich behaupten, daß das, was Sie eben gesagt haben, wahr ist?«

Er nickte schweigend. Ich schwieg ebenfalls und dachte über seine Worte nach.

»Sie erinnern sich also nicht einmal daran, was vor einer Sekunde passiert ist? Dafür wissen Sie aber genau, was in zehn Jahren sein wird?« fragte ich ihn.

»So ist es. Daran, was im nächsten Moment sein wird, erinnere ich mich allerdings genauer, mit mehr Einzelheiten. Das ist wie mit dem Erinnerungsvermögen eines ganz normalen Menschen an mehr oder weniger zurückliegende Ereignisse. Was aber in der Vergangenheit geschehen ist, selbst nur eine Sekunde von der Gegenwart entfernt, ist für mich unwiederbringlich verloren ... Wie für Sie zum Beispiel alles, was erst geschehen wird, ein Rätsel ist ...«

»Aber, ich weiß doch ganz genau, daß ich im nächsten Moment noch hier im Café sitzen und mich mit Ihnen unterhalten werde ...«

»... und um drei, genauer gesagt: wenige Minuten vor drei, werden Sie aufstehen und in dieses Haus dort gegenüber gehen. Natürlich wissen Sie das auch, aber doch nicht hundertprozentig. Vielleicht werde ich im nächsten Moment aufstehen und gehen? Vielleicht werden Sie auf der Straße unter ein Auto geraten? Solche Möglichkeiten haben Sie in Ihre Rechnung nicht miteinkalkuliert. Nein, Sie können beruhigt sein, Sie werden nicht überfahren werden, und ich will auch nicht gehen, bevor ich etwas zu trinken bekommen habe. Das war nur so als Beispiel gesagt. Daraus resultiert aber, daß Sie die Zukunft nach den Ereignissen der Vergangenheit und der Gegenwart berechnen können. Ich hingegen kenne die Zukunft, ich kenne sie ganz einfach ... Von der Vergangenheit kann ich mir nur aus den Begebenheiten der Zukunft ein Bild machen, durch eine Rückanalyse.«

Mein Verstand arbeitete sehr träge. Das, was der Unbekannte mir erzählte, überstieg bei fünfunddreißig Grad im Schatten mein Fassungsvermögen ...

Plötzlich hatte ich einen Geistesblitz. »Wenn es wirklich so ist, wie Sie sagen«, rief ich, »wie können Sie dann logisch auf meine Fragen antworten, da Sie sie doch, sobald ich sie gestellt habe, wieder vergessen?«

»Mein Lieber, denken Sie doch mal nach!« Der Fremde lächelte ironisch. »Ihre Fragen vergesse ich zwar gleich wieder, das ist richtig, aber dafür erinnere ich mich sehr genau an meine Antworten! Denn schließlich gehören sie ja, bevor ich sie Ihnen gebe, zur Zukunft, und zwar zur allernächsten! Und die Zukunft ist mir doch offen!«

»Nehmen wir mal an, es ist wirklich so«, murmelte ich völlig verwirrt. »Aber da ist noch etwas: Warum stellen Sie mir dann Fragen? Sie haben mich beispielsweise gefragt, ob ich Ihnen schon jemals begegnet bin. Schließlich wußten Sie meine Antwort doch schon vorher!«

»Sie sind wieder im Irrtum!« antwortete er gelassen. »Wenn ich Ihnen diese Frage nicht gestellt hätte, dann hätten Sie sie nie beantwortet! Und ich weiß nur das, was wirklich einmal eintreffen wird, also war meine Frage eine ganz logische Konsequenz!«

»Hm …«, machte ich und hatte schon völlig den Überblick in dieser eigenartigen Geschichte verloren. »In diesem Fall verstehe ich aber nicht, warum Sie Ihre hervorragende Eigenschaft als ein Unglück bezeichnen? Seit Jahrhunderten träumen die Menschen von so etwas! Wer möchte seine Zukunft nicht kennenlernen?«

»Sie irren sich. Alle irren sich«, sagte er und schüttelte traurig den Kopf. »Ich weiß am besten, was das für eine Belastung ist, alles zu wissen, bis zum Ende, in allen Einzelheiten! Haben Sie nie den Wunsch gehabt, etwas zu vergessen, irgendwelche unschönen Momente des Lebens? Das Vergessen ist eine herrliche Sache … Genauso herrlich wäre es, zu erfahren, was geschehen wird, aber, mein Gott, in beiden Fällen nicht vollständig, nicht bis zur letzten Konsequenz. Möchten Sie, so wie ich, alles vergessen, alles, was war? Wer Sie sind, wie Sie heißen und was Sie bisher erlebt haben? Genauso unangenehm ist es, ich versichere es Ihnen bei meiner Ehre, die gesamte Zukunft zu kennen.«

»Und Sie … Wie ist Ihnen das passiert? Vielleicht könnte man nach einer Analyse dessen, wie Ihnen … dieses Unglück, diese vollkommene Amnesie, zugestoßen ist, ein Mittel finden, das Sie wieder in den Normalzustand zurückversetzt? Vielleicht ist das sogar … ansteckend?« versuchte ich zu scherzen und rückte etwas von ihm ab.

»Woher soll ich wissen, wie das passiert ist? Ich weiß ja nicht einmal, wie unser Gespräch zustande gekommen ist. Sie können sich noch immer nicht daran gewöhnen, daß Sie einen Menschen vor sich haben, der sozusagen gegen den Strom der Wirklichkeit anschwimmt. Mein ›Gedächtnis‹ wird immer ärmer, jedes Wort, jedes Ereignis nimmt mir ein Stückchen Wissen über mein Leben!«

»Also wissen Sie auch über mich immer weniger, obwohl Sie mir Fragen gestellt und mich während unserer Unterhaltung beobachtet haben?«

»Das versteht sich doch von selbst. Dennoch habe ich den Eindruck, daß ich noch irgendwann einmal etwas von Ihnen hören werde. Denn begegnen werde ich Ihnen wohl nicht mehr ... Nein, ich bin sicher, daß ich Ihnen nicht mehr begegnen werde, aber ...«

»Sie werden mir nie mehr begegnen?« Ich überlegte: Wenn das alles wahr ist und wenn er behauptet, daß er mir nie mehr begegnet, dann weiß er es bestimmt ... In diesem Fall ist das meine einzige Chance.

»Wissen Sie«, sagte ich mit gespielter Gleichgültigkeit, »Sie werden gewiß verstehen, daß es mir nicht leichtfällt, all das, was Sie mir gesagt haben, zu begreifen. Ich möchte aber gern daran glauben, und darum wage ich es, Sie um etwas zu bitten. Könnten Sie mir nicht etwas aus der Zukunft erzählen? Etwas, das ich nach einer gewissen Zeit ohne jeden Zweifel werde überprüfen können ... Kennen Sie nicht vielleicht eine Erfindung aus der Zukunft?«

»Nein!« Der Fremde unterbrach mich schroff und entschieden. »Das werde ich nicht tun!«

»Aber ... ich bitte Sie sehr darum!«

»Wenn ich sage, daß ich etwas nicht tun werde, dann heißt das nicht, daß ich starrsinnig bin; ich weiß ganz einfach, daß ich es nicht tun werde. Ich weiß genau, daß ich niemals jemandem etwas über die Zukunft erzählen werde.«

Er war ziemlich aufgebracht. Erst nach einer ganzen Weile beruhigte er sich wieder und fügte sanft hinzu: »Wenn ich Ihrer Bitte entspräche, würde ich Sie einer großen Gefahr aussetzen. Ja, ja, machen Sie kein solch verwundertes Gesicht! Stellen Sie sich vor, ich beschreibe Ihnen eine Maschine, von der ich weiß, daß sie, sagen wir mal, Herr X in der Zukunft bauen wird. Wenn Sie also in den Besitz der Grundidee zu dieser Erfindung gelangten, und das vor ihrer Realisierung, dann könnten Sie vielleicht nicht widerstehen und selbst den Ruhm für diese Erfindung einheimsen wollen. Es steht doch aber schon fest, daß es die Erfindung von Herrn X ist. Daraus läßt sich einfach folgern, daß Ihnen ein Unglück zustoßen müßte, noch bevor Sie den Prototyp dieser Maschine gebaut hätten. Ich kann Sie doch nicht der Gefahr eines plötzlichen Todes aussetzen ... Wie Sie sehen, kann die Zukunft, von einem leichtsinnigen Menschen gelüftet, den Tod dieses Menschen bewirken.«

»Aber Sie kennen doch Ihre gesamte Zukunft. Wie können Sie sich vor so etwas schützen?«

»Gerade weil ich sie ganz kenne, bin ich vor solchen Gefahren geschützt! So wie Sie – wenigstens scheinbar – viele Varianten haben, Ihr Leben zu leben, habe ich nur eine, und an die muß ich mich halten. Im Grunde geht es Ihnen ähnlich, auch Sie haben nur eine Variante des Lebens, nämlich die, die Sie erleben werden. Sie können sich aber wenigstens einbilden, daß Sie unter einer unendlichen Zahl von Möglichkeiten die Wahl haben. Ich kann nicht wählen ... Was würde ich darum geben, wenn ich mich wenigstens einiger Einzelheiten meines Lebens erinnerte und dafür das, was mich erwartet, vergessen könnte ...«

»Das würde nicht viel nützen. Selbst wenn jemand, der Sie von früher kennt, Ihnen einige Details aus Ihrem Leben in Erinnerung brächte, würden Sie ja doch sofort alles wieder vergessen!«

»Sie haben recht ... Aber ... vielleicht könnte mich das heilen?«

Er schwieg und fügte dann in verändertem Ton hinzu: »Ja, jetzt weiß ich, woher ich Ihr Gesicht kennen werde ... Sie werden der Autor des hervorragenden Buches sein, das ich in einem Jahr lesen werde. Ich erinnere mich, darin werde ich

85

Ihr Bild sehen. Das wird wirklich ein Bestseller sein! Haben Sie das Buch schon geschrieben?«

Ich sah ihn an und war zutiefst verwundert. Konnte er meine Gedanken lesen? Telepathie oder was? Denn an diese seine Prognosie konnte ich beim besten Willen nicht glauben.

»Sie sagen, es wird ein gutes Buch werden? Ich bin gerade auf dem Weg zum Verlag, um das Manuskript abzugeben.«

»Das wird ein großer Erfolg für Sie. Leider wird es sich nicht ergeben, daß ich noch ein weiteres Buch von Ihnen lesen werde.«

»Und das, von dem Sie eben gesprochen haben – erinnern Sie sich, worum es darin geht?«

»Natürlich, ich erinnere mich ganz genau! Besonders die hervorragende Szenerie des Planeten, den Ihre Helden entdecken, wird einen großen Eindruck auf mich machen.«

Er hat bestimmt in mein Manuskript geschaut, als ich es vorhin durchgeblättert habe! dachte ich.

»Ich kann nicht länger auf den Saft warten, es ist schon kurz vor drei, ich muß jetzt gehen. Es war sehr nett, sich mit Ihnen zu unterhalten. Seien Sie so freundlich und bezahlen Sie für mich, hier ist das Geld.«

Ich stand auf, nahm meine Tasche und reichte meinem Gesprächspartner die Hand.

»Kowalski«, stellte ich mich ganz automatisch vor, und sofort fiel mir ein: Daher also, weil ich mich nun vorgestellt habe, »erinnert« er sich an meinen Namen. Ich ertappte mich dabei, daß ich im Unterbewußtsein doch an die Erzählungen des Fremden glaubte. Wie konnte man denn so etwas Absurdes ernst nehmen?

»Leider kann ich mich Ihnen nicht vorstellen«, sagte er und lächelte, wie um Verzeihung bittend. »Ich erinnere mich nicht daran, wie ich heiße. Denn, sehen Sie, ich habe eine ungewöhnliche Eigenschaft ...«

»Ich weiß, ich weiß, vor wenigen Minuten haben Sie mir davon erzählt. Verzeihen Sie, ich bin sehr in Eile«, sagte ich ungeduldig.

Ich nickte ihm noch einmal zu und mischte mich unter den Strom der Fußgänger.

Mein neuer Roman wurde vom Verleger enthusiastisch aufgenommen. Er sagte: »Das wird ein sehr großer Erfolg für Sie werden, Herr Kowalski. Besonders beeindruckend ist die hervorragende Szenerie des Planeten, den Ihre Helden entdecken.«

Ich kann mich bis heute nicht besinnen, wer mir wo schon einmal etwas Ähnliches gesagt hat ...

Wer bin ich? Wie heiße ich? Ich sitze hier und schreibe, und gleich wird draußen ein Sturm losbrechen, ich muß das Fenster schließen ... Na bitte, schon zieht es! Warum bin ich nicht aufgestanden, um das Fenster zu schließen? Gleich wird der Wind die Scheibe zerbrechen ...

Die Inspektion

Inspektor Kirs faßte in seine Tasche und zog auf gut Glück aus einem Dutzend zusammengerollter Zettel einen heraus. Er glättete ihn, las den Namen und suchte dann auf der Mondkarte die ausgeloste Station. Selenc 13 lag am Fuße eines kleinen Bergrückens auf der anderen Seite des Mondes. Der Inspektor verzog das Gesicht, seufzte und lenkte sein Fahrzeug in Richtung Mondstraße Nummer 7. Er programmierte die Trasse, schaltete den Selbstfahrer ein, streckte sich bequem im Sessel aus und griff nach der neuesten Ausgabe der »Mondnachrichten«. Er blätterte sie aber nur kurz durch, denn das Holpern des Fahrzeugs erschwerte das Lesen. Kirs überflog eine kurze Notiz über ein neues UFO, das vor einigen Tagen auf der Rückseite gesichtet worden war. Zwei Observatorien hatten gleichzeitig das Auftauchen eines Boloiden mit ungewöhnlichen Flugparametern gemeldet. Keine seismographische Station hatte jedoch solche starke Erschütterung registriert, wie sie das Aufprallen eines derartig großen Brockens auf der Oberfläche des Planeten ausgelöst hätte.

»Schon wieder Fliegende Untertassen«, sagte der Inspektor zu sich selbst und legte das Blatt beiseite. Er gähnte und betrachtete die monotone, flache Umgebung des Humboldtmeeres. Etwas mehr im Hintergrund war der Mercuriuskrater zu sehen, und in seinem Schatten standen die Gebäude der Hauptverwaltung.

Der Inspektor gehörte zu dem Typ Menschen, die ihre beruflichen Pflichten ungewöhnlich ernst nehmen. Ohne diese Eigenschaft wäre er auch sicherlich nie Arbeitsschutzinspektor geworden, noch dazu in der Hauptdirektion der Mondbezirke. Kirs war schon seit einigen Jahren der Schrecken der Kommandanten aller Mondbasen.

Er hatte ein gutes Auge, das mußte man ihm lassen, er sah jede Verletzung der Vorschriften und ließ sich weder von blankgeputzten Rettungsgeräten noch von bunten Verbots- und Warntafeln hinters Licht führen.

Der Inspektor liebte, wie er selbst sagte, den Überraschungseffekt, denn nur so konnte er die ungeschminkte Wahrheit vorfinden. Unter einem Dutzend für die Kontrolle vorgesehenen Stationen loste er also immer eine aus, aber erst, wenn er die Zentrale verlassen hatte.

Diesmal war das Los auf Selene 13 gefallen. Kirs kannte diesen Typ Mondstation sehr gut, obwohl er in dieser seit ihrer Einweihung nicht mehr gewesen war. Die Station lag in einer recht abgelegenen Gegend des Mondes, der Weg dorthin war beschwerlich, und daher wurde sie nicht sehr oft kontrolliert. Für einen so gewissenhaften Inspektor wie Kirs spielten schwierige Reisen natürlich keine Rolle. In seinem Terrainfahrzeug hin und her geschüttelt, legte er sich einen Aktionsplan zurecht. Vor seinem inneren Auge sah er schon die kleinen Verfehlungen, die unschuldige Schlamperei, die gewöhnlich bei der Arbeit auf einer solchen Mondstation einreißt, besonders wenn sie nicht sehr oft von Inspektoren der Hauptdirektion heimgesucht wird.

Das Gefährt passierte vier kleine Krater am Südhang des Endymions. Hier rüttelte es schon nicht mehr so stark, und der Automat konnte die Geschwindigkeit beträchtlich erhöhen. Der Inspektor griff zu einem Band phantastischer Erzählungen.

Die Gebäude der Station Selene 13 warfen kurze, schwarze Schatten auf den silbergrauen Sand. Das Fahrzeug fuhr zur Einfahrtsschleuse. Die Besatzung der Station hatte es schon bemerkt, denn über dem Tor blinkte ein orangefarbenes Lämpchen und signalisierte, daß es zur Öffnung bereit sei.

In der Schleuse war niemand, der Inspektor registrierte das anerkennend. Erst als sich die inneren Türen geschlossen hatten und das Manometer an der Wand wieder normalen Druck anzeigte, kamen durch eine andere kleine Tür im Hintergrund zwei Personen in leichten Vakuumanzügen herein. Der Inspektor setzte seinen Helm auf, überprüfte seinen Raumanzug und öffnete dann die Kuppel des Fahrzeugs. Er hob grüßend die Hand. Sie erwiderten seinen Gruß und wiesen ihm den Weg ins Innere der Station. In der Garderobe legten alle drei die Vakuumanzüge ab, der Inspektor musterte mit geübtem Blick die persönliche Ausrüstung der Gastgeber und mußte im stillen wieder zugeben, daß alles in bester Ordnung war.

Kirs stellte sich vor, die anderen versicherten, es wäre ihnen sehr angenehm, und baten ihn weiterzukommen.

Der Inspektor kontrollierte der Reihe nach alle Ausrüstungsgegenstände und Apparaturen der Station, dann die Bekleidung, die Schutzgeräte. Er kam sich vor wie auf einer Ausstellung über Arbeitsschutz im Kosmos. Jede Kleinigkeit, jedes Detail der Ausrüstung hätte aus einem Lehrbuch für Arbeitsschutz stammen können.

Als er die Kernkraftanlage inspizierte, keimte in seinem Unterbewußtsein ein unklarer Verdacht auf. Er wußte, daß niemand die Besatzung der Station von seiner Ankunft unterrichtet haben konnte – das war völlig ausgeschlossen. Andererseits war es in seiner jahrelangen Praxis noch nie vorgekommen, daß alles in der kontrollierten Basis in einem so idealen Zustand gewesen wäre wie hier!

Der Kommandant der Station führte ihn persönlich in alle Winkel, öffnete die Türen und demonstrierte ihm die Funktion der Klimaanlage, der Brandschutzeinrichtungen und der Strahlungssignalisatoren.

Das chemische Laboratorium bedeutete für den Inspektor die letzte Chance, wenigstens eine einzige, symbolische Unkorrektheit zu entdecken. Aber auch hier erwartete ihn eine Enttäuschung. Der Gehalt toxischer Substanzen in der Luft war minimal, die Mitarbeiter benutzten in vollem Umfang die vorgeschriebenen Schutzgeräte und trugen perfekte Schutzkleidung ...

Kirs wurde immer unsicherer. Irgend etwas stimmt hier

nicht, dachte er bei sich, als er ins Arbeitszimmer des Kommandanten hinunterging.

Nachdem er die Sicherheitsinstruktionen, die Arbeitsbestimmungen, die Unterlagen über Schulungen und Unterweisungen der Mitarbeiter, die ärztlichen Untersuchungsergebnisse und noch einige andere Dokumente durchgesehen hatte, wußte er genau, daß er hier nichts finden würde, daß er im Kontrollprotokoll auch nicht die kleinste kritische Bemerkung würde machen können. Aber das ist doch völlig unmöglich, dachte er und wühlte in den Dokumenten. Ich habe noch nirgends etwas Derartiges gesehen! Es sieht so aus, als wäre das alles eine Vorführung. Unglaublich, daß sie bei der täglichen Arbeit sämtliche Vorschriften so genau einhalten! – Aber warum eigentlich nicht? wies er sich selbst in Gedanken zurecht. Schließlich kämpfen wir ja darum, und irgendwann werden wir überall einen solchen Idealzustand bei der Einhaltung der Arbeitsschutzvorschriften erreichen, diese verantwortungsbewußte Einstellung des Kommandanten und der Besatzung ...

So ganz war er aber nicht überzeugt davon, denn er wußte sehr gut, welche Schwierigkeiten und Probleme die Arbeit auf Mondbasen mit sich bringt. Er war mit der Absicht hergekommen, seine Hilfe bei der Lösung schwieriger Probleme anzubieten. Er war bereit gewesen, hier und da ein Auge zuzudrücken, denn selbst ihm war klar, daß Vorschriften niemals mit der sich ständig weiterentwickelnden Technik Schritt halten können, daß man sie von Zeit zu Zeit verbessern, praxisferne Paragraphen verändern mußte. Hier wurden jedoch sogar die schwierigsten, anderswo in der Regel übergangenen Vorschriften pedantisch respektiert.

»Sehr gut, hervorragend ...«, sagte er halb zu sich selbst, halb an den Kommandanten der Station gewandt, der ihm gegenüber an seinem Schreibtisch saß.

»Wir bemühen uns, Inspektor!« Der Kommandant lächelte zufrieden. Kris nahm ein Protokollformular aus seiner Mappe. Fast wehmütig strich er die Rubrik »Festgestellte Mängel« durch.

Wenn ich wenigstens eine klitzekleine Kleinigkeit gefunden hätte, dachte er beim Unterschreiben. Ich habe den Eindruck, als wären alle diese Menschen hier Engel oder Automaten. Kann ein Mensch wirklich so fehlerfrei handeln, soviel Disziplin in Fragen des Arbeitsschutzes an den Tag legen?

Als er dem Kommandanten der Basis eine Kopie des Protokolls überreichte, lächelte dieser noch immer zuvorkommend, aber der Inspektor hatte den Eindruck, daß sich hinter diesem Lächeln ein Körnchen boshafter Genugtuung verbarg. Bestimmt dachte der andere: Das hast du nun davon, bist so ein Ende gefahren, um uns reinzulegen, aber da ist ganz und gar nichts draus geworden!

Der Inspektor ging zur Notfunkstation, die in einer Ecke des Kommandantenbüros stand. In Gedanken wiederholte er fortwährend: Nicht zu glauben, einfach nicht zu glauben!

»Funktioniert es?« fragte er, schon nur noch der Form halber.

»Natürlich«, erwiderte der Kommandant.

»Bitte, führen Sie es mir vor.«

Der Kommandant schaltete das Gerät ein. Die Kontrolllämpchen leuchteten auf.

»Bitte, geben Sie einen Kontrolltext durch«, sagte der Inspektor. Der Kommandant schaltete das Mikrofon ein und begann zu sprechen. Der Inspektor hörte mit wachsendem Erstaunen zu. Seit zehn Minuten sprach dieser Mensch Wort- und Zahlenreihen ins Mikrofon, ohne auch nur ein einziges Mal zu stottern. Und als aus der Funkzentrale die Bestätigung kam, daß der Text vollständig und verständlich angekommen sei, wußte der Inspektor, was hier gespielt wurde. Die Notiz über unidentifizierte Flugobjekte, die er auf der Hinfahrt gelesen hatte, ging ihm durch den Kopf, sie waren auf dieser Seite des Mondes bemerkt worden. Ja! Das war die einzige Erklärung für die unwahrscheinlichen Dinge hier.

»Kennst du das auswendig?« schrie er. »Ich habe noch nie einen Menschen gesehen, der in der Lage gewesen wäre, sich die Reihenfolge von einigen hundert Wörtern und Zahlen einzuprägen, die in keinem logischen Textzusammenhang stehen! Du kannst kein Mensch sein! Weder du noch die anderen! Jetzt ist mir klar, warum die Sicherheitsbestimmungen in eurer Station so hervorragend eingehalten werden! – Was rede ich denn da! In *unserer* Station, die *ihr* im Handstreich genommen habt!«

Der Inspektor wollte nach dem Mikrofon greifen, aber ein harter Schlag gegen den Kopf warf ihn zurück.

»Du hast es erraten, aber das wird dir nicht viel nützen«, sagte der andere feindselig und zog eine dünne Maske von seinem Gesicht. Darunter kam das fremde Antlitz eines unbekannten außerirdischen Wesens zum Vorschein. »Du kommst hier nicht mehr 'raus. Wir sind die Vorhut der Zivilisation des Procyon und benötigen diese Station zeitweilig. Wir haben gedacht, du würdest uns von selbst in Ruhe lassen, darum haben wir dir erlaubt, hier herumzuschnüffeln. Auf solche Besuche sind wir gut vorbereitet und halten die Station in einem Zustand, der allen euren Vorschriften entspricht; uns wird noch lange Zeit niemand entdecken.«

»Du irrst dich! Ich wußte von Anfang an, daß hier irgend etwas nicht stimmt.«

»Wie das denn?«

»Ganz einfach, für Menschen seid ihr zu pedantisch! Ihr haltet euch zu genau an alle Instruktionen.«

»Ich verstehe nicht! Sind diese Instruktionen nicht bindend?«

»Natürlich, aber bei normalem Arbeitsablauf kommt es gewöhnlich zu kleinen Abweichungen, manchmal auch zu größeren Verstößen und Mißachtungen. Was ich hier bei euch vorgefunden habe, war zu schön, um wahr zu sein!«

»Das hat nun sowieso keine Bedeutung mehr.« Der »Kommandant« stieß einige glucksende Laute aus. Zwei seiner Leute stürzten in den Raum und zerrten den Inspektor auf den Gang. Sie öffneten eine Tür und schubsten ihn in einen dunklen Raum hinein.

Inspektor Kirs öffnete die Augen. Er lag auf dem Fußboden seines Fahrzeugs neben dem Sessel, von dem er wohl während des Kampfes gerutscht war. Der Band mit phantastischen Erzählungen lag neben ihm. Er rieb sich die Augen, noch ganz unter dem Eindruck des Alptraumes. Erst als er sich in seinen Sessel gesetzt hatte und aus dem Fenster sah, war er überzeugt davon, daß er wirklich nur geträumt hatte. Sein Fahrzeug stand vor der Einfahrtsschleuse der Station Selene 13. Über dem Tor blinkte das orangefarbene Lämpchen, das die Bereitschaft der Schleuse signalisierte. Wenig später konnte er hineinfahren.

In der Schleuse stand ein Monteur in einem ölbefleckten Raumanzug, er hatte keine Reservesauerstoffflasche bei sich und klopfte mit dem Finger gegen das Manometer, das den Innendruck anzeigte und sich gerade bei »Kosmisches Vakuum« verklemmt hatte. Der Inspektor schloß seinen Raumanzug und öffnete die Kuppel des Fahrzeugs. Dann sprang er auf den Boden, genau in eine Ölpfütze hinein. Den weiteren Weg in die Station legte er auf seinem Hinterteil zurück. Als er sich mühsam erhob, bestand für ihn schon kein Zweifel mehr, daß er diesmal nicht bei den Eindringlingen vom Procyon gelandet war.

Wohin fährt diese Straßenbahn?

Ein wahres Wort, Herr Ingenieur! Es ist nicht nur schwer zu avancieren, auch seine Stellung zu behaupten wird immer schwieriger. Alle erweitern ihre Qualifikation, die Anforderungen steigen stetig, und von unten drängt die Jugend nach. Dieser ständige Kampf um die Position, um eine höhere Stellung ... Bitte lösen Sie die Fahrkarten und gehen Sie nach vorn durch, dort ist noch viel Platz! Dabei ist es bei uns noch gar nicht so schlimm. Überlegen Sie nur mal, Herr Ingenieur, was sich weiter oben abspielt ... Mehrere, manchmal ein Dutzend, warten auf einen frei werdenden Posten. Alle haben sie Erfahrung, einen wissenschaftlichen Grad, nur entsprechende Planstellen gibt es für sie nicht, denn niemand weicht kampflos von seinem Platz, es sei denn, er geht auf Rente oder ... Ich habe vor kurzem mit so einem gesprochen, zwei Habilitationen und eine Rehabilitation ... und seit fünf Jahren wartet er auf eine Planstelle als Assistent. Von einer Dozentenstelle kann er nur träumen, das wird er nicht mehr erleben ... Bitte lösen Sie die Fahrkarten! Sie möchten aussteigen, meine Dame? Herr Ingenieur, bitte halten Sie an, die Dame möchte aussteigen ... Ein tolles Weib, schauen Sie doch mal, Herr Ingenieur, mindestens zwei Fakultäten!

Als ich neulich im Institut für Billetologie war, wegen meiner Dissertation, wissen Sie, ich schreibe eine Arbeit über die Optimierung der Form und der Abmessungen der Löcher in Fahrkarten für städtische Nahverkehrsmittel ... Was wollte ich doch gleich sagen? Ach so, dort traf ich unseren stellvertretenden Direktor, er arbeitete gerade an seiner zweiten Habilitation zum Thema Fahrkartenautomaten und Fahrkartenentwerter ... Ein rein theoretisches Problem, denn bisher ist es noch nicht gelungen, auch nur ein einziges funktionstüchtiges Modell zu konstruieren. Das ist doch gar nicht verwunderlich, keine Maschine ist in der Lage, einen hochqualifizierten Fachmann zu ersetzen. Der Direktor hat mir also erzählt, daß seit einer Woche sogar alle Weichensteller einen Fachschulabschluß als Techniker für Kommunikation nachweisen müssen. Ja, die Technik entwickelt sich sprunghaft. Sie haben doch bestimmt schon das neue Modell der handbetriebenen Weiche gesehen; finden Sie nicht auch, daß sie eine sehr moderne Form hat? In der heutigen Ausgabe des »Nachmittagsexpreß« habe ich gelesen, daß vor wenigen Tagen der letzte volljährige Bürger unseres Landes seinen Fachschulabschluß nachgeholt hat. Das ist ein großer Erfolg für unsere Gesellschaft ... Ich kann mich nur nicht mehr erinnern, was dieser Mann bisher getan hat. Jetzt wird er schnell avancieren, denn die Zeitungen haben über ihn geschrieben, und da wird sich gewiß etwas für ihn finden ... Es ist schwer, sich noch einen Arbeitsplatz für einen Menschen vorzustellen, der keinen Fachschulabschluß hat. Die Straßenreinigungsmaschinen werden von Sanitäringenieuren bedient, die Straßensprengmaschinen von Hydrologietechnikern ... Das sind doch heute alles sehr komplizierte Apparate. Moment mal, wo hab' ich denn den »Expreß«, er hat doch hier gelegen! Bestimmt hat ihn ein Passagier mitgenommen. Es ist schwer, diese Zeitung zu bekommen, die Leute lesen jetzt so viel; aber ich habe eine Bekannte im Zeitungskiosk, eine Frau Magister, sie legt mir jeden Tag ein Exemplar zurück ...

Gut, daß es schon Abend ist, es ist etwas kühler geworden, und der Wagen ist auch nicht mehr so voll. Die dritte Berufsverkehrsphase geht zu Ende, die Studenten, die im Abendstudium ihren Doktor nachholen, haben schon Vorlesung. Gegen dreiundzwanzig Uhr wird es noch einmal etwas voller werden, dann fahren alle nach Hause, und die Bürger, die sich im Nachtstudium auf ihre Dissertation vorbereiten, kommen dann auch noch dazu. Haben Sie schon gehört, daß für die Absolventen der Abiturklassen ab nächstes Jahr ein

Hochschulstudium obligatorisch wird? Sie wissen ja, was das heißt: In wenigen Jahren wird der Weichensteller Ingenieur sein, und Sie und ich werden unseren Doktor haben müssen ... Haben Sie schon die Beleuchtung eingeschaltet, Herr Ingenieur? Sie schreiben doch auch an Ihrer Doktorarbeit, nicht wahr? Hatten Sie nicht ein Thema aus den Grenzbereichen der Geologie und der Mechanik? Ja, jetzt erinnere ich mich: »Untersuchungen über die Korrelationen zwischen der Granulation des Sandes und der Länge des Bremsweges bei Berücksichtigung des Trägheitsgesetzes und der Akzeleration der Straßenbahn, wenn diese bergab fährt«. Ein schönes, praxisverbundenes Thema ...

Mein Herr, hier können Sie nicht einsteigen, hier ist der Ausstieg!

Wie bitte? Sie fragen, wohin diese Straßenbahn fährt? Mann, das steht doch vorn auf der Tafel. Nein, der Bahnhof liegt in entgegengesetzter Richtung, da müssen Sie wieder aussteigen.

Öffnen Sie bitte noch einmal die Tür, Herr Ingenieur, Sie haben ihn eingequetscht. In Ordnung, Abfahrt ... Stopp! Stopp! Halten Sie an! Der läuft uns direkt vor die Räder. Jetzt können wir ... Na bitte, nun haben wir einen leeren Wagen, Herr Ingenieur. Hier zu den Schrebergärten fährt in letzter Zeit fast niemand mehr, die Leute haben keine Zeit für solchen Blödsinn, alle qualifizieren sich. Das Unkraut wächst schon über die Gartenzäune. Da, sehen Sie mal, wieder dieselben, die wir gestern gesehen haben! Zottige, große ... Hunde? Nein, für Hunde sind sie zu groß, höchstens eine ganz neue Rasse. Was kann das bloß sein? Sie treiben sich hier zu zweit oder zu dritt herum – man kann das immer öfter beobachten. Vielleicht sind es Affen oder Bären ... Wo kommen diese Viecher bloß her? Hier in diesen verkommenen Schrebergärten haben sie sich häuslich niedergelassen ... Da kriegt man ja Angst, abends hier langzugehen, sie könnten doch Menschen angreifen! Daß da nichts unternommen wird! Was macht eigentlich das Säuberungsinstitut? Es ist wirklich ein Skandal, man müßte sich

beschweren, sich an die Presse wenden ... Nicht eine einzige
Zeitung hat bisher darüber berichtet, nicht eine Zeile, keine
Warnung ... Da wieder zwei! Die sind vielleicht unver-
schämt, spazieren sogar schon auf der Straße herum! Und
unsere Zeitungen beschäftigen sich mit lauter Unsinn, so
wie neulich zum Beispiel: »Geheimnisvolles Verschwinden
vierer überaußerordentlicher Professoren«, »Wo sind zwei
Dozenten, habilitierte Doktoren, geblieben?«. Was geht das
einen einfachen Menschen an? Ist doch ganz klar, Professoren sind nun mal zerstreut. Vielleicht hat ihre Arbeit sie
überanstrengt, und sie sind zu viert irgendwohin zur Erho-
lung gefahren, zum Bridge, und haben vergessen, die Hoch-
schule davon zu unterrichten. Die Armen leben ja in ständi-
gem Streß, in Angst, daß jemand sie aus ihrer Position
drängt ... Halten Sie an, Herr Ingenieur, der Kontrolleur will
einsteigen. Meine Verehrung, Herr Doktor! Wir fahren um
vierundzwanzig Uhr fünfzehn ins Depot. Den Tagesbericht?
Bitte sehr, die Fahrscheine sind alle abgezählt, wir haben
bald Dienstschluß. Haben Sie keine Angst, Herr Doktor, hier
in dieser Gegend? Haben Sie diese zottigen Wesen gesehen,
die sich hier in der Nähe der Schrebergärten herumtreiben?
– Ist es wahr, daß diese Strecke um drei Stationen verkürzt
werden soll? Eine sehr richtige Entscheidung. Es fahren ja
nur noch sehr wenige Fahrgäste bis hierher ...

Was sagen Sie, Herr Doktor? Niemand hat Zeit, sich mit
denen da zu beschäftigen? Und der Hundefänger – zum
Teufel! Was macht denn der Hundefänger? Was heißt: Wir
haben keinen? Ach, ich verstehe, das war der, der jetzt seinen Fachschulabschluß gemacht hat! Aber für den Posten
des Hundefängers sieht die Tariftabelle doch eine Grundbe-
rufsausbildung vor ... Klar, man kann nicht verlangen, daß
ein Zootechniker als Hundefänger arbeitet. Aber was soll
denn nun werden? Einverstanden, der Hundefänger hatte
nicht besonders viel zu tun. Aber dieses Problem ist erst in
den letzten Tagen aufgetaucht und wird immer größer! Täglich sehen wir mehr von diesen zottigen Affenwesen. Die Tariftabelle soll überarbeitet werden? Herr Doktor, Sie wissen

doch selbst, wie lange das dauern kann! In der Zwischenzeit können sie hier in aller Ruhe ... Na, eigentlich, ist ja wahr, bisher kann sich niemand über einen Angriff von ihrer Seite beklagen, aber wer weiß, wie es weitergeht. Na bitte, sehen Sie selbst, drei von ihnen paradieren auf dem Bürgersteig, so als wäre das die normalste Sache von der Welt! Auf den Hinterpfoten! Mit den Vorderpfoten gestikulieren sie, oder bilde ich mir das nur ein? Ach, jetzt laufen sie auf allen vieren, so als hätten sie eine Spur aufgenommen!

Vielleicht haben Sie recht, Herr Doktor, das fällt wirklich nicht in unsere Kompetenz. Andere kennen sich damit besser aus, wissen, was zu tun ist ... Aber ... wenn wir gar keine Spezialisten für diese ... diese zottigen Wesen haben? Nein, bestimmt gibt es welche, beim heutigen Stand der Spezialisierung muß es einfach welche geben.

Wir müssen abfahren, Herr Ingenieur. Kommen Sie mit uns in die Stadt zurück, Herr Doktor? Also dann, Abfahrt!

In Ordnung, Herr Professor. Sie können wieder aufstehen, diese verdammte Straßenbahn ist abgefahren. Sie haben recht, besonders bequem ist das nicht. Und heiß ist es in diesem Pelz, aber was soll man machen, aus Sicherheitsgründen und so weiter ... Ich sage Ihnen, Herr Professor ... Na gut, ich werde Sie Józio nennen, ich heiße übrigens Władek. Also, ich sage dir, Józio, hier ist es wunderbar! Im Vergleich zu der Tretmühle, der wir entronnen sind, ist das hier das Paradies auf Erden. Das ganze Studienjahr konnte ich nicht so effektiv arbeiten wie hier in diesen paar Tagen. Siehst du, ich hatte recht. Ich habe es genau vorausberechnet! Am vergangenen Dienstag hat der letzte Hundefänger sein Diplom als Zootechniker erhalten. Wir sind hier völlig sicher, in die Schrebergärten kommt schon lange niemand mehr. Ich liebe Tomaten! Außerdem – die viele freie Zeit, saubere Luft, die Ruhe. Niemand geht einem auf die Nerven, keine Intrigen. Hier finden dich weder Studenten noch Assistenten, nicht der Dekan, nicht einmal der Teufel! Niemand lauert auf deinen Posten, auf deine zottige Planstelle. Sie haben alle

Angst, sich hier sehen zu lassen. Wir müssen sie noch mehr einschüchtern, damit sie nicht auf die Idee kommen, hier herumzuschnüffeln. Das sind ideale Bedingungen für echte Wissenschaftler! Vom obersten Gipfel sind wir hierher geflohen, in die tiefste Tiefe. Wir sind jetzt niedriger als die Niedrigsten der Niedrigen. Alle schauen nur nach oben, keiner schaut hierher. Zum Teufel mit dem Titel, der Planstelle, der Universität, mit den Legionen von Dozenten, die nur darauf warten, bis dich endlich der Schlag trifft. Endlich kann man in aller Ruhe nachdenken, in die Sterne schauen ... Achtung! Auf alle viere, Józio! Schnell, da kommt die nächste Straßenbahn!

Der positive Sprung

Marco beobachtete die Straße durch sein Fernglas. Von seinem Wachtturm aus sah er ein sich näherndes Fahrzeug.

»Sie kommen«, sagte er ins Mikrofon. »Denkt an die genaue Kontrolle der Dokumente. Der Professor hat besonders darauf hingewiesen. Ich glaube, er will keine Journalisten hier haben. Die Teilnehmerausweise genügen nicht, sie müssen sich legitimieren!«

Die Wachposten traten vor das Tor. Marco sah, wie sie ihre Koppel strammzogen und die Uniform glätteten. Er lächelte vor sich hin.

Dann schaute er in die entgegengesetzte Richtung. In der Mitte des Tales, eingekreist von einer silberglänzenden Umzäunung aus dichtem Maschendraht, glänzte die Kupferkuppel des Laboratoriums. Auch die elektrischen Leitungen, die zum Laboratorium führten, glänzten kupfern. Auf dem letzten Hochspannungsmast saß ein Vogel mit gesträubtem Gefieder. Marco betrachtete ihn durchs Fernglas. Es war bestimmt ein Mäusebussard. Oder vielleicht ein Falke? Wenn der Vogel die Flügel ausgebreitet und zum Flug angesetzt hätte, hätte Marco das sofort genau gewußt. Aber aus dieser Entfernung war es schwer, einen sitzenden Vogel zu erkennen.

Das Fahrzeug hielt vor dem Tor an. Marco zählte die aussteigenden Personen. Er erkannte Forini und seine beiden Laboranten. Der dritte Mitarbeiter des Professors war schon seit dem frühen Morgen im Laboratorium. Marco hatte ihn mehrere Male die Kuppel verlassen und dann wieder hineingehen sehen.

Die Männer, es waren etwa ein Dutzend, betraten nacheinander das Versuchsgelände. Alle wurden von dem bärtigen Wächter am Tor genauestens kontrolliert. Das dauerte sehr lange, aber Marco wußte, das mußte so sein. Zum erstenmal wurden hier so viele Personen auf einmal eingelassen.

»Wie läuft's bei euch?« sagte er ins Mikrofon, ohne seine Augen von den Ankömmlingen abzuwenden.

»Alles in Ordnung«, antwortete der Diensthabende, »wir sind gleich fertig.«

»Der Kraftfahrer bleibt außerhalb der Umzäunung im Auto sitzen«, erinnerte Marco ihn. »Ich glaube, eine Person fehlt noch?«

»Ja, der Professor hat gerade eben gesagt, daß gleich noch jemand kommen wird.«

»Ist gut; diese Person bitte auch genauestens überprüfen.«

Mit Professor Forini an der Spitze ging die kleine Gruppe im Gänsemarsch den in der steinigen Ebene ausgetretenen Pfad entlang. Von der Kuppel trennten sie noch über tausend Meter. Marco beobachtete eine Weile, wie sie in Grüppchen von zwei und drei Personen vorwärts gingen, sich unterhaltend, lebhaft gestikulierend und ihre Plastikmappen schwenkend – ein untrennbares Attribut von Teilnehmern wissenschaftlicher Symposien.

Auf der Straße kam jetzt ein kleiner grauer Wagen entlang. Er war noch ziemlich weit entfernt, als Marco ihn zum erstenmal sah. Als er wieder in diese Richtung blickte, stand der Wagen am Straßenrand.

Die anderen Personen traten nacheinander durch die Tür, die in die Kuppel führte, bis alle außer Forini und einem seiner Laboranten im Inneren verschwunden waren. Es war deutlich zu erkennen, daß der Professor noch jemanden erwartete, er blickte auf die Uhr; schließlich legte er dem Laboranten den Arm um die Schultern, ging mit ihm ins Labor und schloß die Tür hinter sich.

Marco sah durch sein Fernglas, wie auf der Spitze der Kuppel eine rote Lampe aufleuchtete. Diese Lampe brannte immer während der Versuche, und dann durfte man sich unter gar keinen Umständen dem Laboratorium nähern. Die

Wächter wußten das genau, obwohl sie nicht darüber unterrichtet waren, welcher Art die Gefahr war, die dann auf dem Versuchsgelände drohte. Marco als ihr Vorgesetzter wußte etwas genauer Bescheid: Das hatte irgend etwas mit der Zeit zu tun – mit der »lokalen Modifikation der Zeitgrenze«, wie der Professor es genannt hatte, als er Marco vor mehreren Monaten den Posten übertrug. Aber Marco hatte keinen Versuch unternommen, in die Angelegenheit einen tieferen Einblick zu bekommen. Ihm genügte zu wissen, daß man sich von dieser teuflischen Installation während der Versuche weit entfernt halten mußte.

Der kleine graue Wagen fuhr weiter. Er näherte sich jetzt schnell dem Versuchsgelände.

Er hat sich verspätet, dachte Marco.

Jetzt, da schon das rote Licht brannte, durfte sich niemand mehr außerhalb der Kuppel aufhalten.

Marco richtete sein Fernglas auf den letzten Mast der Hochspannungsleitung, der Vogel saß immer noch dort, unbeweglich, mit gesträubtem Gefieder.

Plötzlich – wie weggeblasen – verschwand er aus dem Blickfeld. Marco begann ihn zu suchen. Er entdeckte den Vogel etwas weiter rechts; er hing mit ausgebreiteten Flügeln in der Luft, bewegte die Flügel jedoch nicht. Marco sah ihn jetzt in seiner ganzen Größe – es war tatsächlich ein Mäusebussard.

Erst in diesem Moment wurde Marco bewußt, daß etwas nicht in Ordnung war: Der Vogel blieb mehrere Sekunden bewegungslos in der Luft hängen, als sei er auf den blauen Himmel gemalt!

Und dann überschlugen sich die Ereignisse. Marco war nicht in der Lage, sie zeitlich richtig einzuordnen, aber er bekam alles genau mit: Der Mäusebussard stürzte zur Erde, ergriff dort etwas, sicherlich ein kleines Nagetier; auf dem Hochspannungsmast kam es zu einer gewaltigen Entladung, und die Kuppel des Laboratoriums … verschwand. Sie hörte einfach auf zu existieren, als wäre sie in die Luft gehoben worden oder aber im Erdboden versunken.

Nur das kreisrunde Betonfundament blieb zurück als Zeichen ihrer Existenz.

Marco stand da und konnte die Augen nicht von der Stelle abwenden, an der vor wenigen Sekunden noch die Kuppel geglänzt hatte. Dann blickte er zum Hochspannungsmast hinüber. Dort war noch eine kleine, hellblaue Wolke zu sehen, die von den durchgebrannten Sicherungen herrührte. Die Leitungen, die zur Kuppel geführt hatten, hingen jetzt herab und berührten vor dem Mast die Erde.

Der Mäusebussard, von dem Blitz erschrocken, flog davon, ließ seine Beute jedoch nicht aus den Krallen.

Marco riß den Griff der Alarmvorrichtung heraus. Die Sirenen begannen zu heulen. Er sah, wie die Wächter vor das Gebäude liefen, auf das Tor zu, und nun wie versteinert dastanden und die Stelle anstarrten, wo die Kuppel verschwunden war.

Der graue Wagen hielt vor dem Tor. Der Mann, der ausstieg, machte nicht einmal den Versuch, auf das Gelände zu gelangen. Als er die heulenden Sirenen hörte, wendete er seinen Wagen und fuhr schnell in Richtung Stadt davon.

Eine große Journalistenschar umlagerte den Pressesprecher des Instituts von allen Seiten. Er versuchte erfolglos, das erregte Stimmengewirr und die surrenden Kameras um ihn her zu überschreien.

»Meine Herren! So führt das doch zu nichts! Bitte nehmen Sie Ihre Plätze ein und stellen Sie Ihre Fragen der Reihe nach!«

Die energische Stimme des Reporters der »Abendrundschau« schaffte etwas Ordnung, aber Cyril wußte gleich, daß er hier im Seminarsaal, in dem die Journalisten sich versammelt hatten, außer Gemeinplätzen nichts erfahren würde. Er drängelte sich also gar nicht erst nach vorn durch, sondern blieb an der Ausgangstür stehen.

»Meine Herren!« begann der junge Assistent, dem die undankbare Aufgabe zugefallen war, sich als erster der öffentlichen Meinung zu stellen, die hier durch die Journalisten repräsentiert wurde. »Ich bin im Moment nicht in der Lage, eine verbindliche Erklärung abzugeben. Es ist ein unbestreitbarer Fakt, daß ein Dutzend Gelehrter, die sich vor zwei Tagen in unserem Institut zu einem wissenschaftlichen Symposium unter Ausschluß der Öffentlichkeit zusammengefunden hatten, heute während eines Experimentes einen Unfall ...«

Die im Saal anwesenden Reporter reagierten mit einer Lawine von Fragen.

»Kam es zu einer Explosion?«

»Was war das für ein Experiment?«

»Leben sie?«

»Wer hat an diesem Symposium teilgenommen?«

Der Pressesprecher wartete ab, bis wieder etwas Ruhe eingekehrt war. »Ich werde nicht alle Ihre Fragen beantworten können, und das aus zwei Gründen: Erstens – wir wissen selbst nicht, was die Ursache dieses Unfalls war, denn zu diesem Symposium sind Spezialisten eines sehr begrenzten Forschungsgebietes gekommen, und nur sie wußten über die Einzelheiten der Versuche genau Bescheid. Zweitens – sie alle und auch der Pavillon, in dem das Experiment stattgefunden hat, existieren nicht mehr. Auf dem Versuchsgelände ist nur eine leere Stelle zurückgeblieben, genauer gesagt, ein Betonfundament, das vorher die Metallkuppel des Laboratoriums trug. Eine durch das Institut berufene Kommission ist dabei, die näheren Umstände dieses Unfalls zu untersuchen.

Zur Thematik dieses Symposiums kann ich nur allgemein sagen, daß es sich mit dem Chronotransport, das heißt mit der Übertragung von Masse und Energie über die Zeitschwelle beschäftigt hat. Arbeiten auf diesem Spezialgebiet wurden unlängst von mehreren wissenschaftlichen Instituten der Welt begonnen, jedoch in sehr kleinem Maßstab durchgeführt. Unser Institut hatte die Ehre, eine Anlage zu besitzen, die Experimente auf diesem Gebiet ermöglichte. Die Versuche waren die praktische Realisierung einer Theorie, die von den Spezialisten mehrerer wissenschaftlicher Zentren ausgearbeitet worden ist.«

»Also sind bei dem Unfall alle führenden Kenner dieses Gebietes umgekommen oder verschwunden?« fragte jemand aus dem Saal dazwischen.

»So ist es, leider fast alle. Von den Teilnehmern der Beratungen hat nur Professor Al Breger nicht an dem Experiment teilgenommen. Auch Dozent MacIntosh aus Kanada ist übriggeblieben, weil er zu diesem Symposium überhaupt nicht angereist ist.«

»Warum?« fragte Cyryl von der Tür aus.

»Ich verstehe nicht?« sagte der Pressesprecher und blickte zu ihm herüber.

»Warum ist Breger nicht mit den anderen zum Versuchsgelände gefahren? War er an diesem Experiment nicht interessiert?«

»Das war ein Zufall. Professor Breger sollte mit seinem eigenen Wagen 'rausfahren, die anderen wurden vorher schon mit einem Bus hingebracht. Das Auto des Professors hatte unterwegs eine Panne. Er verspätete sich, und das hat ihn gerettet.«

»Eigenartig, daß die anderen mit dem Beginn des Experiments nicht auf ihn gewartet haben!« sagte Cyryl halb zu sich selbst.

»MacIntosh hingegen«, fuhr der Assistent fort, »ist völlig anderer Ansicht als die übrigen Experten des Chronotransports, das geht aus seinen polemischen Äußerungen in Fachzeitschriften hervor. Und seine Abwesenheit sollte wohl eine Art Demonstration sein ...«

»Betraf dieses Experiment die Fortbewegung in der Zeit?«

»Aber nein! Beim derzeitigen Stand der Forschung wurde die Fortbewegung eines materiellen Objekts überhaupt nicht in Betracht gezogen! Soviel mir bekannt ist, wurden kleine Erfolge auf dem Gebiet der Übertragung winziger Gegenstände in die nähere Zukunft erzielt. Das waren die Versuche, die Professor Forini den Teilnehmern des Symposiums vorführen wollte ...«

Noch vor Beendigung der Konferenz verließ Cyryl den Saal. Er fuhr mit dem Taxi zum Hotel »Kosmos«, in dem die

Teilnehmer an diesem unglückseligen Symposium untergebracht waren. Er überdachte noch einmal alle bisher gesammelten Informationen.

Nachdem er den Auftrag erhalten hatte, diese Sache zu überprüfen, war er recht formell vorgegangen. Alles schien klar zu sein: Ein verantwortungsloser Wissenschaftler hatte sich und seine Kollegen einem gefährlichen Experiment ausgesetzt ... Es gab da jedoch einige Fakten, die Cyryl verdächtig vorkamen.

Das Symposium hatte hinter geschlossenen Türen mit einer begrenzten Anzahl von Spezialisten stattgefunden, obwohl es eigentlich nicht geheim war. Während der Referate benutzte man jedoch nicht normale technische Hilfsmittel, wie Projektoren, mit denen Aufzeichnungen an die Wand projiziert werden können, oder Magnettonbänder, die sonst bei ähnlichen Veranstaltungen den Verlauf der Beratungen aufzeichnen. Die Formeln und Berechnungen wurden mit Kreide an eine Tafel geschrieben, die, bevor die Teilnehmer der Sitzung zum Versuchsgelände fuhren, gewissenhaft abgelöscht worden war. Alle persönlichen Aufzeichnungen und auch die Durchschläge der Referate wurden von den Gelehrten in einer Spezialmappe mitgeführt. Nur Professor Al Breger, der zwar am Symposium teilgenommen hatte, aber während des Experiments fehlte und also auch nicht verschwunden war, hätte etwas über den Verlauf der Beratungen sagen können. Zu ihm fuhr Cyryl jetzt.

Als er vor dem Hotel aus dem Taxi stieg, bemerkte er einen seiner Agenten in Zivil; er ging in der Nähe des Parkplatzes auf und ab. Es war also alles in Ordnung. Breger war noch im Hotel. Wahrscheinlich wartete er auf das Flugticket, das man ihm zu besorgen versprochen hatte.

In der Rezeption saß ein weiterer Agent. Cyryl nahm von ihm einen Umschlag entgegen und ging zum Fahrstuhl.

»Guten Tag, Herr Professor«, sagte Cyryl, als er das Appartement betrat.

Professor Breger stand am Fenster, so, als erwarte er jemanden ungeduldig.

»Bringen Sie mir mein Flugticket?« fragte er und sah Cyryl mißtrauisch an.

»Ja, hier ist es.« Cyryl legte den Umschlag auf den Tisch. »Aber außerdem möchte ich Ihnen noch einige Fragen stellen, Herr Professor.«

»Sind Sie von der Presse?« Bregers Unwillen war sehr deutlich zu spüren.

»Schlimmer«, sagte Cyryl und wies sich aus. Entgegen seinen Erwartungen hellte sich das Gesicht des Professors jedoch auf, er wies Cyryl einen Sessel und setzte sich auch selbst.

»Um die Wahrheit zu sagen, ich habe Sie erwartet«, sagte er dann. »Ich wollte mich nicht selbst bei euch melden, denn ich war mir nicht sicher ... aber wenn ihr euch schon mit dieser Angelegenheit beschäftigt, bin ich bereit, euch mitzuteilen, was mich bewegt.«

Cyryl nahm einen Minirecorder aus seiner Tasche und legte ihn vor den Professor auf den Tisch.

»Warum haben Sie an diesem Experiment nicht teilgenommen?«

»Ich habe mich verspätet.«

»Wir wissen, daß Sie sich absichtlich verspätet haben.«

»Das wißt ihr also ... Nun ja, es ist wahr. Ich habe am Straßenrand gestanden und nachgedacht. Dann habe ich mich entschlossen, es doch nicht zu riskieren.«

»War das denn ein gefährliches Experiment, und haben Sie das gewußt?«

»Ich habe es nicht gewußt, aber ich konnte mir gewisse Dinge zusammenreimen. Was Forini während des Symposiums sagte, schien mir nicht der Wahrheit zu entsprechen. Außerdem hielt er alles zu sehr geheim. So viel Geheimniskrämerei um die winzigen Erfolge, die er angeblich erzielt haben wollte. Mit einem Wort, ich hatte den Eindruck, daß er weit mehr kann, als er zugibt!«

»Kennen Sie MacIntosh aus Kanada?«

»Nicht persönlich. Ich weiß, daß er mit vielen meiner Thesen nicht einverstanden ist. Er war überhaupt gegen alles, was sich in der letzten Zeit in der Theorie des Chronotransports entwickelt hat. Er kritisierte die grundlegenden Voraussetzungen ...«

»Sie meinen also, Herr Professor ...«

»Ja, ich weiß, woran Sie denken. Es ist möglich. Forini wollte etwas Überraschendes demonstrieren ... Bisher war unter den Spezialisten allgemein bekannt, daß es ihm gelungen ist, mehrere Versuche durchzuführen.«

»Was waren das für Versuche?«

»Auf dem Symposium hat Forini einen davon beschrieben. Das sah ungefähr so aus: Ein kleinerer Gegenstand, zum Beispiel ein Spielwürfel oder eine Murmel, wird im Aktionsfeld des Polychron untergebracht ... das heißt in einem gewissen Punkt des Spaltungsfeldes ... Verzeihen Sie, es fällt mir schwer, Ihnen das mit einfachen Worten zu erklären ... also mit einem Wort, dieser Gegenstand verschwindet aus dem Gesichtsfeld des Betrachters. Das bedeutet, das Versuchungsobjekt hört im Zeitintervall zwischen der Anfangsphase, dem Verschwinden, und der Endphase, dem Wiederauftauchen, auf zu existieren. Dieser einfache Fall heißt in der Sprache der Chronotransporttheorie *passiver* positiver Sprung. Der Gegenstand wird in eine Zeit verlegt, die, vom Standpunkt unserer Gegenwart gesehen, in der Zukunft liegt. Unsere Gegenwart ›holt diesen Gegenstand ein‹ und nimmt ihn wieder auf ... Ich will Ihnen das an einem Beispiel veranschaulichen: Nehmen wir an, Sie fahren in einem Boot mit der Strömung. Wenn Sie einen Stein vor sich her werfen, dann fällt er, sagen wir mal, ein Dutzend Meter vor dem Boot ins Wasser. Etwas später, wenn Sie mit dem Boot an dieser Stelle vorbeifahren, können Sie den Stein wieder an sich nehmen ...«

»Aber zu diesem Zweck muß ich mit der Hand ins Wasser greifen!« bemerkte Cyryl.

»Richtig! Sehr richtig! Wenn Sie das nicht tun, so sehen Sie den Stein nur noch einmal für einen kurzen Moment, dann entschwindet er und taucht in Ihrer schwimmenden Gegenwart auch nicht wieder auf. Nehmen wir jetzt einen anderen Fall: Statt eines Steins benutzen wir einen Ball, einen einfachen Gummiball. Was geschieht, wenn Sie den vor sich her werfen?«

»Mein Boot holt ihn niemals mehr ein!«

»So ist es. Der Ball geht für immer in eine andere Gegenwart über und bleibt auch dort! Das ist ein sogenannter aktiver Sprung ...«

»Ein positiver«, sagte Cyryl.

»Jawohl. Sie verstehen das ausgezeichnet!«

»Ich habe auch einmal an der Universität studiert.«

»Das ist hervorragend, dann muß ich Ihnen wohl nicht erklären, daß negative Sprünge ebenfalls zu einem ständigen Kontaktverlust mit dem Versuchsobjekt führen.«

»Ich verstehe ... das heißt, eigentlich verstehe ich das nicht richtig«, überlegte Cyryl laut. »Was ist dann ein solcher Wurf mit dem Ball, wenn wir ihn nicht wiederfinden in der Zukunft, weil er ständig vor uns flieht, von der Strömung vorwärts getragen?«

»Die Vergangenheit, die Zukunft und die Gegenwart, das ist eine Kavalkade von Booten, die mit dem Strom schwimmen. Vielleicht könnte man besser sagen: ein unendliches Transportband.

Das ist aber im Moment gar nicht so wichtig. Es geht um etwas anderes. Ich vermute, Forini hat uns einen bösen Streich gespielt. Er hat sich und ein Dutzend anderer Wissenschaftler mit einem aktiven positiven Sprung in die Zukunft versetzt ...«

»Glauben Sie, daß er das absichtlich getan hat?«

»Das weiß ich eben nicht genau. Theoretisch hätte das Spannungsfeld ein Ausmaß annehmen können, das für die Einbeziehung des gesamten Laboratoriums in seinen Einflußbereich ausgereicht hätte. Aus den theoretischen Berechnungen geht hervor, daß mit einer solchen Erscheinung eine Art von ›Rückstoß‹ einhergehen muß, eine Zeitkompensation, die sich dadurch äußert, daß der Zeitablauf in der Gegenwart stark verlangsamt oder sogar für einen Moment gestoppt wird ... Verstehen Sie? Wenn Sie eine Masse von sich werfen – im Falle Ihres Bootes –, dann bewirken Sie ein Bremsen des Bootes ... Wenn also etwas Derartiges stattgefunden hat, dann kann man sicher sein, daß die Kuppel in die Zukunft versetzt worden ist. Je stärker die Zeitverlangsamung in der näheren Umgebung war, desto weiter in die Zukunft wurde sie transportiert ...«

Cyryl war etwas eingefallen. Er schaute in sein Notizbuch. Ja, das mußte es sein: In seiner Aussage hatte der Chef der Wachmannschaft etwas von einem Bussard erzählt, der ...

»Nehmen wir an, es war so, Herr Professor. Was resultiert daraus? Können wir dann damit rechnen, daß sie ... zurückkommen?«

»Wenn sie in der Kuppel bleiben und die Anlage nach beiden Seiten wirksam ist, dann könnten sie natürlich zurück. Aber wir können nichts tun, um sie wieder herbeizuschaffen. Es ist einfach so, daß jemand uns diesen Ball zurückwerfen müßte ... Aber das ist nicht so einfach. Die gesamte Anlage benötigt Energie. Und die Starkstromleitung ist hiergeblieben!«

»Ich verstehe nur nicht, Herr Professor«, sagte Cyryl langsam, »warum sie mit der gesamten Kuppel verschwunden sind? Sie haben doch gesagt, die Gegenstände ... daß die Gegenstände allein verschwinden und die Anlage an ihrem Platz bleibt?«

»Das hängt alles von der Energie des Kraftfeldes und von seinem Wirkungskreis ab.«

Das Telefon klingelte. Breger entschuldigte sich bei Cyryl und nahm den Hörer ab.

»Ja, ich bin's ... Wer? Ach so, ich verstehe ... natürlich, bitte sehr ... Ja, ja ... ich warte!« Der Professor legte auf.

»Das war MacIntosh. Er ist aus Montreal gekommen, er will mit mir sprechen. Ich habe gesagt, ich sei allein. Verstecken Sie sich in der Nische dort, hinter dem Vorhang. Er weiß etwas, vielleicht würde er in Ihrem Beisein nichts sagen ... Warten wir ab.«

Cyryl sprang hinter den Vorhang. Nach kurzer Zeit kam

MacIntosh. Er war ein noch recht junger, schlanker Mann, nach der neuesten Mode gekleidet. Er machte nicht gerade den Eindruck eines bedeutenden, ernst zu nehmenden Wissenschaftlers. Eher sah er aus wie ein wohlhabender Tourist. Cyryl beobachtete ihn durch den Vorhang.

»Seien Sie gegrüßt, Professor!« sagte MacIntosh unbefangen, sogar mit recht fröhlicher Stimme. »Ich habe gehört, daß Forini bewiesen hat, daß er im Recht war. Ich würde ihm nun auch recht geben, wenn nicht ein kleines Hindernis vorhanden wäre ... daß er nämlich nicht mehr da ist, genau wie meine anderen Kollegen Widersacher. Mit Ausnahme von Ihnen, Herr Professor. Darum möchte ich Ihnen mein tiefstes Bedauern sowie meine Anerkennung für die auch von Ihnen vertretenen Thesen ausdrücken ...«

»Haben Sie sich nur deshalb der Mühe unterzogen hierherzufliegen, Herr Kollege?« Bregers Stimme klang ungeduldig.

»Nein, nicht nur ... Sind Sie allein, Professor?«

»Wie Sie sehen. Aber ich habe es sehr eilig, ich muß zum Flughafen, in zwei Stunden fliegt meine Maschine nach Genf.«

»Um so besser. Dann wird die Angelegenheit schnell erledigt ... Sie sollten doch auch dort sein während des Experiments. Ist es nicht eigenartig, daß gerade Sie sich dazu verspätet haben?«

»Nein, das finde ich gar nicht. Ich habe mich verspätet, weil ich vorausgesehen habe, daß Forini mit einem effektvollen Trick aufwarten würde. Ich wollte das lieber von außen miterleben.«

»Sie wissen doch etwas, Professor?«

»Ich bin der Meinung, daß das ein positiver Sprung war.«

»Ein aktiver.«

»Ja, ein aktiver. Ein weitreichender.«

»Dann wissen Sie viel. Entschieden zuviel ...«

»Ich verstehe nicht?«

»Ich werde es Ihnen sofort erklären. Was, meinen Sie, sollten Forscher tun, die in die folgende Situation geraten: Nach einem experimentellen Minussprung erweist sich, daß das Kraftfeld die Anlage nicht eingeschlossen hat und daß sie sich ohne Möglichkeit zur Rückkehr in der Vergangenheit befinden?«

»Aber es war ein positiver Sprung, und die Kuppel ist doch auch verschwunden!«

»Ich spreche von *anderen* Forschern, Herr Professor. Von denen, die Opfer eines Negativsprungs geworden sind. Die in einer Zeit gelandet sind, in der noch niemand von solchen Sprüngen, egal, in welche Richtung, auch nur träumte! Was konnten sie tun, um in ihre Gegenwart zurückzukehren? Sie wissen es nicht? Sie wissen es ganz genau! Aber ich will es Ihnen dennoch sagen, Herr Professor: Sie mußten einen Chronotransporter bauen, ein Spaltungsfeld errichten und einen positiven Sprung ausführen. Das Problem ist nur, daß es in der Zeit, in der Sie sich befinden, weder theoretische Arbeiten, weder Projekte noch Berechnungen und Pläne über dieses Problem gibt! Die Wissenschaftler haben aber das alles auch nicht im Kopf, sie müssen also diese Forschungsrichtung *schaffen*! Sie müssen die Gelehrten dieser Zeit inspirieren und zur Mitarbeit animieren. Sie müssen Kredite für den Bau einer Experimentalanlage beschaffen. Und nebenbei müssen sie noch die ganze Zeit darauf bedacht sein, daß in dieser Gegenwart nicht sehr viele Informationen darüber zurückbleiben, denn solche Informationen könnten den historischen Zeitablauf durcheinanderbringen. Sie wissen doch selbst, daß die Menschen aus der Zukunft, die die Gegenwart dieser Forscher ist, ihnen überhaupt nicht helfen können. Sie sind ganz auf ihren eigenen Verstand angewiesen und natürlich auf die Gehirne der Wissenschaftler der Gegenwart. Auf solche Wissenschaftler wie Sie, Herr Professor, und wie all die, die Forini mitgenommen hat. Sie sind ausgebrochen, Breger, aber zum Glück haben wir auch eine solche Möglichkeit einkalkuliert. Forini hat die anderen mitgenommen, ich werde Sie mitnehmen. Ich habe in Kanada eine zweite derartige Anlage. Sie ist zwar kleiner, aber für uns beide reicht sie ...«

»Sind Sie verrückt geworden, MacIntosh? Ich werde nirgendwo mit Ihnen hinfahren!«

»Sie werden gar nicht nach Ihrer Meinung gefragt, Professor. Sie müssen mitkommen, anderenfalls müßte ich Sie töten, und das würde ich nur sehr ungern tun. Auch Ihnen, glaube ich, wäre das nicht recht. Sie müssen doch verstehen, wenn ich Sie in dieser Gegenwart zurücklasse, würde das zu einem fürchterlichen Durcheinander im Strom der Zeit führen! Zum Wohle Ihrer Zeitgenossen müssen Sie mit mir kommen, ein positiver Sprung tastet die Gegenwart nicht an. Das ist die elementare Grundlage für die Theorie des Chronotransports, Sie wissen das genausogut wie ich, obwohl ich aus praktischen Erwägungen die ganze Zeit so tun mußte, als wäre ich nicht mit euch einer Meinung, damit mich niemand mit Forini in Zusammenhang bringen konnte! Im Namen der Ordnung im Strom der Zeit, folge mir, Breger!«

»Ich will nicht!« Breger lief schnell zum Vorhang und zog ihn auf. »Herr Inspektor, nehmen Sie ihn fest!«

Cyryl trat aus seiner Nische hervor. In der Hand hielt er eine Pistole.

»Gehen Sie mit, Breger! Herr MacIntosh, ist in Ihrer Anlage Platz für drei Personen? Auch ich weiß zuviel und könnte die Gegenwart durcheinanderbringen. Und außerdem ist die Polizei ja dafür da, für Ordnung zu sorgen!« sagte er überzeugt und löschte die Kassette in seinem Dienstrecorder.

Phönix

Die Chaussee war schlecht, und nur selten begegnete ihm
ein Fahrzeug, schon mehrere Meilen führte sie durch hohen,
dichten Wald, weit und breit war kein Dorf zu sehen. Der
Wagen holperte über die Löcher im Asphalt. Breit mochte
solche einsamen, schattigen Waldstraßen. Gerade das hatte
er gesucht, als er der um diese Jahreszeit brütenden Hitze
der Stadt Merton den Rücken kehrte. Er ließ die stickigen
Straßen, die Vorlesungsräume und Laboratorien hinter sich,
und er hatte den Eindruck, als würde er in eine neue Haut
schlüpfen und die im Laufe des Jahres angestaute Erschöp-
fung von sich abwerfen. Er wußte, daß diese ersten Stunden
der »Flucht« die angenehmsten des ganzen Urlaubs sein
würden. Später, in der Untätigkeit, würden alle die Probleme, an die er jetzt nicht denken wollte, zurückkehren.

Mechanisch wich er den größeren Schlaglöchern aus, und
unwillkürlich drängten sich ihm Gedanken auf, die ihn – er
spürte es im Unterbewußtsein – früher oder später zu Überlegungen führen würden, die er vor wenigen Stunden durch
seinen Aufbruch in den Urlaub so entschieden abgeschüttelt
hatte.

Er machte sich keine Gedanken darüber, wohin diese
Straße führte. Ihm war egal, wo er die wenigen Wochen ver-
bringen würde. Er dachte: Die Straße ist schlecht. Wer weiß,
wohin sie führt ... Aber irgendwohin gelangt man auf ihr bestimmt, denn sonst wäre sie nicht vorhanden. Jeder Erkennt-
nisprozeß ist so eine Straße ins Unbekannte, es ist ungewiß,
wohin er führt, es kann eine Sackgasse oder unwegsames Gelände sein. Ist das in der Wissenschaft auch so? Das heißt,
muß ein schwieriger, mit Widersprüchen gespickter Weg immer in eine Sackgasse, zu falschen, sinnlosen Ergebnissen

führen? Wenn man einen Ausflug macht, kann man sich eine Fahrt ins Blaue erlauben. Wenn es sich jedoch um die Erweiterung des menschlichen Wissens handelt, kann man es sich da erlauben, kostbare Zeit mit sinnlosem, blindem Suchen zu vergeuden? Betrachtungen über den Sinn der Welterkenntnis sind, das liegt in der Natur der Sache, die meistumstrittenen Punkte in der Philosophie der Wissenschaft. Hat man sich jedoch einmal für den Weg des Forschers entschieden, sind alle Abweichungen von diesem Weg, alle Zweifel Inkonsequenz. Wie sieht also, von dieser Warte betrachtet, das Problem der verdammten Graktiden aus, die viele ernsthafte und verantwortungsvolle Leute eine Menge kostbarer Zeit gekostet haben und dennoch bis heute ein Geheimnis geblieben sind? Jeder, der mit den Graktiden etwas zu tun hatte, hat sich eine Meinung über sie gebildet, aber nur die Autoren wissenschaftlich-phantastischer Romane können es sich erlauben, Hypothesen ohne einen ernst zu nehmenden Beweis aufzustellen! – Breit hatte auch seine private Hypothese, aber das war bedeutungslos. Graktiden – »die kosmischen Nüsse«, wie sie die Presse getauft hatte, »Steine, die vom Himmel gefallen sind« – waren immer noch das, was sie von Anfang an waren: verteufelt harte, haselnußgroße Steinchen mit schmutzigvioletter Färbung.

Den ersten Graktiden hatte ein Tourist bei einem Ausflug ins Gebirge gefunden. Ein »Geschoß« hatte die Wand seines Zeltes und den Gummiboden durchschlagen und sich einige Zentimeter tief in den Boden gebohrt. Der Graktid war fast senkrecht von oben eingeschlagen, und das hatte das Interesse des Urlaubers geweckt. Er hatte das »Steinchen« ausgegraben und es seinem Kollegen, einem Journalisten, gezeigt. Nachdem eine Notiz darüber in der Presse erschienen war, prasselte eine wahre Lawine von Schotter und Steinchen, die mehr oder weniger der Beschreibung und der Fotografie des geheimnisvollen Fundes entsprachen, auf die Redaktion ein. Zwischen diesem Berg von Steinchen war es ein leichtes gewesen, etwa ein Dutzend auszusuchen, deren Ähnlichkeit mit dem ersten verblüffend war. Jede Rille, jede Kante wiederholte sich in unveränderter Form auf jedem einzelnen Exemplar. Das war unglaublich, wenn man in Betracht zog, daß diese Steinchen aus den verschiedensten Teilen des Landes eingeschickt worden waren. In der Regel waren sie auf hartem Untergrund gefunden worden, auf den Betonrollfeldern der Flughäfen, auf Felsen, auf Chausseen mit harter Oberfläche. Der äußere Mantel der Graktiden war so hart, daß er sich nicht zerschneiden ließ, nicht das winzigste Teilchen konnte man herausbrechen. Die Presse hatte die Hypothese aufgestellt, sie seien außerirdischer Herkunft, und darum hatte man sie den Astrophysikern übergeben. Diese wiederum baten die verschiedensten Spezialisten um ihre Meinung. Man unterwarf die Graktiden umfassenden Untersuchungen, die jedoch nichts erbrachten. Es wurde sogar versucht, einen von ihnen zwischen Platten aus härtestem Stahl zu zermalmen, in einer Presse, die einen geradezu phantastischen Druck ausübte. Die Platten zersprangen, und die Graktiden nahmen keinen Schaden bei diesem Versuch ...

Schließlich wurde das gesamte Forschungsmaterial, zusammen mit einem Dutzend »Nüssen«, dem größten Elektronenhirn im Institut für Allgemeine Probleme zum »Knakken« übergeben. Hier war Breit, der die kybernetische Abteilung leitete, mit ihnen in Berührung gekommen. Die Programmierung dauerte eine Woche, und nachdem die Maschine einige Tage gearbeitet hatte, verlangte sie weitere Daten; Breit konnte sie ihr jedoch nicht liefern. Mit einem Wort: Man war wieder am Ausgangspunkt angelangt. Das war eigentlich vorauszusehen gewesen, denn keine Maschine ist in der Lage, selbständig Hypothesen aufzustellen, besonders wenn das »Wissen« über den Forschungsgegenstand so gering ist.

In Gedanken verfolgte Breit noch einmal die verhältnismäßig kurze Geschichte der Graktiden. Der erste war vor nicht ganz anderthalb Monaten gefunden worden. Seit dieser Zeit hatten viele Leute die Graktiden wegen des Aufwandes und des Durcheinanders, das sie verursachten, verflucht. Dennoch war die Arbeit an diesem Problem verlockend, weil die Lösung des Geheimnisses ein sensationeller Erfolg werden konnte.

Es ist fraglich, ob die Wissenschaft schon in der Lage ist, dieses Geheimnis zu lüften, überlegte Breit und wich dem nächsten Schlagloch aus. Wenn man voraussetzt, daß die Graktiden wirklich außerirdischer Herkunft sind, dann gibt es eine unendliche Zahl von Möglichkeiten, und man weiß nicht, in welche Richtung man die Forschungen lenken soll ...

Der Asphalt war plötzlich zu Ende, und die Straße ging in eine Waldschneise über, die von Lastwagenrädern zerwühlt war. Erst hier ertappte sich Breit bei diesen »unerlaubten« Überlegungen und beschloß, seine Gedanken besser unter Kontrolle zu halten, denn ein Urlaub mit Graktiden war nicht der Sinn der Sache. Er schaltete das Radio ein und konzentrierte sich völlig aufs Fahren.

Auf der rechten Seite tauchte eine große gelbe Tafel auf, die darauf hinwies, daß das Betreten des Waldes verboten sei. Durch das teilweise gelichtete Gestrüpp sah man einen doppelten Maschendrahtzaun. Nach einigen Metern bemerkte Breit vor sich auf dem Weg einen Wächter mit geschulterter Maschinenpistole.

Der Soldat stand breitbeinig da und winkte lässig mit einem weißroten Stab.

»Hier können Sie nicht durch!« sagte er gelangweilt, als Breit vor ihm anhielt. Unter dem hohen Helm rann ihm der Schweiß in den Nacken. In diesem Moment merkte auch Breit, daß er von einer Wolke schwerer, stickiger Luft eingehüllt war. Bei solcher Hitze ist es sehr angenehm, den Fahrtwind im Gesicht zu spüren, darum wurde Breit etwas ungeduldig, daß man ihm die Weiterfahrt erschwerte.

»Es waren keine Verbotsschilder an der Straße!« sagte er in vorwurfsvollem Ton.

»Seit gestern ist die Straße gesperrt ... Sie müssen zwei Meilen zurückfahren und rechts in die Straße nach Monteroe einbiegen.«

Wenigstens nur zwei Meilen, dachte Breit und schaltete

den Rückwärtsgang ein, um den Wagen an dieser engen Stelle wenden zu können.

»Was ist denn hier los?« fragte er. »Sind hier Manöver?«

»Ach nein … Nur …«, begann der Posten, besann sich jedoch und fügte in dienstlichem Ton hinzu: »Militärgeheimnis.«

Um den Verstoß gegen seine Vorschriften wiedergutzumachen, denn er hatte sich ja mit einer unbefugten Person auf ein Gespräch eingelassen, oder vielleicht auch aus reiner Neugierde sagte der Posten: »Ihre Papiere bitte!«

Er betrachtete sie lange und las halblaut: »Dozent William Breit, Institut für Allgemeine Probleme, Merton.«

Er sah Breit an, schaute noch einmal in den Ausweis und sagte: »Ach so. Warten Sie einen Moment.«

Dann verließ er seinen Standort, steuerte auf das Gebüsch zu und holte ein Funksprechgerät hervor. Nach einer kurzen, halblauten Unterhaltung kam er zum Wagen zurück und sagte: »Der Major bittet Sie, sich mit ihm in Verbindung zu setzen. Sie haben euch heute morgen angerufen, das heißt im Institut. Wissen Sie nichts davon?«

»Ich bin seit heute früh im Urlaub. Was sind denn das für Geheimnisse?«

»So genau weiß ich das auch nicht. Am vierten Container ist etwas passiert. Der Major wird Ihnen genauere Auskunft geben.« Während er sprach, spielte er mit einem kleinen, runden Gegenstand. Breit starrte wie hypnotisiert seine Hand an.

»Woher haben Sie das?«

»Das Steinchen? Äh … das habe ich irgendwo gefunden …«

»Geben Sie es mir!«

»Aber natürlich, wenn Sie es gebrauchen können.«

Es war ein Graktid. Noch einer in der Sammlung. Dieses Zeug verfolgt mich sogar hier, dachte Breit und steckte den »Stein« in die Tasche.

Er war neugierig geworden. Was hatte das zu bedeuten? Was wollte das Militär vom Institut?

»Was ist das hier eigentlich?« fragte er und zeigte auf den Wald und die Umzäunung.

»Das wissen Sie nicht? Das Zentralmagazin für Strahlenisotope … Fahren Sie noch eine halbe Meile weiter, dort sind die Einfahrt und die Wachstube. Die wissen schon, daß sie Sie durchlassen sollen.«

Der Major war ausgesprochen höflich, obwohl er über die Situation sichtlich erschrocken war und sie als gefährlich und unübersichtlich bezeichnete.

»Wir haben hier große Mengen radioaktiven Materials«, sagte er. »Es ist in bleiisolierten unterirdischen Betonbehältern eingelagert. Das Gelände ist sehr weitläufig. Allein der dritte Abschnitt, in dem eine Strahlung über dem zulässigen Wert herrscht, erstreckt sich über vier Quadratmeilen. Alle Operationen werden dort natürlich ferngesteuert ausgeführt, von einem Stützpunkt in der ersten Zone, also von hier aus. In der zweiten Zone darf man sich nur in Schutzkleidung aufhalten, und das auch nur eine begrenzte Zeit. Und nun stellen Sie sich vor, in einem dieser Behälter dort bewegt sich etwas! Zuerst haben wir gedacht, daß vielleicht ein Bär oder ein anderes Waldtier in den Betonschacht gefallen ist. Es ist der Schacht, in dem wir vor wenigen Tagen eine große Menge Strontium 90 eingelagert haben … Eine solche Vermutung ist völlig widersinnig – der Behälter war zwar vorher offen, aber vor der Einlagerung wird alles mit Hilfe einer Fernsehkamera genau überprüft, der ganze Vorgang wird auf dem Monitor verfolgt, uns kann nichts entgangen sein … Es sei denn, es wäre eine Feldmaus, aber doch nicht ein Tier, das zwei Tonnen Beton heben kann … Denn gestern hat einer der Beobachter zufällig bemerkt – über den Monitor, versteht sich –, daß der Deckel des vierten Behälters sich mehrere Male einige Zentimeter hob und dann wieder zurückfiel, als ob jemand oder, besser gesagt, etwas versuchen würde, dort herauszukommen.«

»Vielleicht ist es tatsächlich ein größeres Tier?« fragte Breit, ohne selbst davon überzeugt zu sein.

»Aber Herr Professor! Es ist ausgeschlossen, daß ein lebendes Wesen es mehrere Tage in einer solchen Strahlung aushält! Der Behälter wurde vor fast einer Woche geschlossen!«

»Was wissen wir schon über die Strahlung?« bemerkte Breit geheimnisvoll. Die Hitze hatte ihm völlig die Lust genommen, sich über ein Rätsel, und sei es noch so interessant, den Kopf zu zerbrechen. »Vielleicht hat der Posten sich das nur eingebildet? Es herrscht eine solche Hitze, er kann sich geirrt haben.«

»Einverstanden, er schon. Aber eine Kamera fällt keinen optischen Täuschungen zum Opfer. Der Deckel hat sich noch zwei weitere Male bewegt, gestern und heute. Die Kamera ist die ganze Zeit gelaufen und hat alles registriert. Es sah aus wie ein Deckel, der auf einem Topf mit kochender Suppe auf und ab hüpft.«

»Vielleicht wird dort Gas frei?«

»Das ist keine Erklärung, denn die Behälter sind nicht hermetisch verschlossen. Und außerdem – haben Sie eine Ahnung, was für ein Druck dort herrschen müßte, um so ein Gewicht zu heben? Nein, die Sache ist bestimmt nicht so einfach. Ich habe den Stab und euer Institut verständigt. Sie haben versprochen, eine Kommission zu schicken; mir scheint jedoch, daß sie die Sache auf die leichte Schulter nehmen und es gar nicht eilig haben. So bleibt alles an mir hängen.«

»Warum haben Sie nicht ganz einfach befohlen, den Deckel mit einem Kran abzuheben? Ihr habt doch sicherlich die Möglichkeit, mit den Kameras das Innere abzutasten?«

»Ich wollte nichts verändern, bis die Kommission eintrifft. Warum soll ich einen falschen Schritt riskieren?«

»Ich sehe, daß Sie eine Hypothese haben«, bemerkte Breit lächelnd. »Geben Sie es zu! Woran denken Sie?«

Der Major blickte zu Boden und sagte schnell: »Nein, ich weiß nichts, ich vermute nichts ...«

Sie saßen eine Weile schweigend da.

»Denn wenn man voraussetzt, daß dieses ›Etwas‹ schon

vorher dort war«, sagte der Major, so als führe er einen Gedankengang fort, »dann muß man annehmen, daß es unwahrscheinlich gewachsen ist. Eine Maus oder was auch immer ... eine Degeneration des Organismus unter dem Einfluß von Kernstrahlung ... Nein, das ist Unsinn, die Radiation kann auf keinen irdischen Organismus einen solchen Einfluß ausüben.«

Breit goß sich aus der Karaffe ein Glas Wasser ein und holte eine Kopfschmerztablette aus der Tasche. Seine Hand stieß auf einen kleinen runden Gegenstand. Breit überlief ein Zittern, und schnell nahm er den Graktiden heraus. Er hielt ihn zwischen den Fingern und betrachtete ihn mit einer Miene, die dem Major verdächtig vorkommen mußte, denn er sah Breit einen Moment lang verwundert an und fragte dann: »Was ist das eigentlich?«

Breits Gedanken wirbelten so durcheinander, daß er die Frage überhörte. Ob das möglich ist? Die Vermutung ist sehr phantastisch, aber warum sollte ich das nicht überprüfen?

»Hat der Behälter einen Betonboden?« fragte er.

»Nein. Nur die Wände bis zu einer Tiefe von vierundzwanzig Fuß sind aus Beton. Die Behälter werden bis zur Hälfte mit feinem Sand gefüllt, der die Feuchtigkeit aufnimmt. Nebenbei gesagt, ist das ein recht trockenes Gebiet.«

»In welcher Form war das Strontium?«

»Fast reines Karbonat. Verpackt in kleine Büchsen. Sie wissen, es muß wegen der starken Radioaktivität in kleinen Mengen transportiert werden ... Aber ich verstehe nicht, was das damit zu tun hat.«

»Moment, Moment, ich weiß es selbst noch nicht genau.« Breits Stimme zitterte vor Aufregung. »Aber wenn Sie gestatten, werde ich Ihnen gleich meine Vermutungen darlegen. Sie haben mich doch gefragt, was das ist. Das ist ein Graktid. Sie haben diese Bezeichnung gewiß schon gehört, denn vor wenigen Wochen ist sie durch die gesamte Presse gegangen. Es gibt Vermutungen, daß das vom Himmel gefallen, mit anderen Worten: außerirdischer Herkunft ist ... Am schlimmsten ist, daß wir nicht wissen, was es eigentlich ist. Nach den vielen Fundstücken zu urteilen, ist davon eine ganze Menge heruntergekommen. Wir müssen also annehmen, daß der größte Teil sich in den weichen Erdboden gebohrt hat oder an Stellen liegt, wo selten Menschen hinkommen ... Ich würde sogar behaupten, daß einige Gebiete unseres Globus recht dicht mit Graktiden gespickt sind. Es ist nicht ausgeschlossen, daß einer von ihnen ...«

»Sie meinen«, unterbrach ihn der Major, »daß einer dieser Graktiden in unseren Behälter gefallen ist? Das ist zwar völlig ausgeschlossen, aber ... Daraus resultiert, daß das eine Art Sporen, Samen sind, die sich auf der Erde zu Lebewesen entwickeln?«

»Genauso ist es!«

»Also eine Art heimlicher Invasion? Eine Gefahr für die Menschheit?«

»Für eine solche Schlußfolgerung ist es etwas zu früh. Aber überlegen Sie mal: Eine Graktidspore entwickelt sich. Woher schöpft sie die Energie? Natürlich aus dem Boden, auf den sie gefallen ist. Das ist eine logische Folge, wenn wir voraussetzen, daß die Graktiden auf der Erde nach einem vorausberechneten Plan ›gesät‹ worden sind. Warum entwickelt sich also dieser Graktid, den wir hier vor uns haben, genauso wie die vielen anderen, von denen ich weiß, daß sie seit längerer Zeit unverändert in der Schublade meines Schreibtisches liegen, nicht in ein kosmisches Ungeheuer oder, wenn Ihnen das lieber ist, in ein vernunftbegabtes Wesen? Das ist keine Invasion, Herr Major! Das ist, scheint mir, die geniale und weitsichtige Politik einer klugen kosmischen Art. Für die Entwicklung der Spore ist *Strahlung* notwendig. Vielleicht gerade Strahlung von Strontium, aber das ist unwichtig ... Verstehen Sie nun, was ich meine?«

»Ich glaube schon! Außerdem können wir uns ganz einfach davon überzeugen, ob Ihre Vermutungen begründet sind. Wir können den Deckel aufmachen ... oder diesen Graktiden hier in einen anderen Behälter tun. Ich habe noch einen mit Strontium.«

»Langsam, Herr Major! Wir wissen nicht, was wir dann

mit diesem ›Wesen‹ machen sollen. Vielleicht existiert es auch nur in unserer Phantasie.«

»Aber da ist ganz sicher etwas. Es muß ein Organismus sein, der auf Siliziumgewebe basiert, weil er Erde braucht, um sich zu entwickeln.«

»Das kann, aber muß nicht sein! Vielleicht kann dieses ›Etwas‹ chemische Grundstoffe umwandeln? Wissen Sie, was ich glaube? Ich glaube, daß das Strontium nicht mehr da ist. Genauer gesagt, es hat es aufgefressen … Deshalb dürfen wir dieses Etwas nicht herauslassen, denn wer weiß, ob wir mit ihm fertig werden, wenn es frei ist.«

In diesem Augenblick stürzte ein Posten, ohne anzuklopfen, ins Zimmer.

»Herr Major! *Es* kriecht aus dem Behälter.«

Sie liefen zum Fernsehmonitor.

Der Betondeckel hob sich langsam. Eine bräunliche, glitschig aussehende Masse füllte den entstandenen Spalt aus und formte sich zu einem geschmeidigen langen Fühler, der aussah wie ein Blutegel … Der Spalt wurde größer, und immer mehr des glitschigen Körpers quoll daraus hervor. Sie standen wie hypnotisiert und starrten den Bildschirm an. Der Major fand als erster die Sprache wieder.

»Raketenbatterie in Stellung. Objekt genau anvisieren. Alle übrigen in den Bunker!«

Die Soldaten rannten in ihre Stellungen. Breit blieb mit dem Major allein.

»Sie wollen einen Atomsprengkopf einsetzen?« fragte Breit.

»Natürlich! Wer weiß, wie widerstandsfähig dieses Vieh ist.«

»Verstehen Sie wirklich immer noch nicht?«

»Glauben Sie, daß man ein vernunftbegabtes Wesen nicht so behandeln sollte? Wir sind doch nicht sicher, ob das wirklich ein vernunftbegabtes Wesen ist …«

»Darum geht es gar nicht. Und wie kommen Sie auf die Idee … Schließlich baut ihr die Atomsprengköpfe doch hauptsächlich zur Vernichtung vernunftbegabter Wesen, die uns viel näher stehen als dieses Geschöpf hier. Natürlich muß es vernichtet werden, und zwar sofort, denn es ist zur falschen Zeit erschienen, sein Zusammenleben mit den Menschen dieses Planeten ist eine Sache der Unmöglichkeit. Man muß es jedoch auf andere Art und Weise vernichten.«

Breit sprach sehr schnell, so als wolle er alles auf einmal heraussprudeln.

»Sie, diese Wesen, sollten sich viel später entwickeln, verstehen Sie? Ich habe es Ihnen schon gesagt, aber Sie haben meinen Worten keine Beachtung geschenkt ... Sie sollten von der Erde Besitz ergreifen, wenn die Strahlung auf ihrer Oberfläche einen Grad erreicht hat, bei dem kein lebendes Eiweiß mehr existieren kann ... Die dieses neue Leben gesät haben, müssen genau wissen, wie unsere Zivilisation sich weiterentwickeln wird. Vielleicht haben sie nicht nur auf unserer Erde dieses neue Leben gesät, das sogar bei starker radioaktiver Verseuchung überleben kann ... Die Graktiden sind eingestellt auf eine gewisse Strahlungsintensität, erst dann beginnen sie ihre Entwicklung. Ein Teil von ihnen wird sich niemals entwickeln, aber jene, die auf einen Planeten gelangen, auf dem eine Atomkatastrophe stattfindet, werden diesen Planeten bevölkern ...«

Die riesige Masse war fast schon ganz unter dem Betondeckel hervorgekrochen. Sich windend und ihre Gestalt verändernd wie eine Amöbe, begann sie über den Rasen zu kriechen. Die Filmkamera lief ununterbrochen. Der Major vergrößerte den Ausschnitt auf dem Bildschirm. In der gallertartigen Körpermasse konnte man jedoch keine Einzelheit unterscheiden.

Das Geschöpf hatte keinerlei ausgeprägte Organe.

»Bereitschaft der Raketenbatterie aufgehoben!« schrie der Major ins Mikrofon. »Panzerabwehrgeschütze und Flammenwerfer in Alarmbereitschaft!«

Der erste Vertreter der Graktiden kroch über den Rasen und breitete sich über ein Gebiet von einigen Quadratfuß aus – zu seinem eigenen Verderben, denn dadurch erleichterte er das Anvisieren.

»Ziel: kriechendes Objekt!« sagte der Major, und seine Stimme zitterte leicht. »Geschosse TX – fünfundachtzig ...«

Er unterbrach den Befehl, schwieg einen Moment, schließlich sagte er leise, wie resigniert: »Feuer ...«

Dort, wo vor kurzem der Graktid gekrochen war, flog ein Klumpen bräunlicher Masse, vermischt mit Steinen und Erde, in die Luft.

»Flammenwerfer: Feuer!«

Hellgelbe Flammen loderten am Explosionsgebiet auf, ihre Glut verwandelte alles zu Asche.

»Ende«, sagte der Major, wischte sich den Schweiß von der Stirn und knöpfte den obersten Knopf seiner Uniform auf.

Sie standen beide da, die Augen auf den Boden geheftet. Breit sagte als erster etwas.

»Das haben sie nicht eingeplant. Eine solche Isotopenkonzentration konnten sie nicht vorausberechnen. Aber das hat keine Bedeutung für sie. Vielleicht ist das im Plan inbegriffen. Und wir ... unbewußt, in unserem verderblichen Selbstvernichtungstrieb ...«

»Sie hatten recht. Man kann das eigentlich nicht als Invasion bezeichnen«, sagte der Major. »Sie wollen niemanden vernichten. Sie warten, bis wir das selbst erledigt haben ...«

»Ja, sie haben es nicht eilig.«

Fast gleichzeitig blickten Breit und der Major zu den noch schwelenden Überresten hinüber. Unbewußt preßte Breit das kleine, schmutzigviolette Steinchen in seiner Hand.

Der Allwissende

Draußen schien die Sonne. An solchen Tagen stand Nix gern auf, noch bevor Mentor, der langweilige Roboter, ihm die Decke wegziehen konnte. Heute fühlte er sich ausgezeichnet. Schnell sprang er aus dem Bett, nahm die Ohrhörer heraus und löste die Elektroden von seinen Schläfen. Dann reckte er sich und lief in den Garten. Er sprang über eine Blumenrabatte, durchschwamm das kreisrunde Bassin und rannte dann triefend die kleine Allee an der Mauer entlang. Nachdem er den Garten einige Male umrundet hatte, kehrte er völlig außer Atem ins Zimmer zurück. Das Frühstück stand schon auf dem Tisch. Mentor war pünktlich und gewissenhaft wie immer. Nix aß alles mit großem Appetit auf, schaute dann auf die Uhr, warf sich seinen Bademantel um und nahm am Schaltpult Platz.

Er drückte die Empfangstaste, sofort wurde er mit Fragen überhäuft. Nix antwortete schnell und sicher und wie immer ausführlich und genau zum Thema. Als er um elf eine kleine Pause machte, um etwas zu trinken, fühlte er sich schon sehr erschöpft. Der Trunk und die Ruhepause im Garten gaben ihm seine Energie und einen klaren Kopf zurück.

Nur noch drei Stunden, dachte er, und dann werde ich im Gras liegen und in aller Ruhe lesen können, zum Beispiel dieses neue Buch über Produktionsmethoden von Zahnrädern.

Der Ansturm auf seine Leitung war an diesem Tag sogar noch größer als gewöhnlich, aber das freute Nix sehr und bestärkte ihn in seiner Ansicht, daß er eine außergewöhnlich wichtige Persönlichkeit sei. Alle diese Anrufer fragten ihn die verschiedensten Dinge, und Nix konnte immer alles beantworten. Sie wußten das nicht – er wußte alles … Er hatte das alles in seinem Kopf wunderbar geordnet. Immer genaue und aktuelle Informationen. Was würden sie ohne ihn anfangen? Es stand außer Zweifel, daß keine ordentliche Anlage, keine Maschine ohne Zahnräder auskommt. Nix wußte genau, daß das so war, da doch viele Leute ihn täglich nach diesen Dingen fragten. Einige erkannte er schon an der Stimme, manchmal fragten sie ihn zwei-, dreimal dasselbe. Aber er erklärte es ihnen mit großem Verständnis und geduldig immer wieder. Manche begrüßten ihn und fragten: »Wie geht es dir, Nix?«, »Was habt ihr für ein Wetter dort in Florida?« Er antwortete kurz, denn er hatte wenig Zeit, andere warteten auf eine Verbindung mit ihm.

Nix war sich völlig sicher: Zahnräder waren das Schlüsselproblem. Man konnte sagen, durch sie bewegte sich die Welt, sie drehte sich um dieses Häuschen mit Garten, das von einer so hohen Mauer umgeben war, daß man nur die Wipfel der dahinter wachsenden Bäume sehen konnte.

Vor drei Jahren, an Nix' zehntem Geburtstag, hatte man ihn zu einer Prüfung vorgeladen. Die Prüfungsergebnisse wurden von mehreren bärtigen Spezialisten begutachtet, sie machten einander auf verschiedene Dinge aufmerksam und waren begeistert. Nix hörte sogar Teile ihrer Unterhaltung. »Welch ein Fassungsvermögen«, sagten sie. »Was für ein hervorragender Gedächtnisquotient! Wunderbares, erstklassiges Material ...«

Dann hatte man Nix hierhergebracht. Zuerst hatte er nur gespielt und mit Mentor Sport getrieben. Erst nach einiger Zeit begriff Nix, daß er täglich beim Erwachen über mehr und neue Informationen verfügte. Ihm tat sich ein umfangreiches, wunderbares Wissen auf – es war immer frisch, auf dem neuesten Stand, und wurde in jeder Nacht vervollkommnet.

In den sechs Stunden, in denen er vor dem Mikrofon saß und Hunderte von Fragen beantwortete, die aus den verschiedensten Teilen der Welt kamen, glaubte Nix immer stärker daran, daß es nichts Wichtigeres und Bedeutenderes auf der Welt gab.

Reddy arbeitete erst den vierten Tag in der Zentrale und wußte noch nicht so genau, was eigentlich um ihn herum vor sich ging. Automatisch führte er die notwendigen Handgriffe aus, dann hatte er wieder längere Zeit Ruhe. Er versuchte, etwas von den Gesprächen mitzubekommen, die auf den einzelnen Leitungen geführt wurden. Aber die Themen, die da behandelt wurden, waren so weit von dem entfernt, worin er sich auskannte, daß er fast nichts verstand.

Schließlich kam ihm eine hervorragende Idee, und er stellte sich eine Verbindung mit dem »Vorwort« her. Die monotone Stimme auf dem Band erläuterte etwas weitschweifig, dieses und jenes konnte er sogar verstehen. Allmählich bekam Reddy eine leise Ahnung davon, wo er eigentlich arbeitete.

»Unsere Enzyklopädie ist ein Experiment, das im Moment erst einen kleinen Wissensabschnitt umfaßt!« erklärte die Stimme im Hörer. »Die Nutzung des gesamten Fassungsvermögens des menschlichen Gehirns macht es möglich ...«

Eine Lampe signalisierte eine Störung in der Leitung und ließ Reddy die Erklärungen vergessen. Als er sich wieder einschaltete, war die Rede von der Psychologie der Informationsspeicherung, von überflüssigen Informationen, die notwendige überlagerten, von der Isolierung des Gedächtnisses gegen unbedeutende Erscheinungen und Informationen und schließlich von der phänomenalen Begabung kleiner Kinder, sich Informationen anzueignen. Reddy bekam nur sehr wenig davon mit, denn der leitende Ingenieur unterbrach ihn dauernd, um ihm irgendwelche Anweisungen zu erteilen. Als Reddy wieder einen Moment Zeit hatte, sagte die Stimme im Hörer gerade zum Abschluß: »Unsere Enzyklopädie unterscheidet sich von allen bisherigen dadurch, daß jedes Stichwort im Gehirn eines sehr jungen Menschen untergebracht ist. Das bringt den Vorteil, daß die Informationen von Tag zu Tag vervollkommnet und aktualisiert werden können, daß die Enzyklopädie also nie veraltet und mit dem schnellen Fortschreiten der Wissenschaft Schritt halten kann. Die Enzyklopädie umfaßt über vierzehntausend Stichwörter aus dem Gebiet der angewandten Mechanik. Jedes Stichwort ist durch eine eigene Leitung mit der Zentrale verbunden. Außerdem ...«

Reddy riß die Kopfhörer von den Ohren und sprang zum Kontrollpult. Man konnte mit bloßem Auge sehen, daß eine Havarie in den Leitungen aufgetreten war ...

Es war vierzehn Uhr zehn. Nix wollte gerade sein Mikrofon abschalten, als er in den Kopfhörern ein knackendes Geräusch hörte, dann stellte jemand eine Frage. Nix hörte zu, und seine Verwunderung wuchs. Schon nach den ersten Worten stellte er mit Entsetzen fest, daß er nichts, aber auch gar nichts davon verstand. Er wollte gerade um Wiederholung bitten, als eine andere Stimme ihm zuvorkam und sicher eine Antwort gab, die er ebenfalls nicht verstand. Er hörte mit angehaltenem Atem etwas von Lagerpfannen aus Phosphorbronze, von mit Motorenöl geschmierten Kugellagern, von dynamischen Reibungskoeffizienten und anderen Begriffen, die ihm völlig fremd waren!

Der Boden unter Nix' Füßen begann zu schwanken, in seinem Kopf drehte sich alles, seine Kehle war wie zugeschnürt. Er fühlte, wie ihn Zweifel und Angst beschlichen. Sollte es in der Technik noch etwas anderes Wichtiges außer Zahnrädern geben? Etwas, wovon er, Nix, absolut nichts wußte?

Benommen sank er auf seinen Stuhl. Im Hörer knackte es wieder, und jemand schrie: »Reddy, verdammt noch mal! Bist du da?«

»J ... ja, Herr Ingenieur!« Die Stimme zitterte vor panischer Angst.

»Ich schmeiß' dich 'raus!« tobte der Ingenieur. »Paß auf deine Leitungen auf! Du hast einen Kurzschluß zwischen ›Wälzlager‹ und ›Zahnräder‹, Kanal 8208 und 7183! Blockiere sofort beide Leitungen! Aber schnell!« Gleich darauf fügte er sanft hinzu: »Hallo, Nix, bist du in der Leitung?«

»Ja ...«, würgte Nix hervor, »es ist ja noch nicht vierzehn Uhr fünfzehn, also ...«

»Zum Teufel! Hast du die ganze Zeit mitgehört?«

»Ja, ich war an meinem Platz.«

Im Hörer wurde es still, dann drang die besorgte Stimme des Ingenieurs wieder an Nix' Ohr: »Na bitte, da haben wir's! Woher nehme ich jetzt einen Ersatzmann? Reddy, hörst du, du Trottel? Du hast mir einen Informanten durchbrennen lassen. Das ganze Stichwort ist zum Teufel!«

»Kann man das nicht irgendwie reparieren?« brummte Reddy unsicher.

»Unsinn!« sagte der Ingenieur barsch. »Wenn so einer erst einmal begreift, dann ist Feierabend.«

Die Stimme des Ingenieurs im Kopfhörer verstummte. Nix saß immer noch benommen an seinem Platz, als wäre ihm etwas Schweres auf den Kopf gefallen. Er dachte intensiv nach: Wälzlager! Also gibt es außer den Zahnrädern auch irgendwelche Lager. Morgen werde ich verlangen, daß Mentor mir die gesamte Literatur zu diesem Thema bringt. Es wird sicherlich nicht so viel sein. Ich muß alles über diese Lager wissen! Wie ist das bloß möglich, daß ich nichts gewußt habe? Ich hätte mir doch denken können, daß, wenn es Zahnräder gibt, sie sich ja irgendwie drehen müssen, wenn sie sich also drehen, dann sind auch Lager erforderlich. Wenn ich mich noch in den Lagern auskennen werde, dann weiß ich wirklich alles! Denn schließlich habe ich ein außergewöhnliches Gedächtnis! Warum sollen sie andere fragen, wenn ich darüber und auch darüber Bescheid wissen kann.

Ich muß alles über alles wissen!

Ermutigt von diesem Gedanken, nahm Nix die Kopfhörer ab, ging in den Garten hinaus, übersprang eine Rabatte, die aussah wie ein Zahnrad, lief an den Rand des kreisrunden, gezahnten Bassins, durchschwamm es und stieg auf der anderen Seite wieder heraus. Dann umrundete er auf der kleinen Allee, die entlang der Mauer verlief, einige Male den Garten. Die Baumkronen hinter der Mauer waren kunstvoll gestutzt und hatten die Form von Antriebsrädern. Erschöpft legte er sich ins Gras, auf Blumen, die aussahen wie Zahnrädchen.

Was können nur diese vierstelligen Ziffern bedeuten: Kanal 8208 und 7183? dachte er beunruhigt.

Die Reihenfolge des Sterbens

Er schwieg einen Moment, als wollte er die Hoffnungsfünk-
chen, die in den auf ihn gerichteten Augen erglüht waren,
nicht vertreiben. Dann sagte er in einem Atemzug: »Das
wird jedoch nicht früher als in vier Stunden der Fall sein.«

Alle verstanden. Hatte doch jeder von ihnen die unausge-
sprochene Frage »Wann?« auf den Lippen gehabt, und nur
die Angst vor der Wahrheit hatte ihnen geboten zu schweigen.

»Das bedeutet ...«, sagte Lukas nach einer Weile.

»Es reicht nicht!« unterbrach ihn Eber brüsk; er zog sich
an die Wand der Kammer zurück und umklammerte krampfhaft den an seiner Brust befestigten Behälter mit flüssigem
Sauerstoff.

»Ruhig!« sagte Dawe scharf. »Jeder kontrolliert, wieviel er
noch hat ...«

»Für zwei Stunden ...«, sagte Leman leise und hob den
Kopf.

»Fast für drei«, brummte Eber.

»Zweieinhalb«, sagte Lukas gleichgültig und öffnete nicht
einmal die Augen.

Dawe richtete den Blick auf seinen vierten Kollegen, aber
Seuga schwieg, er lag zusammengekrümmt in einem entfernten Winkel der Kammer.

»Seuga!« brüllte Dawe. »Ich rede mit dir!«

Seugas gebeugter Nacken richtete sich langsam auf, und
hinter der Scheibe seines Helms blitzten seine weit aufgerissenen Augen Dawe feindselig an.

»Ich gebe nichts ab!« krächzte er mit entstellter Stimme,
»es geht euch gar nichts an, wieviel ich noch habe ...«

Dawe ging zwei Schritte auf ihn zu, da riß Seuga seine Pistole heraus und richtete sie auf den Kommandanten.

»Also Meuterei?« sagte Dawe mit ruhiger Stimme, obwohl sein Gesicht krebsrot angelaufen war. »Ist gut. Ich habe Sauerstoff für dreieinhalb Stunden.«

»Sie schaffen es nicht …«, stöhnte Leman. »Ich werde zuerst sterben, dann Lukas, Eber und du, Dawe. Dieses Schwein dort wird überleben.« Er wies mit dem Kopf auf Seuga. »Ein Schwein kommt immer irgendwie durch. Das heißt dann ›Glück haben‹ … Ich weiß, daß er mindestens für vier Stunden Sauerstoff hat!«

»Das ist nicht wahr!« protestierte Seuga scharf, aufbrausend. »Für nicht ganz vier Stunden … außerdem können sie sich ja auch verspäten.«

»Schluß jetzt!« schnitt Dawe ihm das Wort ab. »Ich erinnere euch daran, daß die Sauerstoffvorräte eines jeden von euch auf den Ruhezustand des Organismus berechnet sind. Jede Bewegung, sogar jede psychische Erregung verkürzt …«

»… unser Leben!« beendete Lukas bitter diesen Satz. »Ich glaube, das hat gar keine Bedeutung. Es wird sowieso keiner von uns die Rettung erleben. Man könnte ihnen eigentlich gleich sagen, daß sie sich nicht zu beeilen brauchen.«

»Nein!« schrie Seuga und sprang auf. »Das wirst du nicht tun!«

Lukas blickte kalt in den auf ihn gerichteten Lauf der Waffe und dann in Seugas wild verzerrtes Gesicht.

»Auf deinen ausdrücklichen Wunsch werde ich es nicht tun!« zischte er. »Du brauchst mich gar nicht mit der Waffe zu bedrohen, ich werde sowieso sterben, du wirst überleben und zur Basis zurückkehren. Aber als Mörder wirst du dort nicht besonders gern gesehen sein …«

Seuga fiel auf seinen Platz zurück. Leman blickte noch einmal auf seinen Sauerstoffmesser, als wollte er sich endgültig davon überzeugen, wie lange er noch zu leben habe, und sagte dann laut: »Eigentlich könnte ich euch meine Flasche sofort überlassen … zwei Stunden noch, das macht doch gar keinen Unterschied für mich, aber für euch … vielleicht reicht es euch, um durchzuhalten …«

Gierig blickte Seuga zu ihm hinüber. Leman legte die Hand auf das Verschlußventil.

»Gib her!« stieß Seuga hervor und streckte schon die Hand nach der Flasche aus.

»Du hast genug. Du hast sowieso das meiste.«

»Die da wird es nicht retten, und ich ...«

Dawe ergriff Lemans Handgelenk und zog seine Hand vom Verschlußventil.

»Nicht nötig«, sagte er, »du wirst so lange atmen, wie es reicht, und dann werde ich dir die Hälfte meines Vorrates abgeben.«

»Warum?« brüllte Seuga. »Das ist doch seine Angelegenheit. Wozu soll er noch Sauerstoff verbrauchen, wenn er ohnehin sterben wird. Ich brauche nur noch Sauerstoff für eine halbe Stunde, verstehst du? Soll ich eine halbe Stunde vor dem Eintreffen der Rettungsmannschaft krepieren? Willst du, daß ich sterbe? Du ... du Mörder ... Erlaube ihm, die Sauerstoffflasche abzugeben. Wir werden sie gerecht unter uns allen aufteilen ... Sagt doch was!« Er sah die anderen an und suchte in ihren Gesichtern nach Unterstützung.

Lukas saß da, den Blick auf den Boden geheftet. Eber grinste verächtlich.

»Gerecht aufteilen, sagst du«, brummte Eber und kniff die Augen zusammen, »weil es dir dann reichen würde, du brauchst nur noch Sauerstoff für eine halbe Stunde, um weiterzuleben. Für uns bedeutet diese halbe Stunde nur einen späteren Tod. Ein Paradebeispiel für die Umwandlung einer Quantität in eine neue Qualität.«

»Ich werde so etwas nicht zulassen!« sagte Dawe scharf. »Hast du gehört, Leman? Du wirst keinem etwas abgeben. Ich werde dir die Hälfte meines Vorrates geben, wenn deiner zu Ende ist. Das, was jeder in seiner Flasche hat, ist schließlich nicht sein Privateigentum. Wir sollten den gesamten Vorrat in fünf gleiche Teile teilen ...«

»Blödsinn!« keuchte Seuga aus seiner Ecke. »Alles zusammen reicht nicht einmal für vier. Wir haben insgesamt eine Reserve für vierzehneinhalb Stunden ...«

»Vierzehneinhalb Stunden Leben geteilt durch fünf, das sind nicht ganz drei Stunden pro Kopf«, sagte Lukas mit melancholischer Stimme.

»Ich habe doch gesagt, daß es nicht einmal für vier reicht, um die Rettung zu erleben«, schrie Seuga, »wir werden alle krepieren, entweder gemeinsam oder der Reihe nach!«

»Also krepieren wir«, sagte Leman.

»Nicht jedem ist alles egal – so wie dir!« Seuga sprang vom Fußboden hoch. »Drei könnten damit fast volle fünf Stunden atmen. Aber nur, wenn die anderen ihre Flaschen sofort abgeben würden …«

Lukas erhob sich; den Rücken an die Stahlwand der Kabine gelehnt, richtete er seinen Blick auf den wütenden Seuga.

»Willst du damit sagen, daß zwei von uns schon jetzt sinnlos kostbaren Sauerstoff vergeuden … Die beiden, das sind Leman und ich, nicht?«

»Vielleicht sollten wir auslosen, wer die beiden sind?« warf Eber ein und beobachtete dabei aufmerksam Seugas Gesicht, der seine Hände um die Flasche krampfte. »So wird die Sache noch gerechter, meinst du nicht auch?«

»Nein«, sagte Seuga schroff. »Was ich habe, gehört mir!«

»Weißt du auch, warum du am meisten von uns allen hast?« fuhr Eber fort, trat an Seuga heran und stieß den Lauf seiner Pistole zur Seite. »Während wir den Weg zur Sendestation freigelegt haben und dabei unheimliche Mengen Sauerstoff verbrauchen mußten, hast du nur dagelegen und ganz gleichmäßig geatmet, ganz sparsam … Daß dein Bein verletzt ist, entspricht wohl auch nicht ganz der Wahrheit?«

»Verschwinde!« Seuga stieß Eber den Lauf seiner Pistole in den Bauch. Seine Hände zitterten leicht. »Mach, daß du wegkommst, sonst …«

»Laß ihn, Eber«, sagte Dawe halblaut, »wenn wir uns streiten, verkürzen wir nur unser Leben. Setzt euch ruhig hin – und stellt die Ventile auf die minimale Sauerstoffzufuhr ein.«

Sie legten sich an der Kabinenwand nieder und warfen

nur ab und zu Seuga einen schnellen Blick zu. Seuga wartete angespannt, beobachtete sie und ließ seine Waffe keinen Moment aus der Hand.

»Ich habe hier einige Ampullen Desaktin«, fuhr Dawe fort und griff in die Tasche seines Raumanzuges; »wenn es uns gelingen würde, uns das zu spritzen, könnten wir die vier Stunden irgendwie durchstehen. Im Schlaf verbraucht man wesentlich weniger Sauerstoff. Ich befürchte nur, daß wir uns das nicht werden spritzen können, denn eine Beschädigung des Raumanzuges würde innerhalb weniger Minuten den Tod bedeuten. Was meinst du, Leman?«

»Ich bin deiner Meinung«, brummte der Gefragte unwillig. »Hör auf, nach Hoffnungsschimmern zu suchen. Du weißt doch selbst, daß da nichts zu machen ist.«

»Vielleicht in der Schleuse«, setzte Eber an, »vielleicht gelingt es uns, die Schleusenkammer abzudichten und sie mit etwas Sauerstoff aus einer Flasche zu füllen ... oder sagen wir, aus jeder Flasche etwas ... Und dort könnten wir uns dann die Spritzen machen.«

»Es ist unmöglich, die Schleusen luftleer zu bekommen, die Pumpen funktionieren nicht«, gab Dawe zu bedenken. „Außerdem weiß ich nicht, ob der Sauerstoff zum Füllen der Kammer ausreichen würde.«

Sie fielen wieder kraftlos auf ihre Plätze am Boden zurück, atmeten langsam, als würden sie jeden Atemzug des kostbaren Sauerstoffs bewußt genießen.

»Außerdem«, sagte Eber nach einer Weile, »dieses Miststück würde uns im Schlaf die Kehlen durchschneiden, um an unsere Sauerstofflaschen zu kommen ... Mich würde mal interessieren, wieviel Sauerstoff er wirklich noch hat ...«

Seuga reagierte diesmal überhaupt nicht, er warf Eber nur einen haßerfüllten Blick zu, drehte sich auf den Rücken und starrte zur Decke.

»Ich gehe noch einmal 'raus«, sagte Dawe und stand auf.

»Wohin? Zur Sendestation?« fragte Lukas interessiert. »Mach ihnen noch einmal unsere Situation klar, sie sollen es wenigstens wissen ...«

Seugas Pistolenlauf bewegte sich unmerklich in Dawes Richtung.

»Nein«, sagte Dawe, »ich gehe 'raus, vielleicht ...«

»Betrüg dich doch nicht selbst, ins Magazin kommst du nicht durch.« Lukas stützte den Kopf auf seine Hand, das Gesicht zur Erde gerichtet. »Bleib!«

»Wozu solltest du durch dein Herumlaufen Sauerstoff vergeuden?« fragte Seuga in besorgtem Ton. »Bleib sitzen, Dawe, und beweg dich nicht.«

Die anderen sahen ihn überrascht an.

»Bleib!« sagte er lauter, als Dawe in der Ausstiegsluke verschwand.

Der Kommandant umfing die trübe Gegend mit seinem Blick. Tiefziehende Wolken verdeckten die Sonne. Der Kraterrand glänzte silbern von den Wasseradern, die sich an seinen Hängen herabzogen. Dawe drehte sich um und betrachtete noch einmal den Hang, an dem vor sechs Stunden die Lawine heruntergekommen war, die ihre Misere verschuldet hatte.

Das Wrack des Movers stand noch genauso da, wie sie es gesehen hatten, als sie betäubt und entsetzt aus dem Vorraum der Station gerannt waren. Die Gesteinsflut, die auf das Dach geprasselt war, es aufgerissen hatte, war in die Station eingedrungen und hatte alles verschüttet. Eine Explosion im Chemielabor hatte der Station dann den Rest gegeben, und nur die Einstiegskammer blieb, wie zum Hohn, unversehrt. Der Mover hatte nur einige Splitter abgekriegt, aber so unglücklich, daß die Behälter mit flüssigem Sauerstoff sofort zerplatzten und alles in eiskalten Schaum gehüllt wurde. Als sie das sahen, dachten sie nur das eine: Was ist mit der Funkstation? Der unerschütterliche Glauben daran, daß sie nur Hilfe anzufordern brauchten und sie auch sofort bekommen würden, ließ sie mit bloßen Händen die verbogenen Platten und Schutzwände der Rakete auseinanderreißen ... Die Funkstation ließ sich wieder in Gang bringen.

Dawe dachte an diese Ereignisse, als lägen sie schon unendlich lange zurück. Er sah auf die Uhr und dann auf den Sauerstoffmesser. Was er las, war wie ein Todesurteil, es würde noch drei Stunden dauern, bis Hilfe kam. Ihm waren nur noch zweieinhalb Stunden geblieben ... Er dachte an die anderen, deren Reserven noch knapper waren, und stöhnte. Wie beherrscht sie doch waren, trotz des Bewußtseins, daß ihr Ende immer näher rückte ... Eigentlich hatten sie das in der Phantasie schon viele Male durchlebt, bevor sie hierhergekommen waren. Es blieb ihnen nichts anderes übrig, als zu warten und an gar nichts mehr zu denken. Nur dieser Seuga ... Wie irreführend doch alle psychologischen Tests sein konnten. Er war zusammengebrochen und aggressiv geworden ... Das war eigentlich auch nicht verwunderlich, der Selbsterhaltungstrieb ist einer der normalsten Züge der menschlichen Psyche. Nicht jeder ist zum Helden geboren. Nur, woher seine plötzliche Sorge um mich? dachte Dawe, als ihm Seugas letzte Worte einfielen.

Er starrte den leeren Horizont an, als wollte er sich erneut davon überzeugen, daß die erwartete Hilfe nicht doch durch ein Wunder früher kam. Als er noch einmal um die zerstörte Rakete herumging, kam ihm ein furchtbarer Gedanke. Er machte schnell kehrt und lief zum Eingang der Kammer. In der Tür richtete er sich auf und sagte: »Von Süden her nähert sich ein Flugkörper.«

Seuga sprang als erster auf, dann Eber. Dawe gab den engen Durchgang jedoch nicht frei, er versetzte Seuga einen Stoß mit der Schulter und entriß ihm die Pistole. Leman hatte nicht einmal den Kopf gehoben, und Lukas blickte ihn ungläubig an.

»Stehenbleiben!« sagte Dawe. »Verzeiht mir, Freunde, aber ich mußte das tun ...« Er fuchtelte mit der Pistole und stieß Seuga weg. Eber kehrte auf seinen Platz zurück und nickte verständnisvoll.

»Ich mußte es tun«, wiederholte Dawe, »seine Besorgnis um mich hat mich dazu gezwungen. Wißt ihr, worum es ihm ging, warum er an meinem Sauerstoffvorrat so interessant war? Er hat sich ausgerechnet, daß er, wenn ihr ... nicht mehr sein werdet, mit mir allein zurückbleibt. Jeder von uns würde Sauerstoff für eine halbe Stunde haben, und Hilfe würde erst in einer Stunde kommen. Versteht ihr?«

»Ach, du, du ... Wurm!« zischte Seuga, zitternd vor Wut. »Und nun hast *du* die Pistole!«

»Nein«, sagte Dawe ruhig und leerte das Magazin.

Er ließ die Munition in seine Handfläche fallen und warf sie Seuga ins Gesicht, der, auf allen vieren kriechend, die Patronen aufsammelte, sie zählte und dann in seiner Tasche verbarg.

»So kann keiner mehr schießen.« Dawe steckte die Pistole in seinen Gürtel.

»Er ist stärker als du, Dawe. Er wird dich mit seinen bloßen Händen umbringen, er ist wahnsinnig ...«, sagte Lukas leise.

»Ich weiß.« Dawe nickte. »Darum will ich auch ... Leman, komm, wir tauschen die Flaschen! Dich wird er nicht unterkriegen. Soll wenigstens einer ... Leman!«

Leman lag regungslos da. Dawe sprang auf ihn zu und prallte mit Seuga zusammen, der auch schon bemerkt hatte, daß Lemans Flasche zugedreht war und der Anzeiger für die Sauerstoffzufuhr auf Null stand.

»Laß los!« schrie Seuga, als Dawe mit zitternden Händen versuchte, das Ventil aufzudrehen. »Wenn er das aus eigenem Antrieb getan hat ...«

»Weg!« knurrte Dawe. »Er lebt noch!«

»Laß ihn!« Seuga zerrte an der Hand des Kommandanten. »Laß ihn, das ist seine Sache! Laß das Ventil zu, es hilft ihm sowieso nichts mehr, und ich ... und wir ...«

Eber packte ihn von hinten bei den Schultern und warf ihn zu Boden. Sie kämpften eine ganze Zeit. Dawe öffnete das Sauerstoffventil, aber Leman lebte wirklich nicht mehr.

»Er hat für uns ... einen Vorrat von anderthalb Stunden eingespart«, sagte Dawe beim Aufstehen und betrachtete den Sauerstoffmesser der Flasche. »Lukas, du nimmst zwei Drittel, Eber den Rest.«

»Laß gut sein«, sagte Lukas. »Ich habe mich schon an den

139

Gedanken gewöhnt, daß ... daß ich der nächste bin. Es reicht gerade für euch beide, damit könnt ihr vielleicht die vier Stunden überstehen.«

»Wir sind *drei*!« brachte sich Seuga in Erinnerung.

»Nehmt es, Eber und Dawe, damit könnt ihr diesen Mistkerl überleben ...«, wiederholte Lukas.

»Nein!« sagte Dawe bestimmt. »Ihr tut, was ich gesagt habe, das ist ein Befehl! Auf diese Weise werden wir alle einen gleichgroßen Sauerstoffvorrat haben. Bei sparsamem Verbrauch haben wir noch eine Chance ...«

»Wer sagt dir denn, daß sie in den nächsten drei Stunden hier sein werden?« brummte Seuga und plazierte sich wieder weit von ihnen entfernt, in der entlegensten Ecke der Kammer. »Vielleicht kommen sie erst in fünf Stunden?«

Seuga starrte unruhig auf seine Uhr. Es war schon genügend Zeit vergangen, und die Vorräte der drei anderen, die ruhig und regungslos an der gegenüberliegenden Wand lagen, mußten schon verbraucht sein ... Ob sie noch lebten? Seuga hatte Angst, sich ihnen zu nähern und das zu überprüfen. Die Rettungsmannschaft mußte jeden Moment kommen ... Was tun? Wenn sie durch ein Wunder noch lebten und wenn auch nur einer gerettet werden konnte, würde er alles berichten ... von der Pistole, von Seugas Hysterie ...

Die Pistole stak in Dawes Gürtel. Seuga befühlte die Patronen in seiner Tasche. Sie würden reichen ... Aber das nützte ja nichts. Wie sollte er es den anderen erklären?

Moment mal, wenn er aber ... Er könnte die Pistole ja dann Leman in die Hand drücken. Er war erstickt, man konnte sagen, er habe einen Anfall bekommen und blind um sich geschossen, als er, Seuga, die Kammer gerade für einen Moment verlassen hatte ... Nein, das ging auch nicht, wenn Leman geschossen hätte, dann hätte er auch die noch gefüllten Sauerstoffflaschen der Getöteten an sich nehmen und selbst überleben können. Sie würden eine solch unwahrscheinliche Erklärung nicht glauben.

Außerdem würden sie feststellen, in welcher Reihenfolge die anderen gestorben waren ...

Seuga blickte auf seinen Sauerstoffmesser, er hatte noch einen Vorrat für anderthalb Stunden. Die anderen hatten geglaubt, daß er ebensoviel Sauerstoff habe wie sie, er hatte aber für anderthalb Stunden mehr ... Wenn er jedem Sauerstoff für eine halbe Stunde gegeben hätte, würden sie jetzt alle gemeinsam sterben, rechtfertigte er sich vor sich selbst.

Wenn die Rettungsmannschaft aber nun in wenigen Minuten eintreffen und ihn mit einer solchen Menge flüssigen Sauerstoffs finden würde, während die Behälter der anderen völlig leer waren ...?

Die Einstiegstür knarrte laut. Sie kamen hereingestürzt und zogen Tragen hinter sich her, Beatmungsgeräte, hermetische Rettungsbehälter.

Dem Eingang genau gegenüber, mit dem Rücken an die Stahlwand der Kammer gelehnt, stand Seuga. Mit weit aufgerissenen Augen starrte er auf den Fußboden, seine Hände hielten das Flaschenventil umkrampft.

Vor ihm auf der Stahlplatte dampfte eine hellblaue Pfütze schnell verfliegenden flüssigen Sauerstoffs.

Der Aufruhr

Die Art und Weise, wie dieser Planet bewirtschaftet war, weckte in mir Anerkennung und Bewunderung für seine Bewohner. Ich landete auf einem hervorragend instand gehaltenen Kosmodrom und wurde über Funk herzlich begrüßt. Die natürlichen Bedingungen des Planeten erlaubten es mir, mich frei, ohne Raumanzug, zu bewegen und zu atmen.

Ich trat auf die Landebahn des Kosmodroms hinaus und sah, daß sich mir von den Gebäuden des Raumflughafens ein Wesen näherte, das einem Menschen überraschend ähnlich sah. Ein riesiger Körper mit einem wohlgeformten großen Kopf, hoher Stirn und klugen Augen.

Erst als dieses Wesen bis auf wenige Meter herangekommen war, erkannte ich, wie sehr ich mich irrte, und hatte gerade noch Zeit, statt »Guten Tag, mein Herr«, was mir schon auf der Zunge lag, zu sagen: »Guten Tag, meine Herren!«

Zwei Stimmen antworteten mir, eine tiefe, wohlklingende und eine hohe Fistelstimme, die unter dem Kinn des großen Kopfes hervorkam. Das Wesen bestand aus *zwei* Personen!

Auf den Schultern eines muskulösen Geschöpfes, mit einem Kopf nicht größer als eine Apfelsine, saß »huckepack« ein zweites Wesen, das fast nur aus einem riesigen Kopf bestand, zu dem ein winziger, hochgradig degenerierter Körper gehörte. Dünne, krumme Beinchen umfingen den Hals des großen Wesens, und winzige Händchen hielten sich an dessen Ohren fest.

Ich betrachtete die beiden genau. Das Wesen mit dem großen Kopf bat mich verwirrt um Verzeihung, beugte sich zu dem kleinen Kopf herunter und flüsterte ihm leise etwas ins Ohr. Der Große ergriff den Kleinen daraufhin mit seinen riesigen Pranken, nahm ihn sich vorsichtig von den Schultern, und beide verschwanden für einen Moment im Gebüsch. Bald kamen sie zurück, der Großkopf hatte wieder seinen alten Platz eingenommen.

»Seid gegrüßt, Reisende! Woher kommt ihr?« fragte mich der mit dem großen Kopf.

»Ich bin nur einer«, erklärte ich, »und komme aus dem Sonnensystem.«

Ich bemerkte einen unzufriedenen Zug im Gesicht des Großkopfes, und mir schien, als mache er mir irgendwelche Zeichen, wobei er immer auf seinen großen Gefährten schielte. Der Kleinkopf begann mich nun auch interessiert zu betrachten.

Sie führten mich zu einem Fahrzeug, das uns in die Stadt brachte. In den Straßen liefen diese Doppelwesen aus Groß- und Kleinköpfen massenweise herum. Vor einem großen Gebäude hielten wir an, und meine Begleiter führten mich in ein Gästezimmer. In diesem Zimmer standen zwei Betten, ein großes mit einem winzigen Kopfkissen und ein kleines mit einem Kissen von beachtlicher Größe. Darüber hinaus war der Raum eingerichtet wie ein durchschnittliches Hotelzimmer, nur daß jedes Möbelstück in zweifacher Ausfertigung vorhanden war: einmal in normaler Größe und noch einmal winzig klein. Genauso sah es im anliegenden Badezimmer aus.

Ich blickte aus dem Fenster. Es führte auf die Straße hinaus, auf der wir hergefahren waren. Vor dem Gebäude hatte sich eine große Zahl dieser Doppelwesen versammelt. Stimmengewirr wurde laut, dazu einzelne deutlichere Zwischenrufe, größtenteils von hohen Fistelstimmen.

Auf der gegenüberliegenden Straßenseite befand sich ein Warenhaus, Fahrzeuge fuhren hin und her – das Leben der Stadt verlief völlig normal. Aber die Ansammlung der Doppelwesen vor dem Haus nahm mit jeder Minute zu.

Die Tür meines Zimmers wurde geöffnet. Zwei Doppelwesen kamen herein. Auf Befehl der Großköpfe nahmen die Kleinköpfe sie sich von den Schultern, setzten sie auf einen Sessel, verließen das Zimmer und schlossen die Tür hinter sich. Von ihren Trägern getrennt, sahen die Großköpfe unbeholfen aus, und man konnte deutlich sehen, daß sie sich nicht wohl in ihrer Haut fühlten. Der eine von ihnen wäre fast vom Sessel gefallen, und der andere versuchte mit seinen Händchen den überdurchschnittlich großen Kopf zu stützen, der auf dem dünnen Hälschen hin und her schwankte.

»Fremdling«, begann der eine, »wir wissen, daß du das nicht absichtlich getan hast, aber du hast uns mit deinem unglückseligen Besuch auf unserem Planeten in große Schwierigkeiten gebracht. Die Kunde von deiner Ankunft hat sich in Windeseile in der ganzen Stadt verbreitet, und es ist unmöglich, das noch geheimzuhalten. Du mußt uns jetzt helfen, die Situation in den Griff zu bekommen! Uns droht ein Umsturz, dessen Folgen für unsere gesamte Zivilisation verheerend sein können!«

»Ich verstehe nicht, in welchem Zusammenhang das mit meinem Besuch stehen soll?«

Der andere Großkopf, er war bärtig und völlig glatzköpfig, versuchte vergeblich, sich am Kopf zu kratzen, seine Ärmchen waren zu kurz.

»Du verstehst das nicht, weil du die hier herrschenden Bedingungen nicht kennst. Ich werde versuchen, dir in kurzen Worten, denn die Zeit ist sehr knapp, einen Überblick über unseren Werdegang zu geben. Du befindest dich auf dem Planeten Hucpac, der von zwei Arten vernunftbegabter Wesen bewohnt wird, den Muskulaten und den Megacephalen. Vertreter der zweiten Art siehst du vor dir. Das war aber nicht immer so. In grauer Vorzeit wurde unser Planet von einer morphologisch einheitlichen Rasse bevölkert, die Wesen waren dir sehr ähnlich, und alle ihre Organe waren gleichmäßig entwickelt. Im Laufe der Zeit, im Kampf mit den schwierigen Lebensbedingungen, der sowohl körperliche als auch geistige Anstrengungen verlangte, kam es zur weitgehenden Spezialisierung unserer Bevölkerung: Die körperlich Starken verloren stufenweise ihre Intelligenz; ihre Köpfe, wenig gebraucht, reduzierten sich auf ein unbedingt notwendiges Minimum. Bei denjenigen, die wissenschaftlich arbeiteten und den Staat lenkten, war es umgekehrt: Sie verloren die körperliche Tüchtigkeit, ihre Körper verkleinerten sich auf nur noch symbolische Maße. Wir müssen ehrlich bekennen, daß die Wissenschaftler jener Zeit der natürlichen Evolution kräftig nachgeholfen haben. Durch genetische Mutation, Programmierung der Nachkommenschaft und so weiter beschleunigten sie die Differenzierung unserer Rasse beträchtlich. Man ging damals von der irgendwie einleuchtenden These aus, daß die Muskulaten wenig Verstand benötigen, die Megacephalen hingegen auf übermäßig entwikkelte Körper, die sehr viel Nahrung brauchen und den Denkprozessen nicht förderlich sind, verzichten können. Wie du siehst, Fremdling, ist von unseren Körperorganen – außer dem Kopf natürlich – nur der Zeigefinger unserer rechten Hand normal entwickelt und hat seine Funktionstüchtigkeit behalten, denn wir brauchen ihn, um die Knöpfe der Rechenmaschinen zu bedienen.

Kehren wir jedoch zu unserer Entwicklungsgeschichte zurück.

Die unausbleibliche Konsequenz einer so weit fortgeschrittenen körperlichen Spezialisierung der Einzelwesen war, sie zu aus einem Megacephalen und einem Muskulaten bestehenden Paaren zusammenzufügen, zu einer Einheit, die sich gegenseitig ergänzt. Eine solche Symbiose ist für beide Arten von Vorteil, denn das Leben des einen ist völlig abhängig vom anderen.

Leider ist es nicht gelungen, die Gehirne der Muskulaten so weit zu reduzieren, daß sämtliche unberechenbaren Auflehnungsversuche von ihrer Seite ausgeschaltet werden könnten. Im Laufe der Weiterentwicklung werden unsere Köpfe immer schwerer, und die Muskulaten beklagen sich in ihrer grenzenlosen Dummheit darüber, daß sie sie tragen müssen. Sie glauben, daß sie ganz gut ohne diesen ihrer Meinung nach unnötigen Ballast auskommen könnten. Sie sind uns so feindlich gesinnt, daß ein winziger Funken genügt, um eine Revolte auszulösen. Wenn das passiert – dann Gnade uns und der ganzen Zivilisation.

Dein Besuch, verehrter Gast, kann zu einem solchen auslösenden Moment werden. Hör dir nur das Gewirr der dünnen Stimmchen vor dem Fenster an! Das sind sie! Schau hinaus und sieh selbst, was sich dort abspielt! Aber vorher verriegele die Tür, sei so gut!«

Ich blickte aus dem Fenster, und tatsächlich bot sich mir ein furchterregendes Bild: Eine große Menge Muskulaten hatte ihre Megacephalen von den Schultern geworfen und rottete sich vor dem Gebäude zusammen. Transparente mit linkischen, aber sehr aussagekräftigen Zeichnungen wurden aufgerollt. Darauf waren zum Beispiel Bäume zu sehen, an denen Großköpfe baumelten, in ganzen Trauben, wie reife Kokosnüsse. Der Platz, der Bürgersteig und die Straße lagen voller Megacephalen, die unbeholfen mit ihren degenerierten Gliedmaßen strampelten.

Auf einer großen Rasenfläche in der Nähe spielten einige Muskulate Fußball. Eine große Menge ihrer Artgenossen, deren Köpfe ganz besonders degeneriert und nicht größer als eine Walnuß waren, schauten zu und veranstalteten einen Höllenspektakel, um die Spieler anzufeuern.

Erst nach geraumer Zeit bemerkte ich, daß die Fußballer statt eines Balles einen völlig glatzköpfigen Megacephalen benutzten. Das überzeugte mich endgültig vom Ernst der Situation.

»Was könnte ich denn schon tun, meine Herren?« wandte ich mich an meine Gesprächspartner.

Mit zitterndem Unterkiefer antwortete mir einer: »Zeig dich ihnen am Fenster! Sprich zu ihnen! Du mußt sie irgendwie beruhigen. Sie sind überzeugt davon, daß, wenn sie sich unserer entledigen, sich im Laufe der Zeit ihre Köpfe wieder in den Normalzustand zurückentwickeln werden. Sie bedenken dabei jedoch nicht, daß schon lange zuvor unsere Zivilisation ohne unsere Führung in Trümmern läge.«

»Ich glaube, ihr habt recht, aber was soll ich ihnen denn sagen?«

»Sage ihnen«, schlug der andere Megacephalus vor, »daß

146

auf deinem Planeten früher eine ähnliche Situation geherrscht hat und daß sie auf radikale Weise gelöst wurde, indem man die Köpfe der Megacephalen auf die Körper der Muskulaten transplantierte. Sag ihnen, daß du auch ein solcher Hybride bist! Erkläre ihnen, daß das die einzige Möglichkeit ist, die Harmonie zwischen beiden Rassen wiederherzustellen.«

»Wollt ihr das wirklich so machen?«

»Natürlich! Aber sie wollen davon nichts hören!«

»Habt ihr auch die Absicht, ihre kleinen Köpfe auf eure kleinen Körper zu transplantieren?«

Beide Megacephalen waren durch diese Frage sehr verwirrt und blickten zu Boden.

»Nein ... ich glaube kaum, wozu auch?« brummte einer.

»So ein Geschöpf, schwach und unglaublich dumm, wäre doch überhaupt nicht lebensfähig!« erklärte der andere.

Ich sah sie entsetzt an.

»Meine Herren«, sagte ich strafend, »habt ihr eine Vorstellung, in was ihr mich da hineinziehen wollt? Ihr wollt ohne jedes Recht die Körper eurer Mitbrüder in Besitz nehmen und schlagt mir auch noch vor, daß ich sie dazu überrede? O nein! Rechnet bei diesem schändlichen Unterfangen nicht auf meine Hilfe.«

»Fremdling«, riefen beide verzweifelt, »du richtest uns zugrunde, wenn du ablehnst! Sie werden dich zum Anführer machen, denn sie sehen in dir das Idealbild ihrer eigenen Bestrebungen: ein universelles Einzelwesen! Sie werden uns vernichten, selbst wenn sie uns nur uns selbst überlassen, allein können wir ja nicht einmal pinkeln!«

Ich wußte nicht, was ich tun sollte, und trat wieder ans Fenster. Durch die Straße fuhren mit Kohlköpfen beladene Lastwagenkolonnen. Als ich jedoch genauer hinsah, erwies sich, daß das gar keine Kohlköpfe waren, sondern Berge von Megacephalen.

»Gut«, sagte ich, »ich werde euch helfen, aber nicht so, wie ihr euch das vorstellt. Habt ihr hier irgendwo ein Büro?«

»Ein Büro?«

»Na, ein Amt, egal, was für eins.«

Es erwies sich, daß sich in den unteren Stockwerken des Gebäudes die Paß- und Meldestelle befand. Ich ging also hinunter ins Parterre. In den Büroräumen hielten sich die Beamten – Megacephalen – krampfhaft an den Ohren ihrer Muskulaten fest. Die Muskulaten hatten ihre Ärmelschützer bereits abgelegt, waren aber noch nicht ganz entschlossen, ob sie sich den Demonstranten anschließen sollten oder nicht. Mein Eintreten überraschte die einen wie die anderen. Ohne sie zu beachten, ging ich an einen Schrank, nahm einen Stapel Paßformulare heraus und lief wieder nach oben. Ich öffnete das Fenster und stellte mich aufs Fensterbrett.

»Hört, Muskulaten!« schrie ich. »Schaut her!«

Sie verstummten sofort und blickten zu mir herauf.

»Betrachtet mich genau. Möchtet ihr alle einen solchen Kopf haben wie ich?«

Die Antwort war ein einstimmiges enthusiastisches Quietschen. In kurzen Worten erklärte ich ihnen, daß ich von einem Planeten stammte, auf dem man eine einfache Methode zur Vergrößerung der Köpfe entwickelt habe. Ich selbst, sagte ich ihnen, hätte auch diese Methode praktiziert, und das Resultat stünde vor ihnen.

»Bevor jedoch eure Köpfe vergrößert werden, müßt ihr einige Formalitäten erledigen. Hier sind die Formulare, die ihr sehr genau und gewissenhaft nach Punkten und Rubriken ausfüllen müßt. Diesen Formularen müßt ihr einen Antrag beifügen, in dem ihr begründet, warum ihr einen großen Kopf haben wollt; noch einige weitere Kleinigkeiten sind zu klären, aber darüber werdet ihr bei Einreichung eures Antrages informiert.«

Dann warf ich Tausende dieser Vordrucke in die Menge, sie wurden in Sekundenschnelle aufgesammelt. Die Muskulaten studierten lange ihren Inhalt, und auf ihren niedrigen Stirnen bildeten sich große Schweißtropfen. Sie setzten sich auf die Bordsteinkanten und kratzten sich die kleinen Köpfe, kauten in Gedanken versunken an ihren Bleistiften und Kugelschreibern. Schließlich begannen sich einige umzu-

148

schauen, hoben die mißhandelten Megacephalen heimlich auf, klopften ihnen den Staub ab, wischten sie mit ihren Ärmeln ab und setzten sie auf ihre Schultern zurück. Viele folgten ihrem Beispiel. Wenige Minuten später waren alle Muskulaten eifrig auf der Jagd nach Megacephalen. Sie rissen sie sich gegenseitig aus den Händen, prügelten sich um sie, handelten mit ihnen. Die Lastwagen wurden zurückgeholt, und in kurzer Zeit waren sie wie leergefegt. Eine Viertelstunde später herrschte Ruhe.

»Seht nur!« sagte ich zu meinen Besuchern und hob sie aufs Fensterbrett. »Nun müßt ihr nur noch dafür sorgen, daß sie, wenn diese Fragebogen ausgefüllt sind, weitere erhalten; wenn es geht, noch schwierigere. Ohne euch haben sie keine Chance – sie haben sich eben selbst davon überzeugt. Das ist für sie die beste Lehre.«

»Wir danken dir, Fremdling«, sagte der ältere Megacephale, »aber wie lange soll das so gehen? Wenn alle ständig damit beschäftigt sein werden, Fragebogen auszufüllen und Anträge zu schreiben, was wird dann aus unserer Zivilisation?«

»Darüber braucht ihr euch keine Sorgen zu machen«, ermutigte ich sie. »Auf dem Planeten, von dem ich komme, existiert die Zivilisation *trotzdem* schon recht lange.«

Ich verließ die geretteten Megacephalen, begab mich zum Kosmodrom und flog ab. Niemand nahm von mir Notiz, denn alle waren sehr beschäftigt ...

Uranophagie

Mein guter Bekannter, ein passionierter Reisender, dessen ungewöhnliche Abenteuer in der ganzen Galaxis bekannt sind, stammt von einer Insel im Ägäischen Meer. Er heißt Katapoulos, aber ich würde keine fünf Pfennig darauf wetten, daß der Name stimmt. Genausowenig wie ich auf die Wahrhaftigkeit seiner Reiseberichte wetten würde.

Niemand würde es jedoch wagen, laut an der Authentizität der Geschichten zu zweifeln, die er von seinen zahlreichen Reisen mitgebracht hat.

Bei einem seiner seltenen Aufenthalte in unserem Sonnensystem hatte ich ihn zum Mittagessen eingeladen, und er revanchierte sich bei mir mit folgender lehrreicher Geschichte:

Von unseren eigenen Alltagsproblemen voll in Anspruch genommen, machen wir uns für gewöhnlich nicht bewußt, daß unabhängig von den Lebensbedingungen und vom Typ der Evolution die vernunftbegabten Wesen des gesamten Kosmos – auch solche, die sich sehr von uns unterscheiden – auf dieselben oder wenigstens auf analoge Schwierigkeiten und Dilemmas im persönlichen und gesellschaftlichen Leben stoßen.

Die Begegnung, von der ich hier erzählen will, hatte ich auf einem Planeten des Sternensystems Zeta im Sternbild der Milchkuh. Ich war ganz zufällig dorthin gelangt, ich wollte mir den Weg von der Verleugnungsgruppe zum Dunkelnebel im Sternbild Fischohr abkürzen. Schon von weitem erschien mir der Planet irgendwie verdächtig: Die Ionenstrahlung in seiner Umgebung war wesentlich stärker, als das bei den anderen Planeten dieses Systems der Fall ist. Eine

Analyse erklärte die Anomalie sofort. Auf diesem Planeten mußten geradezu sagenhafte Uranvorkommen lagern.

Uran als solches interessierte mich eigentlich gar nicht, aber ich landete dennoch aus Neugierde auf diesem Planeten. Anfangs hatte ich den Eindruck, er sei unbewohnt: Die wilde, felsige Gegend wies in nichts darauf hin, daß hier Lebewesen am Werk waren. Als ich jedoch meine maximale Aufenthaltszeit in dieser Strahlung berechnet hatte und meinen Raumanzug anlegte, sah ich eine riesige Gestalt, die sich, mit einer imponierenden Anzahl von Gliedmaßen winkend, meinem Schiff näherte. Dieses Wesen war riesig groß und machte einen ungewöhnlich starken Eindruck, aber es schien keineswegs aggressiv zu sein. Ich beobachtete es durch mein Fernrohr und hatte nach einer gewissen Zeit sogar den Eindruck, daß es sich sehr freute. Es blieb einige Meter vom Raumschiff entfernt stehen, und ich glaubte zu sehen, daß es wie ein Hund schnüffelte. Als ich den Einstieg öffnete, stürmte es mit deutlichen Sympathiebezeigungen auf mich zu. Es umarmte mich in einer stürmischen Begrüßungsgeste, drückte mich an seine breite Brust und gab seiner großen Freude über mein Erscheinen lebhaften Ausdruck.

Ich wollte nicht zu lange außerhalb des Raumschiffes bleiben, schaltete also meinen Translator ein und bat den Eingeborenen zu mir hinein. Unter großen Schwierigkeiten zwängte er sich durch die Ladeluke. Ich zeigte ihm die Triebwerke meiner Rakete und wollte ihm dann etwas anbieten, aber er lehnte jegliche Nahrung ab. Als ich ihn jedoch in die Kernenergiesektion führte, zeigte er großes Interesse für den Reaktor. Er schlich vorsichtig an ihn heran, zog, bevor ich ihn daran hindern konnte, einen Uranbrennstab heraus und schnurpste ihn mit sichtlichem Genuß in sich hinein. Sein Gesicht nahm den Ausdruck höchster Zufriedenheit an, so als hätte er eine hervorragend frische Salzstange oder etwas Ähnliches gegessen.

»Wunderbar!« sagte er mit vollem Mund, und Urankrümel fielen in seinen Bart. »Stellst du das selbst her?«

Anerkennend betrachtete er den Rest des Stabes und aß

ihn dann auf. Bevor er sich den nächsten greifen konnte, schaffte ich es, ihm zu erklären, wozu ich Uran brauche. Er war zutiefst erstaunt darüber, und als wir das Kraftwerk verließen, drehte er sich noch zweimal um und leckte sich genießerisch die Lippen.

Auf meine Frage erklärte er mir, daß die Bewohner dieses Planeten sich von schweren Elementen ernähren, hauptsächlich von Uran, das hier in ausreichender Menge vorhanden ist. Das ist das einzige ihnen hier zugängliche Nahrungsmittel, das ihre Körper mit ausreichender Energie versorgen kann. Das aufgenommene Uran dient zum Teil zur kontrollierten Energieabgabe an ihre Körperzellen, der Rest schlägt sich im Körper nieder und wird gespeichert.

Dieser Eingeborene war ein sehr intelligentes Wesen, und ich erfuhr von ihm viele interessante Einzelheiten über das Leben der Bewohner dieses Planeten.

»Das hat die Evolution leider aus uns gemacht«, sagte er traurig. »Wir hatten lediglich Uran als Energiequelle zur Verfügung, und nur die unter uns, die Uran verwerten konnten, hatten die Chance, sich weiterzuentwickeln. Unsere Körper sind dadurch massiv und kräftig geworden, aber was nützt das schon? Uns alle erwartet ein unabwendbares trauriges Ende ... Außerdem sind wir, besonders in fortgeschrittenem Alter, zur Einsamkeit und Abkapselung verurteilt.«

»Warum denn das?« fragte ich erstaunt.

»Was heißt ›warum‹? Wenn zwei Unterkrimassen (so nennen wir Personen in mittlerem Alter) sich einander nähern, dann kommt es zur Verschmelzung des in ihren Körpern gespeicherten Urans, dessen Masse dann den kritischen Punkt überschreitet! Die Folgen dürften dir klar sein ...

Junge Bewohner unseres Planeten können miteinander spielen, sogar mehrere auf einmal – aber die älteren sind, je größer ihr Urangehalt wird, gezwungenermaßen zur Einsamkeit verurteilt.«

Die Miene meines Gesprächspartners verdüsterte sich, und er schwieg. Erst nach einer langen Zeit fuhr er traurig und nachdenklich fort: »Ich bin schon sehr alt ... ich war schon sehr lange nicht mehr so nah mit einem lebenden intelligenten Wesen zusammen! Vergib mir, Fremder, und versteh meine Überschwenglichkeit bei der Begrüßung. Als ich fühlte, daß du kein spaltbares Material in dir trägst, hatte ich das Verlangen, dich an mich zu drücken.

Unsere tragische Einsamkeit dauert für gewöhnlich sehr lange. Ehen werden sehr jung geschlossen, und Kinder kommen zur Welt, aber bald muß man sich für immer trennen, bevor die Summe der Uranmassen noch den kritischen Punkt überschritten hat. Nur sehr wenige, sich über alles liebende Ehepaare bleiben bis zur Explosion zusammen ...

Die Kinder verlassen ihre Eltern schnell, um nicht deren Detonation auszulösen. Gefräßige Wesen unter uns, die ihre Freßsucht nicht bezwingen können, enden schon in jungen Jahren tragisch ...«

»Bei uns leben die Dicken auch nicht so lange«, sagte ich, um ihn wenigstens etwas zu trösten.

»Ach leben, leben ...«, sagte mein neuer Freund sentenziös. »Im Alter werden wir für gewöhnlich *kritisch* und müssen uns sehr in acht nehmen, daß wir nicht wegen einer Kleinigkeit explodieren. Eine entsprechende Diät und so weiter ... Aber das nützt alles nicht viel, denn von irgendwas muß man schließlich leben, und früher oder später ... Gestern habe ich eine Mengenanalyse an mir vorgenommen. Schon über neunzig Prozent. Nur noch ein bißchen, und auch ich werde ein *Krimasse* sein.«

»Gibt es keine Möglichkeit, die Übermenge an Uran aus dem Organismus zu entfernen?«

»Leider nicht! Viele wichtige Körperteile setzen sich daraus zusammen.«

»Vielleicht würde es sich lohnen, einige von ihnen für ein längeres Leben zu opfern?«

»Was zum Beispiel?« Der Unterkrimasse bewegte seine zahlreichen Gliedmaßen der Reihe nach. »Um alles ist es schade. Man weiß nie, wozu man es im Leben noch gebrauchen kann. Außerdem möchte man ja auch im Alter noch nach was aussehen. Mich hat man immer als sehr gut ausse-

153

hend bezeichnet ... Und gestern habe ich, zwar nur von weitem, aber immerhin, so eine Junge, Schnuckelige gesehen, nicht mehr als zwanzig Prozent ... Wenn ich unter achtzig Prozent hätte, wer weiß, ob ich es nicht riskiert hätte und zu ihr hingegangen wäre ... Was liegt daran, noch ein bißchen, und dann ...« Hier machte er eine Handbewegung zum Himmel. »Alle erwartet das, wenn nicht individuell, dann in der Gruppe. Es wird immer enger auf unserem Planeten, der Nachwuchs drängt nach. Früher hatte jeder ein Gebiet von mehreren Hektar für sich allein zum Leben, jetzt muß man sich schon einschränken. Ich kann mir nicht vorstellen, wie das weitergehen soll. Jedem wird eine so kleine Fläche bleiben, daß eine zufällige Begegnung mit einem Nachbarn nicht zu vermeiden sein wird. Uns droht eine Gesamtexplosion ... eine demographische! Aber bestimmt langweilt dich mein Geschwätz schon. Ich werde gehen, vielen Dank für die Gastfreundschaft!«

Er verabschiedete sich herzlich und ging zum Ausgang. Ich bemerkte, daß er beim Durchqueren des Reaktorraumes noch zwei Uranstäbe mitgehen ließ, aber ich tat, als sähe ich es nicht – sollte er sie haben, wenn sie ihm so schmeckten – ich hatte einige in Reserve.

Er ging davon und winkte mir zum Abschied. Als er so weit entfernt war, daß ich es nicht mehr mit bloßem Auge hätte entdecken können, holte er meine Stäbe heraus und begann sie genüßlich zu kauen. Ich beobachtete ihn durch mein Fernglas; plötzlich wurde ich von einem grellen Blitz geblendet. Als ich wieder etwas sehen konnte, schwebte nur noch eine riesige Wolke über dem Horizont.

Da ich nicht genau wußte, ob er eine materialistische Weltanschauung gehabt hatte, betete ich für seine eventuelle Seele und verließ kurz darauf schnell den nicht gerade ungefährlichen Planeten.

Seit dieser Zeit versuche ich alle, die mir begegnen, davon zu überzeugen, daß Verfressenheit eine sehr gefährliche Eigenschaft ist, beendete mein Freund Katapoulos seinen Bericht und langte zum viertenmal nach dem Nachtisch.

154

Es grünt so grün ...

Auf Keloria war ich zum erstenmal, und um die Wahrheit zu sagen, war das auch nur ein Zufall. Meine Treibstoffvorräte gingen zur Neige; wäre ich nicht von meinem Kurs abgewichen, dann wäre ich im leeren Raum steckengeblieben, ungefähr kurz hinter dem Dunkelnebel, den die Kosmonauten »Kleine Hölle« nennen.

Auf dem Raketenflughafen wurde ich nicht besonders freundlich empfangen, der Kommandant wollte meine Bitte um einige Tonnen Treibstoff nicht erfüllen. Bestimmt hätte ich weiß der Teufel wie lange auf dem Planeten bleiben müssen, wäre nicht ein hier ansässiger Pilot, der sich gerade im Kosmodrom herumtrieb, gewesen. Dieser Eingeborene, ein Kerl mit einem unsympathischen, blassen Gesicht, erkannte meine Situation sofort. Heimlich rief er mich beiseite und fragte ganz einfach: »Wieviel?«, und als ich ihm antwortete, klopfte er mir mit einem seiner langen Glieder auf die Schulter und sagte: »Komm in drei Tagen wieder, vielleicht läßt sich da etwas machen.« Ich verstand sofort, daß er die paar Tonnen Raketentreibstoff irgendwo abstauben wollte, aber in meiner Situation war mir völlig egal, woher er sie nahm, Hauptsache, ich konnte so schnell wie möglich meine Reise fortsetzen.

Da ich also drei Tage Zeit hatte (hier muß ich noch hinzufügen, daß die Tage auf diesem Planeten etwas kürzer sind als auf der Erde), beschloß ich, die Hauptstadt des Landes zu besichtigen.

Der Planet gehörte zu den Unterzeichnern der XXI. Galaktischen Konvention über interplanetare Beziehungen, ich hatte also weder Paß- noch Visaprobleme und auch keine Sprachschwierigkeiten. Fast jeder erwachsene Einheimische

155

sprach die Universalsprache, die hier entsprechend der Konvention in den Schulen neben der Muttersprache gelehrt wurde.

Ich war an den Anblick verschiedener, manchmal recht wunderlicher biologischer Formen gewöhnt. Das Aussehen der Kelorianer wich jedoch nicht von dem ab, was das menschliche Auge zu tolerieren bereit ist. In ihrem Körperbau, ihrer Mimik, ihren Gesichtern konnte man mit etwas Phantasie menschliche Züge erkennen. Eines beschäftigte mich allerdings schon seit meiner Ankunft auf diesem Planeten: Die Eingeborenen hatten zwar alle einen identischen Körperbau, aber in ihrer Farbe unterschieden sie sich grundlegend.

Der größte Teil hatte eine blasse, fast weiße Haut. Aber hier und da erblickte man welche, deren Haut grün war. Das sah grotesk aus, ganz besonders im Gewimmel der Straßen. Die Weißen trugen helle Kleidung, denn auf dem Planeten herrschte ein warmes Klima. Zwischen ihnen paradierten die Grünen fast völlig nackt und stachen von der Menge durch ihre unterschiedliche Grüntönung ab. Vom zartesten Hellgrün bis zu tiefem, leuchtendem Dunkelgrün, das mir den Vergleich mit Blättern exotischer Pflanzen auf der Erde aufdrängte, war alles vertreten. Diese grüne Farbe war eigentlich ein angenehmer Akzent im Grau der Straßen, an denen nur mickrige, abgestorbene Bäumchen wuchsen.

Ich spazierte durch die Stadt und versuchte zu ergründen, was die Grünhäutigen darstellen sollten. Ob sie einer anderen Rasse angehörten? Vielleicht waren sie, nach einer einheimischen Sitte, grün angemalt, mußten diese Farbe für irgendein Vergehen anlegen und unter den normalen Bürgern tragen? Ich konnte jedoch nicht feststellen, ob die Grünen sonst noch irgendwelche Besonderheiten an sich hatten. Es wies nichts darauf hin, daß sie schlechter waren als die anderen.

In den Geschäften sah ich einige grüne Kassierer, andere regelten auf den Kreuzungen den Verkehr ...

Ich beobachtete das Leben und Treiben der Stadt und kam an einen kleinen Park, in dem einige Bänke standen.

Auf einer der Bänke saß ein weißer Eingeborener; er sah aus wie ein Rentner, der sich von der Sonne wärmen läßt und es nicht eilig hat. Ich setzte mich zu ihm. Eine Zeitlang bewunderte ich die Architektur des gegenüberliegenden Gebäudes, an dessen Vorderfront weiße Fahnen mit einem runden grünen Fleck in der Mitte wehten. Als ich bemerkte, daß der Alte mich heimlich musterte, wandte ich mich ihm zu und begrüßte ihn nach Art der Einheimischen, indem ich mit dem Daumen der rechten Hand einen Kreis auf meiner Stirn beschrieb. Eigentlich hätte ich das mit einem Fühler tun müssen, wie ihn die Kelorianer an beiden Seiten ihres Kopfes haben, aber natürlich verfügte ich nicht über dergleichen. Der Greis verstand meine Geste auch so richtig, denn er grüßte zurück.

»Verzeihen Sie, daß ich Ihre Ruhe störe«, sagte ich, »ich bin das erste Mal hier ... Könnten Sie mir etwas erklären?«

»Gern, geehrter Fremdplanetarier. Ich hoffe, es gefällt dir bei uns?«

»Euer Planet ist mir sehr sympathisch. Leider hatte ich nicht einmal die Gelegenheit, zuvor in einen Reiseführer zu schauen.«

»Kommst du von weit her, wenn man fragen darf?« Der Alte sah mich neugierig an.

»Oh, von sehr weit. Aus dem System der Gelben Sonne. Hast du schon einmal etwas von diesem Stern gehört?«

»Ist das die Sonne, um die der Planet Erde kreist?«

Ich war stumm vor Staunen über diese Frage.

»Ja ... aber ... woher kennst du diesen Planeten? Gerade von diesem Planeten komme ich!«

»Unmöglich!« Der Greis schaute mich abschätzend an. »Von der Erde? Aber du bist doch vollkommen weiß!«

»Bei uns auf der Erde gibt es sehr viele Weiße! Außerdem gibt es noch Schwarze, Gelbe ...«

»Und Grüne ... gibt es bei euch viele Grüne?«

»Grüne? Nein, Grüne gibt es auf der Erde gar nicht!«

»Hm ... Und ich habe gedacht, daß ...« Der Eingeborene brach mitten im Satz ab und versank in Nachdenken. »Sollte ich etwas verwechselt haben? Ich bin alt, mein Gedächtnis ist nicht mehr so gut. Aber ich würde meinen Kopf wetten, daß unsere Sonde diese, na, wie hieß sie doch noch, Eu... Euglena von eurer Erde mitgebracht hat. Ist das richtig? Die Euglena, Gattung Euglenen, auch Rotäuglein genannt ...«

»Das stimmt schon«, sagte ich, »bei uns lebt ein solches Urtierchen.«

»Na siehst du! Ich dachte schon, daß mich mein Gedächtnis im Stich läßt. Du sagst also, daß man auf der Erde keinerlei Konsequenzen aus der Existenz der Euglena gezogen hat?«

»Konsequenzen? Nein, ich glaube nicht ... Soweit ich weiß, dient sie in der Zoologie und auch in der Botanik als Beispiel für einen Organismus aus dem Grenzbereich der Flora und Fauna ...«

»Nur das ...« Der Greis versank wieder in Gedanken.

Er schwieg lange und spielte mit seinen Miniaturorden, die man in Kelorien am Gürtel trägt.

»Vielleicht ist das auch besser so. Aber für mich wird es Zeit. Leb wohl, Fremdling. Ich wünsche dir einen angenehmen Aufenthalt.«

Er stand auf und entfernte sich schnell, bald war er in der Menge verschwunden. Ich bedauerte, daß ich ihn nicht geradeheraus nach dem gefragt hatte, was mich am meisten interessierte, aber ich weiß aus Erfahrung, daß man auf fremden Planeten mit Fragen vorsichtig sein muß.

Ich blieb auf der Bank sitzen, und es dauerte gar nicht lange, da kam aus dem gegenüberliegenden Gebäude eine größere Gruppe Einheimischer heraus. Es waren vorwiegend Grüne, unter ihnen glänzte nur selten ein weißes Gesicht. Sie gingen nach allen Seiten auseinander, wahrscheinlich war ihre Arbeitszeit beendet. Einer von ihnen, er war tiefgrün, blieb ganz in meiner Nähe stehen, blickte auf die große Uhr über der Straße, als erwarte er jemanden, und ließ sich dann auf meiner Bank nieder. Nach einigen Minuten kam ein zweiter, er war auch grün. Sie begrüßten sich und unterhielten sich eine Zeitlang in ihrer Muttersprache, die ich nicht verstehe. Der, der später gekommen war, zog ein kleines Päckchen aus seiner Tasche (ich habe vergessen zu erwähnen, daß Kelorianer eine Tasche auf dem Rücken haben, die von einer Hautfalte gebildet wird, sie tragen also keinerlei Taschen bei sich) und gab es dem anderen, der es sofort verstaute und sich dabei irgendwie ängstlich umschaute. Sie erledigten sicherlich illegale Geschäfte. Dann blieben sie noch eine Weile auf der Bank sitzen, unterhielten sich angeregt und schielten dabei immer wieder zu mir herüber. Ich beschloß, es zu riskieren.

»Könnt ihr mir, einem Reisenden von einem anderen Stern, vielleicht erklären, warum ihr euch in der Hautfarbe von den anderen unterscheidet?« fragte ich so höflich wie möglich.

Sie drehten sich beide zu mir um, und ich sah das wunderbare Grün ihrer Gesichter und Körper.

»Natürlich! Wir erteilen einem Gast gern eine Auskunft, das ist sogar unsere Pflicht«, sagte der erste, und der zweite fügte hinzu: »Diese herrliche grüne Farbe ist unser ganzer Stolz. Die Zukunft gehört den Grünen!«

»Bildet ihr, die Grünen, eine abweichende Rasse? Oder seid ihr privilegiert, oder vielleicht ... umgekehrt?«

»Woher denn! Wir sind eine zivilisierte Gesellschaft. Von Rassismus irgendwelcher Art kann gar keine Rede sein. Wir sind alle in derselben Situation und haben dieselben Rechte. In der Zukunft werden alle so grün sein wie wir beide.«

Ich bat ihn um eine etwas nähere Erläuterung, und da erfuhr ich endlich, was los war. Also: Dieser Planet hatte bis vor kurzer Zeit mit gewaltigen wirtschaftlichen Schwierigkeiten zu kämpfen. Es ging hauptsächlich darum, daß die sich weiterentwickelnde technische Zivilisation und Urbanisierung in hohem Maße die natürliche Umwelt und die Reserven der Natur zerstört hatten. Viele Pflanzenarten waren ausgestorben, die für die Kelorianer die Grundlage der Ernährung bildeten. Es wurden spezielle Institutionen ins Leben gerufen, die einen Plan zur Rettung der vom Hunger bedrohten Zivilisation ausarbeiten sollten. Die wissenschaftlichen Arbeiten zogen sich in die Länge, die Bewohner des Planeten litten an Unterernährung, und niemand war in der Lage, eine Lösung dieser ausweglosen Situation zu finden.

Zu dieser Zeit stellte Dozent Onoo, ein kaum bekannter Wissenschaftler, eine umwälzende Entdeckung vor: Bei der Untersuchung von Proben, die eine kosmische Sonde von einem weit entfernten Planeten mitgebracht hatte, hatte er einige Exemplare eines primitiven lebenden Organismus gefunden, der tierische und pflanzliche Eigenschaften in sich vereinte. Dieser Einzeller war zur Photosynthese imstande dank kleiner Grünkörper, die Chlorophyll enthielten. Außerdem konnte sich dieses Urtierchen neben der den Tieren eigenen heterotrophen Ernährung notfalls auch von einfachen anorganischen Stoffen, also autotroph, ernähren, es benötigte dann nur Kohlendioxid, Wasser, Mineralsalze und Sonnenenergie. An alldem mangelte es auf Keloria nicht, und das brachte den Dozenten Onoo auf folgende phantastische Idee: Wie wäre es, wenn man die Organismen der Kelorianer mit der den Pflanzen eigenen Ernährungsweise durch Photosynthese ausstatten würde! Onoo begann mit einer Gruppe junger, begeisterter Assistenten lange und zeitaufwendige Untersuchungen durchzuführen.

Die Bemühungen des genialen Wissenschaftlers waren nicht vergeblich. Ergebnis seiner Forschungen ist das Chlorogen, eine Substanz, die, über den Zeitraum eines Jahres regelmäßig eingenommen, dazu führt, daß sich in der Haut der Kelorianer Grünkörper bilden. Natürlich ist das mit einer äußerlichen Grünfärbung verbunden, hat aber sonst nicht den geringsten Einfluß auf den Organismus.

Die Einheimischen erzählten mir all das mit einem solchen Enthusiasmus, daß ich selbst begeistert war und voller Bewunderung für den großen Gelehrten.

»Haben alle die Absicht, grün zu werden?« fragte ich.

»Das ist unser perspektivisches Ziel. Die Methode muß jedoch noch verbessert werden. Das Chlorogen wirkt nicht auf alle gleich. Viele haben es ohne Resultat eingenommen.

Aber wie du siehst, Fremdplanetarier, gibt es unter uns welche, denen es gelungen ist, sich von organischer Nahrung unabhängig zu machen. Wir assimilieren, indem wir unseren grünen Körper der Sonne aussetzen, und obwohl das bis jetzt noch nicht sehr ins Gewicht fällt, wirken wir schon an der Verbesserung der Nahrungsmittelbilanz auf unserem Planeten mit.«

»Es wird eine Zeit kommen, in der es kein Ernährungsproblem mehr gibt«, fügte der andere Kelorianer hinzu.

»Wir werden die Natur überlisten und ihre Fehler korrigieren. Denn schließlich sollten doch gerade die vernunftbegabten Wesen und nicht die hirnlosen Pflanzen von der Ernährung unabhängig sein. Das wird uns helfen, unsere ganze Energie und unseren ganzen Verstand auf die Entwicklung unserer Zivilisation zu konzentrieren!«

Nach dieser Unterhaltung betrachtete ich die Bewohner dieses Planeten mit ganz anderen Augen. Sie strebten ein großartiges Ziel an! Jetzt verstand ich, was der Alte gemeint hatte, als er mich fragte, ob wir auf der Erde die entsprechenden Schlußfolgerungen aus der Existenz der Euglena gezogen hätten.

Ich dankte für die Ausführungen, verabschiedete mich von den beiden Eingeborenen und ging zum nächsten Hotel, um ein Zimmer zu mieten. Leider gab mir der Portier die Auskunft, daß kein Zimmer frei sei – und das in der ganzen Stadt. Es fand gerade ein Symposium über Probleme der allgemeinen Grünwerdung statt.

Auch eine Intervention beim Hoteldirektor half nichts. Der Direktor war eine stattliche hellgrüne Persönlichkeit, und er steckte als Zeichen seiner Machtlosigkeit in dieser Angelegenheit alle seine Gliedmaßen von sich.

»Unsere Wissenschaftler beraten über bedeutende lebenswichtige Probleme«, sagte er, »sie müssen ein bequemes Nachtquartier haben. Ich kann Ihnen höchstens ein Privatquartier vermitteln.«

Ich dankte ihm und ging zu der genannten Adresse. In der Wohnung traf ich eine ältere weiße Kelorianerin an, sie empfing mich gleichgültig. Dann zeigte sie mir das Zimmer (es war übrigens sehr nett, mit Blick auf die Hauptstraße) und fragte mich, ob ich etwas zum Abendessen hätte. Ich bejahte diese Frage, sagte ihr aber, daß ich es erst aus meiner Rakete vom Kosmodrom holen müsse.

»Du weißt sicher, Fremdplanetarier«, entgegnete sie darauf, »daß uns das Nahrungsproblem immer noch schwer zu schaffen macht. Man macht uns Versprechungen, erklärt, aber statt sich mit der Entwicklung des Gartenbaus zu beschäftigen, grünen unsere Wissenschaftler nur vor sich hin und erörtern, wie gut es doch wäre, wenn alle durch ihre Pillen grün würden. Auch ich habe diese Pillen geschluckt. Es ist nichts daraus geworden, ich bin weiß geblieben. Salat gab es vorher nicht auf dem Markt, und jetzt gibt es auch keinen.«

»Sie müssen sich noch etwas gedulden«, sagte ich, »die Wissenschaftler werden das Chlorogen verbessern, und bald wird das Hungerproblem nicht mehr existieren …«

»Ach was!« Resigniert winkte sie mit ihren Gliedmaßen ab. »Ich würde es vorziehen, wenn die Versorgung besser würde.«

Trotz ihres Lamentos war das Abendbrot, das sie mir servierte, gar nicht so übel. Ich war gerade mit dem Essen fertig, als es an meine Tür klopfte. Ein junger, weißer Kelorianer kam herein; wie sich erwies, der Sohn der Wirtin. Unter dem Vorwand, das Geschirr abzuräumen, war er gekommen, um sich ein bißchen zu unterhalten.

»Mir scheint, du bist schon auf vielen Planeten gewesen. Schließlich bist du ja ein Reisender«, sagte er und bewirtete mich mit einem Schälchen voller gelber Flüssigkeit, die er in einer Flasche in seiner Tasche trug. »Hast du irgendwo schon so was gesehen? Lauter Grüne, die nichts zu essen brauchen, sich nur an der Sonne wärmen und Mineralwasser trinken!«

»Ich gebe zu, daß ich einer solchen Gesellschaft noch nicht begegnet bin. Aber schließlich gibt es ja auf vielen Planeten Pflanzen … Sie ernähren sich doch so! Warum sollten

vernunftbegabte Wesen nicht auch ein solches Ernährungs-
system verwenden?«

Der junge Kelorianer sah mich ironisch an. »Mir scheint,
du hast mit Grünen gesprochen. Sie haben dich mit ihrem
Enthusiasmus für ihre große Sache angesteckt.«

»Was heißt denn ›für ihre‹? Das ist doch euer aller Angelegenheit«, entrüstete ich mich. »Hier werden schließlich alle
gleich behandelt, und gerade für euch Weiße versuchen die
Wissenschaftler ein wirksames Chlorogen zu entwickeln!«

»Das ist nicht ganz so. Sie haben dir nicht alles gesagt.
Daß wir alle grün werden und es uns dann besser gehen wird,
mag vielleicht stimmen. Aber bis dahin ist noch ein weiter
Weg. Indessen geht es ihnen, mit ihrem genialen Onoo an
der Spitze, schon jetzt wunderbar. Ich weiß nicht, ob dir bekannt ist, daß Onoo als Zeichen der Anerkennung zum Vor-
sitzenden der Akademie der Wissenschaften berufen worden
ist. Weißt du, was für Konsequenzen die Entwicklung der
Grünen nach sich gezogen hat? Das hätte niemand vorause-
hen können. Die Grünen haben sich als am besten geeignet
für alle die Positionen in unserer Gesellschaft befunden, deren Ausübung die größte Ehrlichkeit verlangt. Sie sind also
Kassierer, Direktoren, Verteiler von Lebensmitteln, Be-
amte ... Das heißt nicht, daß Weiße diese Funktionen nicht
ausüben können. Sie können, theoretisch. Aber ein Grüner
ist besser dazu geeignet. Du fragst, warum? Nun, ein Grüner
muß nicht essen. Er braucht nichts zum Anziehen, denn er
muß seinen grünen Körper ja der Sonne aussetzen. Der
Grüne hortet keine Reichtümer, denn er hat sehr kleine
Ansprüche! Ihm genügt eine kleine Villa in einer warmen
Klimazone mit viel Sonne, etwas Mineralwasser, und schon
kann er leben. Die Habgier eines Wesens, das jedem Bis-
sen Nahrung hinterherrennen muß, ist ihm fremd; um Kleidung, um eine Altersversorgung braucht er sich nicht zu
kümmern ... Wenn alle grün wären, wäre das kein Problem.
Aber so ... ist doch ganz klar. Verstehst du nun, worum es
geht?«

»Hm ...«, sagte ich. »Mir scheint, wenn man eine verant-

163

wortungsvolle Tätigkeit einem hundertprozentig ehrlichen Wesen übertragen kann, dann ist das ein großer Vorteil für alle. Ihr Weißen seid einfach nur neidisch. Aber auch für euch gibt es doch einen Platz in dieser Gesellschaft, außerdem hat jeder die Chance, grün zu werden, wartet nur, bis die Wissenschaftler das Chlorogen verbessert haben ... Nebenbei bemerkt, sind die Grünen wirklich so ehrliche Arbeiter auf ihren verantwortungsvollen Posten?«

»Im Grunde schon. Freilich auch nicht immer, da war vor kurzem so eine Affäre. Einige von ihnen hatten Unterschlagungen begangen. Aber noch vor der Verhandlung stellte sich heraus ... Das war so, jemand hat ihre Haut mit Spiritus abgerieben und ... verstehst du?«

»Nein. Und weiter?«

»Du verstehst gar nichts«, sagte der junge Kelorianer traurig. »Aber das kommt wohl daher, daß du noch nicht alles weißt, was man hier bei uns munkelt ...«

»Und was munkelt man?«

»Nichts, nichts ... Lassen wir das Thema. Trinkst du noch ein Gläschen?« brummte er und griff in seine Rückentasche.

Am nächsten Tag erkundigte ich mich nach dem Weg und ging in das Gebäude der Akademie der Wissenschaften, wo das Symposium stattfand. Ich hatte beschlossen, in den Beratungssaal zu gelangen, wußte aber nicht genau, ob man mich als Fremden überhaupt einlassen würde.

Ich wandte mich an einen der Türhüter, und der verwies mich an den Sekretär des Organisationskomitees. Auf diese Weise lernte ich Yuuo kennen, einen jungen Wissenschaftler, der sich mit viel Eifer und großem Talent um die organisatorische Seite der Beratungen kümmerte. Durch ihn bekam ich eine Einlaßkarte, und als er erfuhr, daß ich von der Erde stamme, stellte er mich den Versammelten als Ehrengast von dem Planeten vor, der bei der Entstehung der Idee, sich autotroph ernährende Lebewesen zu schaffen, eine solch wichtige Rolle gespielt hatte.

Ich erhielt einen ziemlich langen Beifall, und als ich bescheiden in einem Sessel in der letzten Reihe Platz nahm, bot mir ein Einheimischer höflich seine Hilfe als Dolmetscher an. Dadurch konnte ich den Inhalt der Referate und der Diskussionsbeiträge verstehen.

Wie im ganzen übrigen Universum auch, befaßten sich die Plenarberatungen mit recht allgemeinen Problemen, so daß ich dadurch viel mitbekam. Es wurde über Lösungsmittel gesprochen, über die Kontrollmethoden, über ein Reinigungssystem, gewisse Kaderprobleme wurden erwähnt. Während der Pause fragte ich meinen Dolmetscher noch einmal nach dem Inhalt des bewußten Referates, aber er, statt zu antworten, gab vor, sehr in Eile zu sein, und entfernte sich schnell. Ich suchte also Doktor Yuuo und fragte ihn ebenfalls danach. Er lächelte auf Art der Kelorianer, nur mit der oberen Hälfte des Gesichtes, dann legte er eines seiner Glieder um meine Schultern und führte mich in ein kleines Zimmer hinter dem Sitzungssaal.

»Über Schwierigkeiten, werter Gast, spricht man ungern. Unser Institut stößt neben seinen Erfolgen auch auf Schwierigkeiten und hat Mißerfolge zu verzeichnen«, sagte er und bot mir Platz in einem Sessel an. »Aber du als Fremder kannst dich bestimmt nicht in unsere spezifische Problematik einfühlen. Wenn du willst, erkläre ich dir kurz, worum es geht.

Die Stellung der Grünen bringt gewisse Vorteile mit sich, das ist Fakt. Das ist ja auch bei Eigenschaften wie Intelligenz, Bildung, gutes Benehmen so, auch sie erleichtern die Karriere. Nicht jedem ist es jedoch möglich, trotz guten Willens, grün zu werden. Manche schlucken die dreifache Dosis Chlorogen – und nichts! Was macht also ein ehrgeiziger Kelorianer da? Er kauft sich eine Büchse guter hellgrüner Farbe und malt sich zuerst leicht und dann immer intensiver damit an. Er wechselt die Farbtöne so lange, bis er ein schönes sattes Grün erreicht hat. Es kommt natürlich vor, daß er einen hohen Posten bekleidet ...

Versteh doch, Fremdling, das sind Nebenerscheinungen unserer großen Aktion. Das ist doch immer so, große Ideen haben stets schmutzige Machenschaften im Gefolge. Illegale Institutionen produzieren immer neue wasserabweisende Farben in immer besserer Qualität. Ein Spezialinstitut – aber das ist ein Geheimnis, also sprich bitte nicht darüber – versucht Tag und Nacht, die entsprechenden Lösungsmittel zu entwickeln, um die zu demaskieren, die ... Du verstehst schon. Du hast ja keine Ahnung, wie hervorragend sich dadurch die Farben- und Lösungsmittelindustrie entwickelt hat. Aber das ist noch nicht alles. Sehr viele Grüngefärbte ...«

»Was heißt ›viele‹?« unterbrach ich ihn. »Ich dachte, das sind nur Einzelfälle?«

»Eigentlich ja, aber ...«, begann er zu stottern, als hätte er sich bei zu großer Schwatzhaftigkeit ertappt. »Also, es gibt welche, die, obwohl sie gefärbt sind, sehr wichtige Positionen bekleiden! Mit einem Wort, wenn bei einem der Kontrollbäder ein Universallösungsmittel benutzt werden würde, könnte sich erweisen, daß ... nun, daß einige Bereiche der Wirtschaft lahmgelegt würden ...«

»Also führt man solche Kontrollbäder durch?«

»Ja, regelmäßig. Aber nur sehr wenige wissen, wie schwer es ist, die Lösungsmittel so zusammenzustellen, daß keine Komplikationen daraus entstehen.«

»Das ist also ein so großes Problem!« sagte ich nachdenklich. »Wenn ich fragen darf, wie hoch ist der Prozentsatz der Gefärbten unter den Grünen?«

»Das weiß keiner ... Das heißt, ich glaube, daß jeder in seiner unmittelbaren Umgebung darüber orientiert ist ...«

»Ist das Sichfärben strafbar?«

»Die einzige Strafe ist, daß man ihnen das Chlorogen wegnimmt, das bedeutet, man nimmt ihnen die Möglichkeit, wirklich grün zu werden ... Und natürlich noch disziplinarische Maßnahmen.«

Nach diesem Gespräch ging ich in die Bibliothek und suchte mir in der Enzyklopädie das Stichwort »Onoo« heraus; die Informationen erstreckten sich über mehrere Seiten. Mit Hilfe der Bibliotheksangestellten erfuhr ich einige Einzelheiten aus dem Leben des Dozenten Onoo, des heutigen Oberprofessors Onoo.

Der erste, dem es gelungen war, grün zu werden, war ein junger Assistent des Professors. Nachdem er ein halbes Jahr Chlorogen geschluckt hatte, setzte die Grünfärbung ein. Bei den anderen Assistenten klappte es erst nach einem Jahr. Onoo selbst begann erst viel später, Chlorogen zu nehmen, auch mit positivem Ergebnis. Danach hatte man dieses Präparat einer größeren Gruppe zugänglich gemacht. Diese Veteranen des epochalen Experiments bildeten heute den Stamm und das moralische Skelett des Clans der Grünen.

Am frühen Nachmittag verließ ich die Bibliothek. Die Sonne brannte, und die Straßen waren fast leer. Ich hielt ein offenes Fahrzeug an, in dem sich mehrere hellgrüne junge Kelorianer befanden, und bat sie, mir den Weg zum Strand oder zum Schwimmbad zu zeigen. Es erwies sich, daß auch sie gerade auf dem Weg ans Meer waren, und sie nahmen mich bereitwillig mit.

Am Strand war es sehr voll, und von den vielen der Sonne ausgesetzten Körpern wurde einem grün vor Augen. Ich wunderte mich etwas, daß hier so viele von ihnen waren, die Arbeitszeit war noch nicht zu Ende. Im Schatten am Rande des Strandes häuften sich Kisten mit Mineralwasser.

Die jungen Leute, die mich bis hierher gebracht hatten, erklärten mir, daß die Assimilation in den Stunden mit der intensivsten Sonnenstrahlung für die Grünen lebensnotwendig sei und sie daher keine festgelegte Arbeitszeit hätten. Sie selbst streckten sich auch sofort am Strand aus und assimilierten fleißig, wobei sie sich von Zeit zu Zeit umdrehten, damit alle Körperteile gleichmäßig von der Sonne bestrahlt wurden.

»Wer arbeitet denn jetzt in den Büros und Fabriken?« fragte ich erstaunt.

»Was heißt ›wer‹? Die Weißen natürlich. Sie vertreten uns, während wir unsere gesellschaftliche Pflicht erfüllen. Denn schließlich entlastet jedes Milligramm Kohlehydrate, das wir durch Photosynthese produzieren, die gespannte Lebensmit-

telsituation«, erklärte mir einer von ihnen; er sah aus, als
wäre er der Anführer der Gruppe.

Am nächsten Tag gelang es mir mit Yuuos Hilfe, eine Audienz bei Professor Onoo zu bekommen. Ich wollte den großen Gelehrten, der die gigantische Aufgabe übernommen
hatte, die ganze Gattung der Kelorianer biologisch umzu-
bauen, persönlich kennenlernen.

Er empfing mich in seinem Arbeitszimmer. Er war dunkelgrün, sehr gutmütig und unterhielt sich mit mir sehr offen. Wir sprachen eine Zeitlang über allgemeine Fragen,
dann fragte ich ihn nach seiner gegenwärtigen Arbeit und erfuhr, daß er bald in Rente gehen wollte.

Nach einem Telefongespräch entschuldigte sich der Professor und ging hinaus; er versicherte jedoch, bald wiederzu-
kommen. Ich sah mich im Arbeitszimmer um. In einer
Wand entdeckte ich ein Geheimfach, das aussah wie ein
kleiner Panzerschrank. Die Tür war offen, und ein Schlüssel-
bund baumelte im Schloß. Ich ging näher heran, ein appetitlicher Geruch schlug mir daraus entgegen. Er kam aus dem
Schließfach. Ich konnte mich doch nicht so irren! Ich öffnete die Tür etwas weiter. Im unteren Fach stand ein Teller
voller appetitlicher Wurstscheiben, auch frische Brötchen
waren da. Im oberen Fach erblickte ich eine dunkle Flasche
aus dickem Glas. Ich griff danach, um den Inhalt zu überprüfen; sie rutschte mir aus der Hand, schlug gegen die
Kante des Safes und zerbrach. Eine zähflüssige dunkelgrüne
Masse floß an der weißen Wand herunter ...

Gerade in diesem Moment erschien der Professor. Als er
die Flecke an der Wand sah, stürzte er zur Tür und riegelte
sie von innen ab. Dann kam er mit entsetztem Gesicht in
kleinen Schritten auf mich zu; lebhaft gestikulierend, redete
er auf mich ein. Er hatte in seiner Aufregung vergessen, daß
ich die Sprache der Kelorianer nicht verstand. Erst nach
einer ganzen Zeit fand er die Selbstbeherrschung wieder und
stöhnte: »Gnade, Fremdling! Ich bitte dich, geh und sage
niemandem etwas von der Farbe ...«

Aus seinen weiteren Erklärungen verstand ich, daß es ihm in erster Linie um die Rente ging, die er in Kürze bekommen sollte.

»Setz dich!« sagte ich bestimmt. »Jetzt erzähle mir alles.«

»Gut, ich werde dir alles erzählen, alles!« brabbelte er und versuchte die grünen Flecke von der Wand zu wischen. »Aber versprich mir, daß du sofort wegfliegen wirst ...«

»Wie ist das also mit euch Grünen?« fragte ich drohend. Er ließ sich im Sessel nieder, gebrochen und leer. Es schien, als habe seine grüne Hülle ihren Glanz verloren, er war fast grau geworden. In sich zusammengesunken, schwieg er lange Zeit.

»Es gibt keine Grünen«, sagte er schließlich. »Du verstehst gewiß auch ohne Erklärungen ... Wir haben unsere Forschungen im besten Glauben begonnen, aber es ist nichts herausgekommen. Wir erhielten Zuschüsse, die Untersuchungen verschlangen eine Unmenge Geld, wir mußten eine Erhöhung unserer finanziellen Mittel beantragen. Wir hatten aber noch immer keine Resultate aufzuweisen.

Mein Assistent ist auf diese Idee gekommen. Er hat das ohne mein Wissen getan, mit hellgrüner Farbe hat er angefangen, dann wurde er immer grüner – bis wir glaubten, das sei durch unser Mittel gekommen. Da erst unterrichtete er mich und meine Mitarbeiter über die Zusammenhänge. Ich wollte ihn rausschmeißen, Ehrenwort! Aber den anderen hat diese Idee sehr gefallen. Wir glaubten alle daran, daß es uns früher oder später gelingen würde, unser Ziel zu erreichen und Chlorogen zu entwickeln. Ohne diese Überzeugung hätten wir unsere Untersuchungen gar nicht begonnen. Zwei weitere Assistenten machten es ihm also nach, und ein Bericht über die ersten Erfolge ging an die Akademie. Dann folgten Vorführungen, Referate ... Unmittelbar danach erhielten wir auch neue Zuschüsse. Unsere Gruppe bestand aus sieben Personen, und wir alle haben uns schließlich eingefärbt ... Natürlich haben wir nicht aufgehört, am Chlorogen zu arbeiten. Die Regierung verlangte Ergebnisse in größerem Maßstab, die Anwendung des Präparates auf die All-

169

gemeinheit. In die Enge getrieben, mußten wir unser unwirksames Präparat einer größeren Gruppe von Kelorianern zugänglich machen. Gleichzeitig erhielten wir Auszeichnungen und wurden befördert. Einer unserer bekanntesten Soziologen veröffentlichte eine Arbeit, in der er theoretisch bewies, daß die Grünen das größte Vertrauen der Gemeinschaft verdienten, da bei ihnen die Bedürfnisse entfallen, die andere zur Anhäufung materieller Güter treiben ...

Und stellen Sie sich vor, nach einer gewissen Zeit wurde ein Teil derer, denen wir unser Präparat verabreicht hatten, grün! Keiner von uns hatte sie darüber belehrt, was sie zu tun haben! Sie waren von selbst darauf gekommen!

Darüber, wie das möglich ist, wußten nur wir Bescheid. Die Allgemeinheit war fest davon überzeugt, daß das ein Ergebnis unserer hervorragenden Erfindung sei! Wir konnten nicht mehr zurück. Außerdem kam uns das auch sehr gelegen! Nun begannen wir, unser Präparat an alle, die es wollten, zu verteilen. Die Grünen wurden mehr und mehr! Die Perspektive und die Vorteile, die die Grünen hatten, halfen den weniger Standfesten, ihre moralischen Skrupel zu überwinden ...

Und so ist das nun schon seit vielen Jahren! Jeder Grüne weiß nur eines ganz sicher: daß er selbst gefärbt ist. Im Grunde weiß außer uns wenigen niemand, welche Rolle das Chlorogen wirklich spielt ...

Du wunderst dich, Fremdplanetarier, daß ich so offen darüber spreche. Das ist ganz einfach. Selbst wenn du unter unserer Bevölkerung die Wahrheit verbreiten würdest, könnte das nichts ändern. Die Kelorianer selbst reden sehr gern darüber und hören auch gern zu. Was haben sie sich nicht schon alles zu diesem Thema ausgedacht! Die einen wirst du nicht überzeugen, und die anderen denken sich sowieso ihr Teil. Aber es fehlen Beweise. Um zu beweisen, daß alle Grünen gefärbt sind, müßte man ein allgemeines Bad in einem Universallösungsmittel anordnen. Glaubst du wirklich, daß die Grünen eine solche Anordnung erlassen würden?

Mir, Fremdling, liegt nur daran, in aller Ruhe meine Rente zu verzehren. Aber selbst wenn du mich demaskieren würdest, würde das im großen Rahmen gar nichts ändern. Glaubst du wirklich, daß man hier etwas verändern könnte? Jetzt herrscht wenigstens Ordnung.«

»In der derzeitigen Situation sind doch aber alle Positionen, die ein Höchstmaß an Ehrlichkeit verlangen, von ausgekochten Betrügern besetzt!« unterbrach ich ihn aufgebracht.

»Glaubst du wirklich, daß alle Betrüger auf die Idee mit der Farbe gekommen sind? Unter diesen Weißen gibt es davon auch noch genug, aber ... mach, was du willst. Ich bitte dich nur darum, niemandem etwas von der Farbe zu erzählen, die du in meinem Arbeitszimmer gefunden hast.«

Ich verließ den Professor mit gemischten Gefühlen. Mir kam zum Bewußtsein, daß es auch auf der Erde in der langen Geschichte der Wissenschaft ähnliche Vorkommnisse gegeben hat – Fälschung von Forschungsergebnissen, um Zuschüsse zu erhalten ... Konnte man sagen, daß das im guten Glauben, zum Wohle aller geschehen war?

Die Einstellung des Professors war abstoßend, er hatte nur sein eigenes Wohl im Auge ... Dauernd redete er nur von seiner Rente ...

Aber andererseits, wenn er nicht in der Lage war, Kohlehydrate aus Luft und Wasser herzustellen, wovon sollte er dann auf seine alten Tage leben?

Als ich zum Kosmodrom ging, dachte ich bei mir: Wenn ich jetzt, was Gott verhindern möge, irgendeine Revolte vom Zaun brechen würde, dann würde im allgemeinen Durcheinander niemand daran denken oder in der Lage sein, mir Benzin für meine Rakete zu liefern, das Militär würde den Raketenflughafen besetzen, und ich würde niemals mehr von hier wegkommen ...

Mein zufälliger Lieferant machte seine Sache sehr gut: Er hatte mir über vier Tonnen Treibstoff besorgt und gar nicht teuer berechnet, noch unter dem offiziellen Verkaufspreis. Dadurch konnte ich meine Reise ohne weitere Verzögerung fortsetzen.

Im Dienst

In den ersten vier Stunden herrschte verhältnismäßige Ruhe. Gegen acht Uhr abends fiel ein ganzes Glied parastatischer Gleichungen aus, aber es war zum Glück eins davon in Reserve.

Tin hat recht: Das ist ein lahmer Posten. Ein ausgetrockneter Brunnen, aus dem niemand trinkt, dachte Albert und schloß die Augen. Eigentlich könnte man schlafen ...

Er legte sich trotzdem nicht hin, obwohl die zurückgeklappte Sessellehne geradezu dazu einlud. Er blickte zur Kontrollwand hinüber. Ein schwaches Lämpchen signalisierte die Funktionsbereitschaft, aber es war kein aktiver Vorgang zu verzeichnen.

Ich möchte wissen, wann zum letztenmal die Yogl-Funktion abgerufen worden ist, überlegte er weiter, wer braucht das schon! Das sind Irrwege der modernen Mathematik ...

Er hätte gern einen starken Kaffee getrunken. In der Schublade waren jedoch nur einige leere Zigarettenschachteln und eine Blechbüchse mit Zucker. Von Kaffee keine Spur, dabei hätte er geschworen, daß er erst vor zwei Tagen ein ganzes Päckchen hineingelegt hatte. Im Papierkorb lag die leere Verpackung.

Tin hat, wie üblich, alles ausgesoffen. Bestimmt hat er überraschend Besuch bekommen, sicherlich die Blondine von Schrödinger, dachte Albert erbost und stand auf.

Langsam ging er durch das Labyrinth seiner Automaten, umfaßte alle Schlupfwinkel seines Sektors mit einem Blick, schaltete auf automatische Kontrolle und trat auf den Gang hinaus. Sollte wirklich etwas Ungewöhnliches vorkommen, so würde der Automat es ihm über seinen Miniempfänger signalisieren.

Der normale Fahrstuhl war besetzt, er fuhr also mit dem Schnellift bis zum minus zwanzigsten Stock hinunter, und von dort gelangte er, nachdem er noch zweimal die Richtung gewechselt hatte, mit dem Rollsteig zum Punkt 28–14. Von da war es nicht mehr schwer, einen Fahrstuhl bis zum minus dritten Stock zu bekommen. Er stieg in der Sektion für Differentialoperationen aus, ging einige Schritte zu Fuß und sprang dann auf den Rollsteig für Beförderung zwischen den Sektoren.

Am Alarmaufzug entdeckte er Klaus, er stand am Ende einer langen Schlange und hatte einen Riesenstapel perforierter Bänder unter dem Arm.

»Was schleppst du denn da?« Albert sprang vom Transporter und ging zu ihm hin.

»Weiß der Teufel!« brummte Klaus. »Wir haben keine Verbindung mit dem binär-dekadischen Konverter, und irgend so ein wichtiger Professor schäumt seit zwanzig Minuten vor Wut, weil sein Anliegen so ungeheuer wichtig ist. Ich muß so schnell wie möglich zu diesem Konverter gelangen, aber sieh doch selbst, was sich hier abspielt, sogar der Notlift ist ständig überfüllt.«

Albert schüttelte den Kopf.

»Da soll doch … Du konntest das Zeug doch Transit über einen der Nachbarsektoren schicken.«

»Glaubst du wirklich, daß das schneller geht?« fragte Klaus und machte ein bekümmertes Gesicht.

»Bestimmt. Aber wenn du dich schon einmal zu Fuß damit auf den Weg gemacht hast, solltest du hier nicht dumm 'rumstehen und auf den Fahrstuhl warten. Gewöhne dich doch endlich daran, daß in diesem Monsterbau nicht immer die einfachsten Wege auch die kürzesten sind. Spring auf den Transporter und fahr zur Sektion für Tensorenquatrizen oder zum Sektor für Elementarintegrale, dort ist weniger Betrieb.«

»Daran habe ich gar nicht gedacht …« Klaus trat einige Schritte vom Fahrstuhleingang zurück. »Ich versuch's …«

Mehrere Personen aus der Schlange, die wohl denselben

Weg wie Klaus hatten, schlossen sich ihm an und befolgten Alberts Rat ebenfalls.

Sehr mit sich selbst zufrieden, ging Albert in Richtung Büfett, es war das eigentliche Ziel seiner Exkursion.

In ein, zwei Jahren wird hier alles vollkommen verstopft sein, dachte er bei seinem Weg durch den Gang. Diese Fahrstühle sind das Nadelöhr der gesamten innerbetrieblichen Kommunikation. Die Transportbänder in den einzelnen Stockwerken reichen noch eine Weile aus, aber die Fahrstühle können jetzt schon kaum noch japsen.

Und dort unten, unter dem einundzwanzigsten Minus, bauen sie schon wieder an. Wie man hört, entstehen drei weitere Minusstockwerke für hyperpolare Analysen. Und oben wird auch gebaut, und wie! Ihnen kommt nicht in den Sinn, wie sehr die Menschen sich hier quälen. Und die Verbindungen werden immer schlechter. Was für ein Paradoxon, daß man hier mit Bergen von Bändern unter dem Arm herumlaufen muß wie zu Methusalems Zeiten!

Im Büfett war es voll und blau vom Zigarettenqualm. Erst nach einiger Zeit bekam Albert aus dem Stimmengewirr den Grund für diese ungewöhnliche Menschenansammlung mit: Im Minus sechzehnten Stock war die Klimaanlage ausgefallen, und alle Kontrolltechniker waren zum Teetrinken heraufgekommen. Vor dem Automaten standen lange Schlangen.

Zum Glück nur die Ventilation, dachte Albert und stellte sich an. Wenn zum Beispiel ein Brand ausbrechen würde? Bei diesem Durcheinander mußte es früher oder später einmal dazu kommen. Die Projektanten hatten, wie üblich, keine Ahnung von den Betriebsbedingungen einer so gigantischen Maschinerie. Haben geglaubt, das würde ein Wunder der Technik werden, und herausgekommen ist eine riesige Tretmühle. Ein wahres Wunder, daß alles noch so gut funktioniert ... Das heißt relativ gut, wenigstens für die, die nur von außerhalb damit zu tun haben, und das auch nicht sehr oft. Wenn ein Mensch aber hier drin mehrere Stunden gearbeitet hat, dann bekommt er langsam das Gefühl, nur eine von vielen Ameisen in einem riesigen Ameisenhaufen zu sein.

Wir leben hier wie Bakterien in den Gedärmen eines Giganten: Wenn wir nicht wären, würde er sehr schnell Verstopfung bekommen von dem unverdaulichen bunten Salat von Fragen, Problemen und Aufgabenstellungen, mit denen ihn die Leute überfüttern ... Eine spezifische Art der Symbiose des Menschen mit der Maschine; manchmal habe ich schon den Eindruck, daß sie uns beherrscht und wir ohne sie nicht leben können. Andererseits wäre sie ohne uns aber auch ratlos.

Der Automat spuckte eine Packung duftenden, frischgemahlenen Kaffees aus. Albert steckte sie in die Tasche und trat schnell auf den Gang hinaus. Hier atmete er erleichtert die frische Luft ein.

Er kehrte wieder auf Umwegen in seinen Sektor zurück, denn er hatte hier sein eigenes erprobtes System der optimalen Fortbewegung. Er durchquerte den Block der Rechenoperationsspeicher und den der unitären Matrix, umging die sehr belebte Umgebung der Sektion für Schrödingersche Gleichungen. Das sparte viel Zeit und eliminierte Wartezeiten auf Fahrstühle an den meistfrequentierten Stellen.

Am Stand dreißig, bei der linearen Algebra, mußte heute Erika Dienst haben. Als er vor der Tür zu diesem Raum stand, zögerte Albert einen Moment, aber mit einer entschlossenen Bewegung drückte er schließlich die Klinke herunter und öffnete energisch die Tür.

Drinnen saß ein schlanker Brünetter vor dem Steuerpult. Erika sprang gerade eilig von seinem Schoß und lief zu einem ihrer Automaten an der Wand, wo sie so tat, als wechsle sie ein durchgebranntes Element aus. Auf der Kontrolltafel – wie zum Hohn – brannte aber nicht ein einziges Havarielämpchen, und Albert konnte den Sinn dieses Manövers ohne Schwierigkeiten durchschauen. Heiße Wut stieg in ihm hoch.

»Du, Apollo!« knurrte er den Dürren durch die Zähne an.

»Paß auf deine Greenschen Kugelfunktionen auf, sonst rollen sie dir unter den Schrank!«

Er knallte die Tür zu und ging zum Fahrstuhl, dann fuhr er zum minus neunten Stock. Auf dem Korridor, der die Lokale Induktionsschleife umrundete, begann der Signalgeber in seiner Tasche zu surren.

Was ist los, zum Teufel? dachte er beunruhigt. In seiner Zentrale blinkte ein gelbes Licht auf dem Schaltpult. Albert nahm den Hörer ab.

»Hier Kontrolle.«

Im Hörer erklang eine Männerstimme, ungeduldig und erbost: »Was ist denn los bei euch? Ich warte schon vier Minuten auf eine Lösung!«

»Welche Aufgabe?« fragte Albert ungerührt und griff nach seinem Bleistift.

»Die Tent-Ross-Gleichung.«

Albert warf einen Blick auf das entsprechende Relais. Im sechsten Block, vierte Reihe von oben, leuchteten fünf rote Lämpchen auf einmal.

Verdammt! dachte Albert, gleich brennen sie reihenweise durch, das kommt nur davon, weil die Mikromodule automatisch montiert werden! Stümperei!

»Bitte warten«, brummte er in den Hörer.

»Wird es noch lange dauern?« fragte die Stimme im Hörer ungeduldig. »Ich habe Vorrang vierten Grades! Ich habe keine Zeit! Ich ...«

Albert hörte nicht weiter zu, er ging zum Ersatzteilspeicher, sah in den entsprechenden Fächern nach und fluchte saftig. Nicht ein einziges Integralglied für die Tent-Ross-Gleichung war vorhanden. Reizend, dieser Tin! Er läßt den Sektor ohne Reserve an Ersatzelementen zurück und hält es noch nicht einmal für nötig, es im Bericht zu vermerken!

Albert kehrte an den Kontrolltisch zurück und nahm zögernd den Hörer wieder auf.

Jetzt wird dieser Wichtigtuer endgültig verrückt! dachte er. Vorrang vierten Grades! Was ist das schon? Das sind aber die Schlimmsten, denn sie sind sehr von ihrer Wichtigkeit überzeugt; sie haben Komplexe, weil sie die Sonderleitungen nicht benutzen dürfen, die erst vom fünften Grad aufwärts zugänglich sind.

»Geben Sie die Parameter an!« sagte er energisch, um den anderen gar nicht erst zu Wort kommen zu lassen.

»C-eins: 13,752, C-zwei: 24,85, Variationsglied: zweite Yogl-Funktion, Kennziffern drei und fünf«, antwortete der Mann und stotterte vor Aufregung.

Albert notierte das.

»Und schnell, schnell! Was soll denn das hier heißen, daß ...«

Albert nahm seinen Bleistift, schrieb die Grundformeln aus dem Gedächtnis auf, die konstanten Werte entnahm er der Tafel, dann stellte er alles in einer Gleichung auf und griff nach seinem Rechenschieber. Drei Minuten später hatte er schon die Lösung. Er schrieb sie auf einen Zettel und diktierte sie dem Teilnehmer.

»Das ist ein Skandal!« brüllte der andere als Antwort. »Wie arbeitet diese verdammte Kiste! Neun Minuten muß ich auf die Lösung eines so einfachen Problems warten!«

Albert war wütend. Nicht genug, daß er diesem Idioten die Aufgabe gelöst hatte, nun schrie der auch noch herum!

»Halt's Maul, du Rindvieh!« zischte er ins Mikrofon und legte den Hörer auf. Dann zerknüllte er den Zettel mit der Lösung und warf ihn in den Papierkorb. Er drückte die Interkommunikationstaste und sagte: »Element AMB 733, zehn Stück für den Yogl-Sektor!«

»Bestellung aufgenommen«, antwortete der Automat im Magazin.

Das Telefon, auf dem die Stadtgespräche ankamen, klingelte kurz.

»Ist dort die Kontrolle?«

»Ja, so ist es«, brummte Albert, als er die Stimme seines Gesprächspartners von vor wenigen Minuten erkannte.

Jetzt gibt's Krach! dachte er und stellte sich schon innerlich darauf ein.

Die Stimme im Hörer klang jedoch außerordentlich höflich: »Verzeihung, spreche ich mit einem Automaten oder mit einem Kontrolleur?«

»Mit dem Kontrolleur.«

»Ach, ich bitte Sie vielmals um Verzeihung, ich habe gedacht, es wäre ein Automat …«

»Man muß sich beherrschen können, mein Herr!« Albert ging gleich zum Angriff über, denn das war die beste Art, mit solchen ungeduldigen Zeitgenossen fertig zu werden. »Scientax ist keine Telefonzentrale! Das ist eine Maschine, die viel klüger ist als manch ein Mensch! Manchmal hat sie eben auch das Recht, indisponiert zu sein!«

»Dann haben Sie … Sie haben die Aufgabe selbst gelöst?«

»Ja, ich selbst.«

»In diesem Fall bitte ich Sie nochmals um Verzeihung und vielen Dank! Ich habe wirklich geglaubt, daß ich es mit einem Automaten zu tun habe. Sie können solche Gleichungen lösen?« In seiner Stimme schwang unverhohlene Bewunderung mit.

»Nicht nur solche!«

»Ich danke Ihnen nochmals und entschuldige mich!«

»Gut, in Ordnung!« brummte Albert und lächelte sarkastisch vor sich hin. »Auf Wiederhören!«

Er legte den Hörer auf, erhob sich und goß Wasser in ein Glas. Dann schaltete er den Tauchsieder ein. Die Klappe, die den Kanal des pneumatischen Transporters verschloß, sprang auf. Ein Päckchen fiel auf den Tisch. Albert öffnete es und nahm die vor kurzem bestellten Mikroelemente heraus. Fünf davon brachte er an Stelle der durchgebrannten an, und die übrigen legte er in den Ersatzteilbehälter.

Das Wasser im Glas begann zu sprudeln. Albert schüttete Kaffee hinein und deckte eine Untertasse drauf. Dann nahm er seinen Löffel und die Zuckerbüchse. Mit dem Ellenbogen auf den Tisch gestützt, starrte er die erloschene Kontrollwand an. Nicht einmal eine einzige Operation wurde von seinem Sektor abgerufen.

Ein ausgetrockneter Brunnen! dachte er noch einmal.

Im selben Moment überlief die schlafende Kontrollwand

ein Lichtschauer. In der linken oberen Ecke leuchtete ein grüner Lichtstreifen auf, der sich langsam auf die Mitte zubewegte. Wie ein ungewöhnlich langer Regenwurm fuhr er durch einige vor ihm aufleuchtende Lichtkreise hindurch, fädelte sie auf, dann kroch er weiter, wechselte dauernd im rechten Winkel die Richtung, mal nach links, dann wieder nach rechts. Albert verfolgte das Analogschema dieser Rechnung ohne besonderes Interesse.

»Slots Elementargleichung mit einem imaginären Parameter«, stellte er mechanisch fest und gähnte.

Er kannte alle stereotypen Lösungen des Slotschen Problems bis zum vierzehnten Grad.

Die Menschen haben überhaupt keine Lust mehr, ihr Gehirn zu benutzen, dachte er bei sich. Mit jedem Mist rennen sie sofort zum Scientax, als wäre er die Zugauskunft! Seit man die telefonische Verbindung von jedem Privatapparat freigegeben hat, scheinen alle sogar die zweite Ableitung von x vergessen zu haben und ähnliche triviale Dinge ...

Telefon von außerhalb. Im Hörer erklang die Stimme eines Kindes: »Kontrolle? Wissen Sie, ich habe gefragt, wieviel sieben mal acht ist, und habe keine Antwort bekommen ...«

»Falsch verbunden«, sagte Albert automatisch, »ruf folgende Nummer an: dreimal die Null, zweimal die Acht, das ist die Abteilung Algebra, numerische Sektion.«

Er legte auf und dachte bei sich, daß es viel kürzer gewesen wäre, »sechsundfünfzig« zu sagen.

Moment, dachte er, sechsundfünfzig? Oder etwa fünfundsechzig? Nein, sechsundfünfzig ist richtig. Eigentlich hätte ich es dem Jungen ja sagen können. Ach, zum Teufel, das gehört nicht zu meinen Pflichten, dafür werde ich nicht bezahlt. Ich habe den Sektor mit pseudopolymorphen Funktionen zu kontrollieren und nicht das Einmaleins.

Er griff nach seinem Kaffee; in diesem Augenblick läutete der Hausapparat. Er nahm den Hörer ab und ging sofort in Abwehrstellung.

Erika war dran.

»Albert?« sagte sie zuckersüß. »Bist du sehr beschäftigt?«
»Ja, sehr«, sagte er kalt.

»Möchtest du nicht 'nen Kaffee bei mir trinken?«

»Möcht' ich nicht. Oh, gerade ist ein Negationsglied ausgefallen, ich muß es auswechseln!« sagte er und legte schnell auf.

Natürlich war gar nichts ausgefallen.

»Unverschämtheit!« donnerte er.

Er nahm sein Dienstmikrofon in beide Hände, legte sich auf den einladend ausgezogenen Sessel, trank seinen Kaffee und sagte: »Eine dienstliche Verbindung mit dem Bandspeicher, Abteilung klassische Musik, zwanzigstes Jahrhundert.«

Er schloß die Augen und sagte zu dem Automaten, der sich nach kurzer Zeit meldete: »Gershwin, Rhapsody in Blue.«

Nein, die Musik regte ihn auch auf. Er befahl aufzuhören. Die Musik brach sofort ab. Wieder klingelte das Telefon.

»Professor Ambro«, stellte sich eine ruhige, höfliche Stimme vor, »ich bekomme keine Verbindung mit dem dritten Spezialkanal. Vorrang siebenten Grades. Seien Sie doch so nett und helfen Sie mir, es ist ziemlich wichtig ...«

Albert wollte schon sagen, daß er nicht helfen könne, aber siebenten Grades ... Man soll es nicht drauf ankommen lassen, das könnte Schwierigkeiten geben. Er verband also die Leitung, in der der Professor »saß«, mit dem universalen Havariekollektor, schaltete sich als dritter über Mikrofon dazu und sagte: »Siebenter Grad, Spezial drei, stellvertretend für die Außenleitung.«

»Die Leitung ist frei!« bellte der Automat.

»Bitte, programmieren Sie, Herr Professor!« sagte Albert ins Mikrofon, dann stellte er es weg und machte es sich wieder in seinem Sessel bequem.

Der Gedanke an Erika raubte ihm die Ruhe. Was bildete diese Verrückte sich eigentlich ein? Was für ein verdammtes Pech, an so eine zu geraten, dachte er bei sich.

Er warf noch einmal einen Blick auf die Kontrolltafel. Außer der Transitschaltung von Professor Ambro brannte nichts weiter. Etwas später leuchtete in einer Ecke des Bildschirms eine schwache grüne Linie auf, sie lief jedoch an Alberts Sektor vorbei, durchquerte die Nebensektoren, um schließlich wie weggeblasen zu verschwinden.

Er hat es aufgegeben, dachte Albert, und mit Recht, das alles hat doch überhaupt keinen Sinn.

Er wußte selbst nicht, worauf sich diese Feststellung bezog, jedoch das Gefühl der Sinnlosigkeit stürmte aufdringlich von allen Seiten auf ihn ein – aus den Tausenden sich wiederholenden Operationsspeicherblöcken, den erloschenen Bildschirmen, der Leere der Gänge und Korridore. Er stellte sich nicht zum erstenmal die Frage, warum er eigentlich hier sitze, hier im Inneren eines elektronischen Supergehirns, neun Ebenen unter der Erdoberfläche, und die untergeordnete Wartungs- und Kontrollfunktion ausübe.

Ich sitze hier, gab er sich gleich darauf selbst zur Antwort, weil ich Informationsingenieur bin. Wenn ich Techniker wäre, dann würde ich mit Bändern unter dem Arm Botengänge machen, so wie Klaus, wenn bloß irgendwo die Verbindungen blockiert sind.

Wollte man sich tiefschürfender mit dieser Sache beschäftigen, sie von ihren Wurzeln, historisch betrachten, dann mußte festgestellt werden, daß er deshalb hier saß, weil irgendwann einmal ein paar Schlauberger zu der Überzeugung gekommen waren, daß lokale mathematische und logische Maschinen nicht rentabel seien. Dann entstand die Idee einer Supermaschine, einer Konzentrierung des menschlichen Wissens, einer zentralen Bibliothek all dessen, was Menschen geschaffen und entdeckt hatten.

Informationsschwierigkeiten begannen schon wesentlich früher aufzutreten. Da war vor allem der berühmte Lem-Parkinson-Effekt: Dem Anwachsen der ständig in den Annalen, Monatszeitschriften und Tageszeitungen enthaltenen wissenschaftlichen Informationen folgten wachsende Schwierigkeiten bei der Suche nach einem Problem in dem Ozean von Fakten. Es war schwer, eine Sache, die gerade Gegenstand des Interesses war, auszugraben. Mit andern

Worten: Mit dem Anwachsen der Menge des akkumulierten Wissens verringerte sich die Möglichkeit, davon Gebrauch zu machen. Wenn ein Wissenschaftler Untersuchungen auf einem gewissen Gebiet begann, dann war er niemals sicher, ob er nicht von anderen schon geöffnete Türen einrannte. Die Zusammenstellung einer vollständigen Bibliographie, selbst zu einem nur begrenzten Thema, verschlang viele Arbeitsstunden einer ganzen Wissenschaftlergruppe und machte die Auswertung Hunderter von Fachzeitschriften und Büchern notwendig. Mit großem Arbeitsaufwand und hohen Kosten herausgegebene Auszüge, Zusammenfassungen, allgemeine Bibliographien und spezielle Bibliographien erfüllten bei der immer weiter fortschreitenden Spezialisierung der einzelnen Wissenszweige ihre Aufgabe nicht mehr. Bald schon erschienen Register von Zusammenfassungen und Auszüge aus Übersichten, und die Herausgabe eines Katalogs von Auszügen aus Registern von Übersichten wurde zum Alarmsignal der nahenden Informationskatastrophe.

Daraufhin entstand der Centin, der Vorgänger des heutigen Scientax. Centin war ein Gedächtnisspeicher. Jeder, der Forschungen auf einem Gebiet beginnen wollte, mußte sie vorher bei dieser Maschine melden. Wenn an diesem Problem bereits irgendwo gearbeitet wurde, brachte Centin einen Kontakt zwischen den beiden Interessenten zustande, damit sie ihre Anstrengungen nicht vergeudeten, nur weil sie nichts voneinander wußten.

Diese Idee erwies sich als sehr fruchtbar: Centin wurden schrittweise immer mehr Funktionen übertragen, er wurde in eine Bibliothek und Kartothek für die ganze Welt umgewandelt, er übernahm die Buchführung und ersetzte Standesamtsregister, löste mathematische, ökonomische und kosmologische Probleme.

Mit dieser Erweiterung der Funktionen ging der Ausbau der Maschine Hand in Hand. Sie erstreckte sich bereits über ein Gebiet von Dutzenden Quadratkilometern, war viele Stockwerke hoch und tief.

Der Scientax wird uns bald alle schlucken, folgerte Albert

und trank seinen Kaffee aus, der Zeitpunkt wird kommen, zu dem wir das, was sich in seinem Inneren abspielt, nicht mehr unter Kontrolle haben werden. Jeder wird nur noch seinen Sektor sehen und diesem Moloch dienen und um sein Wohlbefinden bemüht sein. Dann wird Scientax für uns denken ... Vielleicht wird er auch selbst anfangen, sich Aufgaben zu stellen und Programme zu formulieren. Weiß der Teufel, ob in seinem Inneren nicht bereits jetzt eine Art Unterbewußtsein erwacht? Vielleicht hält er nur still, weil er sich seiner Möglichkeiten noch nicht bewußt ist, und unterschiebt den Konstrukteuren geschickt und diskret Ideen für seinen weiteren Ausbau ...

Über die Kontrollwand lief wieder eine unsichere, zitternde Linie. Geboren irgendwo im Inneren eines Blockes, durchlief sie einige Sektionen, pulsierte und erlosch.

Na bitte! Das passiert jetzt immer öfter. Irgendwelche unkontrollierten, selbständigen Linien, kein Mensch weiß, wodurch sie hervorgerufen werden, dachte Albert. Dieser Prozeß beginnt in einem Punkt des Systems, durchläuft mehrere Operatoren, bringt sie in Bereitschaft und erstirbt ... Sieht das nicht so aus wie Bewußtseinsfunken dieses Kolosses? Vielleicht ist es auch nur eine Art ... Unterbewußtsein?

Er vertiefte sich wieder in seine trüben Gedanken. Vor fünfzig Jahren wäre er mit seinem Ingenieurdiplom noch jemand gewesen. Jetzt war er fast nichts. Jeder Idiot konnte ihn herunterputzen, obwohl er nicht einmal in der Lage war, eine einfache Gleichung selbst zu lösen, die für Albert gar kein Problem war. So ein Kerl sitzt auf einem hohen Posten – mit Vorrang vierten Grades zur Nutzung des Scientax war er mindestens Dozent oder Direktor! – und bedeutet etwas in der Welt. Und Albert selbst mußte hier elektrische Elemente austauschen, was ein Automat ebensogut könnte, wenn ...

Genauso ist es! Wenn nicht die Tatsache bestünde, daß Beschädigungen viel zu selten vorkamen, als daß es sich lohnen würde, einen speziellen Automaten zu ihrer Beseitigung zu bauen. Er würde so viel Platz wegnehmen, wie der ganze

Sektor, den er zu warten hatte, groß war, ganz zu schweigen von den Kosten. Ein Mensch war da rentabler. Hier saßen also Zehntausende solcher Leute wie Albert herum, hochqualifizierte Spezialisten, und alle langweilten sich zu Tode. Ihre Zahl könnte zur Not hundertmal kleiner sein, dann würde aber keiner von ihnen seinen Sektor überblicken können und viel zuviel Zeit benötigen, um zur Schadensstelle zu gelangen. Die Wissenschaftler, die diese Maschine benutzen, können nicht warten! Einer ist immer wichtiger als der andere, und es kommt zu den komischsten Situationen, wenn zwei mit Vorrang siebenten Grades in einer Leitung aufeinanderstoßen. Das Prestige erlaubt keinem von beiden zurückzutreten, und sie benehmen sich wie die Kinder, selbst wenn jeder von ihnen nur ein dummes, unwichtiges Problem zu lösen hat ...

An die Ingenieure, die hier sitzen, denkt niemand. Sie sind so etwas wie Löcher im Käse, und manche wissen gar nicht, daß sie überhaupt existieren!

Heutzutage ist der Mensch gleichzeitig eine Macht und eine Null, stellte Albert sentenziös fest. Seit der Mensch zu einer Nummer im Register geworden ist und in der Kartothek des Scientax gespeichert wurde, verschwindet er fast völlig aus dem Gesichtsfeld ... Diese Nummer ersetzt die Geburtsurkunde und den Paß ... Identität? Bitte sehr: meine Nummer! Jeder hat sie auf seiner rechten Schulter. Das ist ganz elegant, denn sie ist unsichtbar, solange sie nicht ultravioletten Strahlen ausgesetzt wird. Dann fluoresziert sie, und man kann telefonisch überprüfen, wen man vor sich hat. Und wenn jemand auf die Idee kommen würde, seine Identität zu ändern? Daraus wird nichts, er hat noch eine solche Nummer am Hals, hinten, direkt unter dem Haaransatz. Was einigen, die diese oder jene Sünde auf dem Gewissen hatten, mit der Schulter gelungen ist, gelingt nun am Hals nicht mehr ... Es sei denn, man schneidet den Kopf gleich mit ab, aber das ist dann schon ein ganz anderes Problem: Ohne Kopf keine Nummer, und die Behörden haben keine Schwierigkeiten damit.

Diese schreckliche Maschine wußte fast alles über alle.

Zum Glück nur fast! dachte er. Gut, daß sie nicht weiß, was ich über diese unverschämte Person denke und was ich gern mit diesem dürren Kerl tun würde, denn der bloße Gedanke daran würde mir schon einige Jahre Straflager auf dem Hyperion einbringen ...

Albert wurde bewußt, daß er inmitten einer riesigen kompensierten Information steckte, die er mit seinem Verstand niemals völlig erfassen könnte, und selbst wenn das möglich wäre, dann würde ihn das auch nicht glücklich machen ...

Er drehte sich auf die andere Seite.

»Glück ...«, stöhnte er, »niemand weiß genau, was das ist und wie man es messen soll. Ich möchte wissen, ob sich Glück mathematisch formulieren läßt ... Ob diese verdammten Yogl-Funktionen wenigstens bei der Lösung dieser Aufgabe von Nutzen wären.«

Er wandte sein Gesicht der Kontrollwand zu.

»Nun, was ist das, Glück, du blöder Elektronenkretin mit zeitweisen Lichtblicken eines autonomen Bewußtseins?« fragte er herausfordernd und ließ sich in seinen Sessel zurückfallen.

Ihm fiel ein, daß laute Selbstgespräche die ersten Symptome einer in letzter Zeit »modernen« Form der psychischen Störung waren, aber er machte sich nicht viel daraus, ihm war das völlig egal.

»Das kommt alles von der Überanstrengung«, brummte er, »von der Überanstrengung beim Nichtstun.«

Die Kontrollwand keuchte wie noch nie. Myriaden leuchtender Linien pulsierten darauf. Albert war klar, daß er träumte. Bei vollem Bewußtsein war ihm so etwas noch nie passiert. Ruhig und mit großem Interesse verfolgte er die verschiedenen Linien und bemühte sich zu erraten, welches Programm die Maschine in seinem Traum gerade zu verdauen suchte. Aber genau wie ein gedruckter Text, den man im Traum sieht, sich meistenteils nicht lesen läßt und sich trotz größter Konzentration in durcheinandergewürfelte, zusammenhanglose Wörter verwandelt, so verschwamm auch das Bild der Leitungen wie ein zerrissenes Spinnengewebe vor Alberts Augen und bedeutete nichts mehr.

Das Alarmsignal begann zu schrillen. Erst als sich das noch zweimal wiederholt hatte, immer eindringlicher und lauter, begriff Albert, daß das Wirklichkeit war und nicht zu seinem Traum gehörte. Er schreckte hoch und blickte, noch halb benommen, in das Labyrinth der Sektoren. Rotes Licht blinkte im Gebiet der Alternativlösungen. Also keine Havarie. Das Gerät konnte einfach zu keiner Entscheidung kommen, ihm fehlten entsprechende Informationen, die es ihm erlaubt hätten, die gestellte Aufgabe zu lösen ... Aber was war das für ein Problem? Albert drehte sich um und blickte auf die Kontrollwand.

Er erschrak zutiefst. Vor sich sah er sein Traumbild: das zerrissene Spinnennetz, ein Netz unordentlicher Kopplungen, die die Sektionsverbindungsleitungen berührten ... Irgendein schreckliches, monströses Problem hatte alle Abteilungen und Ebenen des Scientax umgarnt und riß an den Gedärmen der Maschine. Die Lämpchen blinkten wie verrückt und zeigten damit die Überlastung der Wähler an, sie wurden durch die sich andauernd wiederholenden Umschaltungen geschüttelt und versuchten, zwischen Dutzenden auf eine Kopplung wartender Ein- und Ausgangsleitungen zu vermitteln ...

Was ist denn das? Wer hat sich denn das schon wieder ausgedacht? – Albert wunderte sich sehr.

Neugierig geworden, schaltete er die Kontrolle der Eingangsleitungen an und erstarrte: Alle Leitungen waren frei! Dieser große Wahnsinnstanz der Lichter wurde im Inneren der Maschine ausgelöst. Hier hatte er seinen Anfang, tobte durch das gesamte Gelände des Elektronenhirns und schloß sich dann wieder zu einem Kreis.

Es sei denn, einer der Techniker programmiert das zu seinem Vergnügen, dachte Albert und klammerte sich voller Hoffnung an diesen Gedanken, um die absurde Vermutung an das Allerschlimmste nicht in sich hochkommen zu lassen.

Nein, wennschon, dann eher ein Ingenieur. Was für ein unheimlich ausgeklügeltes Problem! Fünfundachtzig Prozent der Stromkreise sind einbezogen!

Er wußte ganz genau, daß so etwas völlig unwahrscheinlich war. Solche Spielchen waren strengstens untersagt, es sei denn, einer vom Bedienungspersonal war verrückt geworden. Jemand vom Bedienungspersonal oder ... Scientax selbst!

In diesem Moment fiel sein Blick auf das Mikrofon vor ihm auf dem Tisch. Ein kalter Schauer überlief ihn. Er griff danach. Es war eingeschaltet.

»Professor Ambro!«

Niemand antwortete. Ambro mußte schon vorher abgeschaltet haben, und alle Eingangsleitungen waren noch wegen seines Vorranges blockiert!

»Hauptkontrolle!« brüllte er ins Mikrofon. »Wer hat die letzte Aufgabenstellung programmiert?«

»Programm aus der Universalsammelleitung in den dritten Spezialkanal, siebenter Grad mit absolutem Vorrang«, antwortete der Automat.

»Welches Problem?«

»Der Begriff ›Glück‹ sollte definiert werden«, gab der Automat ungerührt zur Antwort.

Albert sprang von seinem Sessel hoch und auf den Notschalter zu.

»Der logische Lösungsprozeß ist behindert, soll ich die bisherigen Ergebnisse vorlegen?« fragte der Automat weiter.

»Blockade der Leitung aufgehoben! Vorrang aufgehoben! Sofort lösch ...«

Albert zögerte.

»Nicht löschen. Die Ergebnisse bitte ...«

»Das gestellte Problem wurde auf der ökonomisch-gesellschaftlichen und der psychologischen Ebene analysiert, außerdem vom Standpunkt der Literatur und der Kunst«, zitierte der Lautsprecher. »Sehr viel in sich widersprüchliches Material. In der schöngeistigen Literatur wurden allein 360502 Definitionen formuliert, davon stehen 350000 zueinander im Widerspruch. Auf dem Gebiet der Sozialökonomie wurden zweiundachtzig Klassen von Wohlstandstheorien entdeckt, diesen Begriff kann man, wie aus verschiedenen Quellen hervorgeht, als einen guten Parameter für die Messung des Glücks anerkennen. Das mathematische Modell dieses Problems, welches das Glück als erste Ableitung des Besitzstandes auffaßt, der wiederum definiert wird als Sigma von null bis unendlich aus den Produkten der Bedürfnisse durch die Faktoren ihrer Befriedigung und den Faktor der objektiven Realität dieser Bedürfnisse ...«

»Genug!« unterbrach Albert. »Genug! Und sofort diesen Unsinn löschen!«

Die Maschine schwieg. Albert fiel schwer auf seinen Sessel zurück und schloß die Augen.

Ich bin ein Idiot. Das ist das Resultat unüberlegten Gequatsches bei offenem Mikrofon, und dazu noch in der Leitung mit absolutem Vorrang! Nicht denken, nur nicht denken ... Wenn schon die Maschine bei solchen Überlegungen verrückt wird, was erst ein Mensch ... Einfach aufhören zu denken, soll doch Scientax denken. Mit ihm verschmelzen, ein Teil von ihm werden, ein Element der Mikrofauna in seinen Därmen ... Ein einzelner Mensch kann heute schon nichts mehr ausrichten ...

Die Tür wurde geöffnet. Albert wandte nicht einmal den Kopf um. Er wußte, daß man bald entdeckt haben würde, wer die kostbare Maschine über eine Viertelstunde blockiert hatte und sie unbewußt mit einem solch idiotischen, ihre ganze Klugheit absorbierenden Programm gefüttert hatte. Eigenartig, daß sie nicht schon früher gekommen waren, um ihn 'rauszuwerfen? Aber vielleicht ... vielleicht war es gar nicht aufgefallen? Diese abgestumpften Kontrolleure, jeder vor seiner Kontrolltafel, die nicht verstanden und nicht überblickten, was die Linien und das Spiel der Lämpchen zu bedeuten hatten – sie reagierten, wie Versuchstiere, nur auf die rote Havarielampe! Vielleicht war ihnen gar nicht aufgefallen, daß etwas Ungewöhnliches vorgekommen war, vielleicht ...?

Erst jetzt wandte er den Kopf. Erika stand lächelnd in der Tür.

»Bist du immer noch böse?« fragte sie mit zuckersüßer Stimme.

Albert hatte einen schalen Geschmack im Mund. Er hatte das Gefühl, in einen Sumpf zurückzufallen, aus dem es ihm erst vor kurzem gelungen war, den Kopf herauszuheben. Noch bevor er den Mund auftat, wußte er, was er gegen seinen Willen sagen würde.

»Nur ein bißchen«, würgte er hervor und schaute an ihr vorbei in die offene Tür.

Quellen

Der Schacht (Studnia), Roboter Nr. 3 (Robot numer trzy), Phönix (Feniks)
aus dem Band »Jad mantezji«, Verlag Nasza Księgarnia, Warschau 1965

Die Reihenfolge des Sterbens (Kolejność umierania)
aus der Zeitschrift »Astronautyka« Nr. 3/1966

Uranophagie (Uranofagia)
aus der Zeitschrift »Młody Technik« Nr. 11/1972

In Sonnennähe (Blisko słońca), Der Aufruhr (Bunt), Im Dienst (Dyzur)
aus dem Band »Przejście przez lustro«, Verlag Iskry, Warschau 1975

Prognosie (Prognozja), Die Inspektion (Inspekcja), Wohin fährt diese Straßenbahn? (Dokąd jedzie ten tramwaj?), Der Allwissende (Wszystkowiedządzy), Es grünt so grün (Gra w zielone)
aus dem Band »Iluzyt«, Verlag Nasza Księgarnia, Warschau 1976

Der positive Sprung (Skok dodatni)
aus der Anthologie »Gość z głębin«, Verlag Czytelnik, Warschau 1979

Inhalt

In Sonnennähe 5
Der Schacht 26
Roboter Nr. 3 58
Prognosie 78
Die Inspektion 88
Wohin fährt diese Straßenbahn? 95
Der positive Sprung 101
Phönix 115
Der Allwissende 127
Die Reihenfolge des Sterbens 132
Der Aufruhr 142
Uranophagie 150
Es grünt so grün ... 155
Im Dienst 172

Quellen 190

ISBN 3-360-00188-5

1. Auflage dieser Ausgabe
© Verlag Das Neue Berlin, Berlin · 1988 (1979)
Lizenz-Nr.: 409-160/249/88 · LSV 7224
Umschlagentwurf: Schulz/Labowski
Printed in the German Democratic Republic
Lichtsatz: Karl-Marx-Werk Pößneck V 15/30
Druck und buchbinderische Verarbeitung:
Grafischer Großbetrieb Völkerfreundschaft Dresden
622 683 0

00540